U0814937

中坚代
ZHONG JIAN DAI

徒然先生穿过北冰洋

TURAN XIANSHENG
CHUANGUO BEIBINGYANG

东君 ◎著

时代出版
时代出版传媒股份有限公司
安徽文艺出版社

图书在版编目（CIP）数据

徒然先生穿过北冰洋/东君著.—合肥：安徽文艺出版社，2018.7
（中坚代书系）
ISBN 978-7-5396-5700-4

Ⅰ.①徒… Ⅱ.①东… Ⅲ.①中篇小说－小说集－中国－当代②短篇小说－小说集－中国－当代 Ⅳ.①I247.7

中国版本图书馆CIP数据核字(2018)第019685号

出 版 人：朱寒冬　　丛书策划：朱寒冬
责任编辑：姜婧婧　　装帧设计：张诚鑫　许含章

出版发行：时代出版传媒股份有限公司 www.press-mart.com
安徽文艺出版社 www.awpub.com
地　　址：合肥市翡翠路1118号　邮政编码：230071
营 销 部：(0551)63533889
印　　制：安徽新华印刷股份有限公司　(0551)65859551

开本：880×1230　1/32　印张：10.125　字数：260千字
版次：2018年7月第1版　2018年7月第1次印刷
定价：39.80元(精装)

(如发现印装质量问题，影响阅读，请与出版社联系调换)

版权所有，侵权必究

东君，本名郑晓泉，70后写作者。以小说创作为主，兼及诗与随笔，偶涉戏剧。若干作品曾在《人民文学》《收获》《十月》《江南》《作家》《花城》等文学刊物上发表。著有长篇小说《树巢》《浮世三记》，另有结集作品《恍兮惚兮》《东瓯小史》《某年某月某先生》等。曾获《人民文学》短篇小说奖、第九届《十月》文学奖、第二届郁达夫短篇小说奖等。

目 录

第二辑

第一辑

空山

那说话人五十来岁年纪，一件青布长袍早洗得褪成蓝灰色。只听他两片梨花木板碰了几下，左手中竹棒在一面小羯鼓上敲起嘚嘚连声。唱道："小桃无主自开花，烟草茫茫带晚鸦。几处败垣围故井，向来一一是人家。"

——金庸《射雕英雄传》

南

1

彼时，洪七正手握鸡翅，看着一只鸟飞过，远远远远地飞过。洪七与我相对坐着，一座大山的阴影覆盖着我们——时间在这里仿佛有着高深长阔的形状。山是华山。那枯树的形状仿佛是风随意塑造出来的，充满了不可驯服的野气。风也是带野气的——在山谷间，如同野狗一般跑来跑去——眼睛固然看不见，但能感觉得到。

打坐之后，口就淡了，肚子里老是念阿弥陀佛，幸好这褡裢里还剩一只鸡翅。洪七说完这话，大概是发觉自己的言行在我这样的出家人面前多有冒犯之处，便吐了吐舌头，把鸡翅放回腰间挂着的褡裢里，扳直了身板，学着禅和子模样，继续盘坐。我们坐的是一块船头状的悬崖，三边没遮挡，风从山口灌进来，吹动着洪七的胡子。脚底下有雾气冉冉上升，整座山像是要飘浮起来。

移时，我睁开了眼睛，洪七也睁开了眼睛。我说，我看你的目光，就知道你的静坐功夫又进了一层。

智兴，我坐在你身边，感觉就像坐在水池边，能教我安静下来。

智兴是我的俗家名字，洪七总是习惯于像从前那样称呼我。我不语，望着空中的一朵浮云出神。从华山之巅掠过的浮云，有数十席宽。

智兴，整整一天你不是低头念阿弥陀佛，就是抬头看云。念阿弥陀佛是你本分，这云又有甚好看的？

我念阿弥陀佛，阿弥陀佛也念我；我看云，云也看我。

世事变幻真好似这浮云，几年前，我见到你，还是穿一身龙袍的，现如今却换成了僧袍。

世上最重的是龙袍，最轻的是僧袍，何不让自己换得一身轻？

你只是换了一身衣裳，可大理国却不知道换成个什么模样呢。

啊啊我当初出家，竟没想那么多……罪过罪过……这事说起来，真是一段让人难以启齿的罪孽啊……

2

母亲生我之前，梦见窗外有人持剑而立，那人对着一颗脑袋挥剑时，她突然惊叫一声，我就从她身上滚落了。她不知道这把剑预示着什么，心里一直惴惴不安。父亲虽为一国之君，却像一只柔弱的绵羊。朝中很多事，都是高氏族人说了算。父亲知道，以一己之力对抗庞大的高氏族人，还不如默默忍受。他除了唪念经文、把玩南红，在朝多年实在没有什么像样的作为。不过，自我诞生之后，他就决意将我从一只小绵羊驯养成一只可以威服四方的猛虎。因此，在我刚刚学会识字之时，他就迫不及待地为我四处寻访剑客，教我剑术。待我长大成人，羽翼渐丰，父亲也就萌生退意，而高氏族人趁这时机主动示好，要将高家名媛许配给我，结为世代姻亲。父亲一直忌惮高氏族人的势力，权衡其间利弊，也就答应了这门婚事。他给我铺设了一条坦途之后，索性禅位做了和尚。就这样，我作为大理国第十八位皇帝，正式登基。我一改父亲当年的作风，开始整治朝纲，修建城墙和寺庙，平衡各方势力。我时而像暴君那样凶残，时而又像佛陀那样慈悲。这种喜怒无常的性格让我的敌人和朋友都望而生畏，不敢造次。在短短几年内，我就把自己的位置给坐稳了。可以说，作为一名国君，人家该有的，我都拥有；人家没有的，我也拥有。我有一柄可以照亮黑夜的宝剑，有一个专门为我磨剑的侍从；我还有一群我谈不上喜欢或不喜欢的女人和一支效忠于我的军队。我看起来好像什么都不缺乏，但我就是感觉自己缺点什么。有一天清晨，我提剑出门时，突然明白自己缺的就是一个强劲的对手。彼时血气方刚，好斗，但凡遇见什么高手，总想跟他比画一下，非要见出高低不可。俗话说，刀剑不长眼。死在我手下的，也不乏其人。

一件奇怪的事就是在我砍掉一个刺客的脑袋后发生的。那时我正要收剑入鞘，背后突然冒出一个沙哑的声音。回望，除了一溜树影，没见人，心中不免疑惑。声音忽前忽后，飘没无着。我越过几堵高墙，追到外面的护城河边。月亮正从东山升起，一只鸟扑棱一下飞出树丛。四野沉寂，月光在地上一漾一漾的。嘎的一声，沙哑的声音又烟一般从我背后飘过来。我问，你是谁？为什么老不出现？那声音答道，我就是死在你剑下的那个衡山道士。我猛一回头，才发现地上多了一条影子。影子说，那回我跟你比剑，我原本可以战胜你，但我念你是一国之君，故意让了一手。不承想，你被血气所迷，愈斗愈勇，所出剑法是我平生见所未见的，再加上你是顺风使剑，速度更快，我一着不慎，被你刺中。我流了很多血，你原本可以救我一命，但你却骑马离去了。那时，我就死在这里，你还记得？我自然记得，我说，你现在变成厉鬼，想要向我索命？影子突然立起说，我虽然只是个影子，无法杀死你，但我不会让你这辈子安生。我朝影子连劈数剑，影子也不躲避。只见几片落叶，在剑底回旋着。影子在月光下缓缓升起来，跟怪鸟似的，发出嘎嘎的笑声。我杀不死你，你也休想再杀死我，彼此好自为之吧。影子语罢，如同烟雾般淡去，没入夜空。

我曾请来一名法师做法祈禳，念了七天七夜的打秽鬼经。影子似在非在，我也就见怪不怪了。影子自然无法拿刀剑砍我，只是在我杀机陡生之际，冷不丁地冒出来惊吓我。反过来说，我也不能拿刀剑杀死影子。我们就是这样一种关系。

我年轻时除了好斗，还落下一个毛病，那就是好色。我的宫殿很大，而我的女人散布在不同的角落，我得骑马去找她们。我的箭射在哪座房屋的木牌上，我就会在哪里过夜。有时我也会乔装打扮成商人的模样溜到宫外去打点野食，我喜欢偷偷跑到勾栏听歌、青楼买醉，看着那些晃动的柔软的身影，听着软绵绵的曲子，我就忘掉一身烦恼，直至在云团一样的酒香中渐渐沉醉。翌日醒来，常常不知道自己身在何处。

我说过，我是一个不安分的人，四处游荡是我生活的一部分。有一回，我驯服了一匹烈马之后便更换行装，独自一人外出狩猎。天色将晚，我骑着马，在一只鹰下面飞奔，呼啸而过的风声让我暂且忘掉自己背负的烦恼。鹰长唳一声，猛地俯冲下来，扑向一只野兔时，我的一枚箭也脱手飞出，射穿了它的胸膛。鹰落地，羽毛散开。兔骇，突然定住，回头睃我一眼，又开始没头没脑地朝前奔逃。在一片旷野里，我继续骑马追击着野兔。我虽带弓箭，却引而不发，因为我要像猫玩老鼠那样慢慢玩弄这只野兔。迎面一片树林，一下子遮暗了光线。一群白鸟被马惊吓，蓬蓬然散开，如同飞花。野兔跑进了一座李园，我的马也随之一跃而入。环顾四周，李花虽已凋谢，但满园荡漾着木叶的清香。我正要继续向前寻找那只兔子时，忽然有人从斜刺里冲过来，挡住了我的去路。那人骨骼粗壮，像一匹头大额宽的蒙古马，短衣打扮，看样子是个仆人。我没把他放在眼里，只管跃马向前。那人便拉住马头的缰绳，恼怒地告诉我，这是军巡使老丈人的府上，不得擅入。我听了，便想举起鞭子，劈脸抽过去，然后告诉他，这里所有的领地都是我们段氏的。但我很快就冷静下来。一阵风吹过来，我的目光微微一颤，越过他的肩膀，看见树林间走出一名女子，手里抱着的，正是那只惊慌失措的野兔。她穿着黄罗销金裙，两襟敞开，丝带飘拂。又一阵风从我手指间吹了过去，掠起她额前的一绺黑发。她噘着嘴，挑着眉头，有点带挑衅的意思。这世上的妙人儿都是甜蜜的毒药，见到她第一面，我就想毁在她手里了。

在黄衫女子的眼中，我大概就是那种架鹰走马的公子哥。她没搭理我，抱着那只蜷成一团的兔子转身穿过李树林，向一座花木掩映的瓦屋走去。我下得马来，也跟着走进李花丛中。可我走着走着又转了出来。连闯三遍，不得其门而入之后，我就明白,自己进入的不是一片李树林,而是精心布置的迷魂阵。那一刻,我不知道是树在移动,还是自己被人施了奇门法咒,脑子里有魇魔作祟。本想拔剑砍掉那些树木,但念及此举一则唐突美人,一则煞风景,也就知趣地退了出来。转眼间,黄衫女子又从树林间露出脸来,向我喊话:陌生的客人,你没有主人的邀请,怎能进得了我的家门?我知道她不是个简单的女人,就向她请教芳名,她却称自己只是一个小女子,姓甚名谁不值一提。既然这样,我说,我赐你一箭,请你收下,也许有一天我会再次来到这里。这样说着,我就拉满弓,把一枚箭射中了她身边的一棵李树。黄衫女子连看都没看一眼,说,我夫君若在,准会还你一箭。我问道,请问夫君高姓大名?黄衫女子笑而不答。

这时,屋内传来一声老人的叫唤:瑛姑,你在外头跟谁搭话?黄衫女子回头应了一声。

你叫瑛姑?我对瑛姑说,能否把你怀里的兔子交还给我。

瑛姑说,兔子既不是你的,也不是我的,它从哪里来,就让它回哪里去吧。我说,我要定这只兔子了。瑛姑说,我们不妨打个赌,官人若是输了,就放过这只兔子。我说,你怎么知道我会输?瑛姑说,官人守信便好,我且斗胆向官人请教一个简单的问题:今有雉兔同笼,上有三十五头,下有九十四足。问雉、兔各几何?我自然知道这是一道算术题,但我也知道眼前这女子没有我之前所想象的那样简单,我若是往深里想,就怕自己像走进林子那样绕进去。再说,我看中的已经不是她手中的兔子了。多情如我，见美姝在前，即便有一阵微风吹过，似乎也能牵动一缕欲念。但我仍然装出一副满不在乎的神色，把那个问题撇到一边，牵着马往外走去。没走几步，林子那头突然又传来瑛姑的声音：既然官人赠我一箭，我也回官人一箭吧。

我在树下驻足片刻，一枚箭嗖地一下，穿林而至，射中我脚前一步之地。我从地上拔出箭来，细视箭杆，上面镌刻着一个我所熟知的神箭手的名字。我隔着林子扔去一句：我已经知道你的夫君是何许人了。随即就传来一声回应：知道就好，免得下回再来我家门前炫耀自己的箭术。

我把箭收入囊中，骑马离开了。

得遇瑛姑，我才算明白，宫里面的女人都不过是庸脂俗粉。瑛姑是一位幻戏乐人的女儿，她熟读《周易》，精通九章算法，会布阵，也懂音律，是我生平所见过的一等聪明的女子。她有个外号，叫神算子。那一阵子，凡与瑛姑有关的消息，我都要向人打听。

3

那年初冬，草木黄落，我带领部属去京畿山野间狩猎。扈从三百余人，连扛药箱的太医和抬恭桶拎夜壶的太监们都没遗漏。当然，我还特意叫上了羊苴咩城的一位军巡使。那人善射，据说是一位"能教鬼怕神愁的神箭手"。我们就在猎场的空地里搭起帐篷，挂起虎皮狼蜕。我喜欢那样一种冬狩的排场：白云覆地，马嘶鹰飞，旌旗飘展，弧矢鸣荡。想想都令人过瘾。

我屏退左右，让军巡使侍坐一侧，把温好的酒递了过去，他跪下来，诚惶诚恐地接过杯子。在我看来，酒便是酒，在他看来，这是御赐之物，自然非同一般。我饮下一盅，说，喝了酒，肺腑开张，正好可以杀几头虎狼助兴。军巡使说，这一带很少有虎狼出没，卑臣多年前同好友在这里巡逻时，曾见过不少麋鹿。说话间，我看见一只麋鹿正在山麓的溪流边饮水。我对军巡使说，我跟你打一个赌如何？你我之间，看谁抢先射中那只鹿。军巡使问，难得皇上有此雅兴，却不知赌的是什么？我说，若你赢了，我宫中的嫔妃任你挑选一个；反过来说，若我赢了，你家中的美妾也任我挑选一个。军巡使说，皇上既出此言，一定是胜算在握了。

我与军巡使折箭为誓，他那张脸满是络腮胡，看上去似乎没有一点表情。我们取了弓箭，各自上马，分头追杀那只麋鹿。

最后当然是我赢了。

我迫不及待地跑到那座李园，跟瑛姑见了一面。瑛姑得知事情的始末后，依旧隔着一片树林跟我说话。她说，让我做你的妃子，只有一个条件。我说，你无论提出什么条件我都会尽可能满足你的。瑛姑说，砍掉军巡使的一条手臂。我问，他是我的爱将，又是你的夫君，你为何要砍他手臂？瑛姑说，因为他把我当作跟人交换的物品，便是对我不敬。既然他不敬在先，也就休怪我不讲情义。

三天后，我派人给瑛姑送去了一份彩礼，顺便带来了军巡使的一条手臂。

羊苴咩城的人都说，瑛姑是一个悖德的妇人。而我娶了悖德的妇人，也不会有什么好结果。他们是这样说的。

迎亲队伍进入羊苴咩城之后，我便穿上一身吉服，带上仪仗队来到皇宫大门外迎候。一名文官跪在我跟前说，皇上是九五至尊，不可屈尊。我立刻把他轰开了。瑛姑下了凤舆，我让她从正门进来。又有一位文官跪在我跟前说，先皇已定规矩，迎娶皇后的时候才可以走正门，皇上万万不可让妃子……我二话没说，就把他踢到侧门那边去了。那晚，我牵着瑛姑的手，大摇大摆地从正门走进大殿。

我为什么会喜欢瑛姑？因为她脸上有一颗痣。皇后身上几乎找不到一颗痣，但我偏偏不喜欢一个没有瑕疵的女人。

那一晚，我喝了很多酒。我和瑛姑躺在床上的时候，有一阵巨大的声音突然从我头顶滚过，然后就听到远山传来空洞的回响。是打雷的声音？我问瑛姑。不是，瑛姑说，这声音好像是从地底传来的。瑛姑说，床好像在动。不，是地在动。我抱住瑛姑说，是我的身体在动。那时候，酒劲已经上来，我感觉自己脑袋里有什么东西也在动。

4

（智兴，你说每个人的心里都有一个暴君和一个佛陀？暴君手里拿着一把刀，佛陀手里拿着一朵莲花。是这样吗，智兴？）

5

翌日，外面传来急报：威楚府地震，地忽然裂开，吞没了不少人。坏消息传到我宫中的同时，我的坏名声也传到了宫外。于是，民怨沸腾，骂声一片。朝廷上下，但凡遇见灾异，都要找个像煞有介事的说法。事情闹大了，话也就多了。朝中大臣历数了我十条罪状。即便连地震这样的事，据说也是因为我忤逆天意惹得天怒人怨，以至上天以灾异示儆。高氏族人借势向我倒戈，发动了一场规模不可谓不大的政变。那些骑马的人、拿刀的人、放狠话的人，全都杀过来了。失掉一只手臂的军巡使与叛军里应外合，浩浩荡荡地从正门进来，说是要“入宫谢恩”。也就是在一夜之间，高氏族人借着“勤王”的名义掌控了朝政。我跟父亲一样，再次沦为傀儡。

想来这也是宿命：一旦大理段氏摆脱高氏族人的掌控，边地必出骚乱；一旦高氏族人入主朝廷，边患即刻消除。我现在终于明白，父亲当年是如何过着委曲求全的生活。那一年，金兵犯境，军国大事大都由高氏族人说了算，我坐在龙椅上不过是摆个样子——既然如此，我也就懒得上朝听政了，索性把日朝改为朔望朝，后来连初一、十五都不上朝了。那些当初称我是“暴君”的人又开始嚷嚷着骂我是“昏君”。过了些日，高氏族人大概是拿金人没法子了，便把烂摊子甩给我，指使大臣们一次又一次地提醒我，我长久以来疏于临民莅政，以至于几座边城屡屡失陷。我掐指算了一下，我已经有好几个月没跟大臣们见面了。于是，我又披上袍子，懒洋洋地登上那张被人们称为龙椅的椅子。我不算勤政，但有时也会把堆叠如山的奏章带回寝宫。瑛姑见我在灯下支着下巴长叹，便问我为什么忧虑。我把那些奏章带来的烦愁说给她听。瑛姑翻阅了一遍，给我出了一些点子。她的才智远远在我之上，花了一个通宵的时间，就帮我把各种奏折批阅完毕。第二天，我把朱批交给朝中大臣时，他们几乎不敢相信自己的眼睛。

瑛姑发现我的剑术不进反退之后，就暗暗替我担忧。她开始管制我的后宫，收起我的酒杯。在瑛姑看来，凭我的悟性，若是用志不分，勤加修炼，不出几年，就能与那位终南山剑客一争高低了。在她的督促下，我刚日打坐，柔日练剑，自觉有了精进。每回我练不下去，想找点乐子时，瑛姑就会像一位严厉的师傅那样提醒我。至于朝中的事，我已交付几个朝臣把持。如果他们还有什么事不能裁决，就经由瑛姑转告于我。事实上，那些事让瑛姑打理起来会比我更得体。碍于妇人不能主事的老规矩，我也只能让瑛姑在暗中帮我出主意。

鸡叫三遍了，你也该去练剑了。

月亮刚从东山出来呢，你为什么就早早收剑了？

我每天总能听到瑛姑口气温柔却又不失严厉的敦促。

瑛姑才智过人，无书不读。像算六十甲子书、占贝卜书她都能通读，还有一些从江湖异士那里收罗过来的稀奇古怪的剑谱，她也能读一些。她边读边讲解给我听，然后就让我照着本子把每一路剑法都练上一遍。我练得愈多，忘得愈快。当我忘记所有的招数时，我的剑术就有了明显的长进。汗水流淌下来，血气翻涌上去，不能不说是一件痛快淋漓的事。每回收剑，看到满地落叶，我就很满意。

半年过后，瑛姑请来了一位国中剑术名家。他看了我的剑术，感叹说，我的剑里面带秋声，让人想起无边落木萧萧下。这句话很美，我就让史官记下了。还有一位琉球高手，称我为“三百年来剑术造诣最高的剑之圣者”，我也让史官把这句话一并记下了。

在我不理朝政的年头里，高氏族人反倒不知道应该怎么办了。他们掌控的权力愈大，内部的纷争就愈多。他们闹得不可开交时，又希望我出来平衡一下。于是，我又可以做一些让自己说了算的事。比如恢复旧制，比如兴建寺庙和城墙。有朝臣送来青铜大鼎，内铸铭文，对我的文治武功大加赞赏；又诣阙上表，向我提议废除身为高氏族人的皇后，另立瑛姑为后。

我把这事说与瑛姑听。瑛姑说，她昨夜做了一个梦，梦见一位羽人进室，把凤袍披在她身上。我告诉她，我已经把万千宠爱都加在她一人身上，还要凤袍作甚？瑛姑说，她喜欢凤袍上绣的那些熠熠生辉的金翅，她觉得自己穿上这样的衣裳走出去会是一件很体面的事。

很快地，我就收到了皇后的宫怨诗，说的是自己在凄清的夜晚如何翻出箱底那件大婚时穿过的凤袍暗自落泪，如何抚摩着熟睡中的孩儿替他的命途担忧。我把这诗扔给瑛姑看，瑛姑读了，叹息一声，说，这世间的男人都爱青丝，嫌憎白发，等我老了，或许也会被人冷落。这些话说得我心里凉一阵、热一阵的。外面的竹影映在窗上，风吹竹叶的声音传到我耳中，我没什么话可说，只好望着窗外出神。女人心思细密，在房栊四围种了竹子，以求幽情，现在听来，全像是凄凉的低语了。

6

（那一年秋天，我经过瑛姑的李园，见了她一面。她的头发全白了，像李花一样白。我问她，怎么会变成这样子？她说了一些不知所云的话。她好像是真的疯了。我唯一听懂的一句话是，她痛恨这世上所有的男人。智兴，她像疯婆子那样诅咒着世上所有的男人。）

7

从她身上，我能闻到李花的味道。我们站在塔楼上，她的眼睛里倒映着暮春三月的晚空。她说，昨夜我梦见一只黑鸟飞入我帐中，遗落一枚透明的白卵。我问，这是什么意思？瑛姑说，我查了一部解梦的书，说是吉兆，古代的皇后就因为做了一个玄鸟堕卵的梦之后诞下一子，后来成为皇帝。所以，我觉得，这个梦就是天启,我也要替你生一个孩子,让他继承皇位。我听了,不由得吸了一口凉气。瑛姑不仅想做皇帝的女人,还想做皇帝的母亲。我向她解释说,我已将皇后所生的长子立为王储,现在如果废长立幼,必致宫乱。再说,你又如何能保证自己所生的是儿子?瑛姑回答令我大为吃惊。她说,你别忘了,我的绰号是神算子,我凭借五行八卦算出哪个时辰交合可以怀上男孩的。

我开始害怕跟她见面了。

为生孩子的事,她跟我没少发脾气。很显然,她身上有着强烈的占有欲,如果可能,她想占有我的一切。后来我就以练先天功,务须禁欲为由躲进密室,避而不见。

我闭关修炼的时候,把兵符与印信交给朝中几位信得过的大臣。每个月,他们还要捧着我的金靴去城外转一圈,代替巡视。我回到朝中的时候,很奇怪,手下的人竟没有一个做出背叛我的事。唯一背叛我的人是瑛姑。

出关那天,她就跪在我面前,泪流满面地告诉我,她有了。那一刻,我仿佛听到了内心里传来一柄剑崩断的声音。我没有逼问,她就把那个男人的名字告诉了我。那人是我的朋友,确切地说,是我朋友的一个师弟,长着圆胖脸,性喜谐谑,有点像古书上记载的那种俳优、狎徒之流。按照她的说法:他只是用手指碰了一下她的身体,她就爱上了他,然后就做了他的女人。我问她,这件事还有谁知道?瑛姑说,朝中上下都已经知道了。

我知道,所有的人都在暗地里谈论我的隐私,而且都在迫切地等待我以一种残酷的方式了结这件足以让我一辈子都抬不起头的事。望着墙壁上挂着的宝剑，我的怒气仿佛带着一股呼啸的声音蹿出了我的身体。我可以驾驭一匹烈马，却怎么也无法控制自己的情绪。然而，当我举剑刺向瑛姑的时候，那个久违的影子突然出现了。

我问影子，莫非又是我做错了什么？影子没有回答，只是发出一阵嘎嘎的笑声。我用剑尖指着影子喝道，不许笑。影子反倒笑得更厉害了。门口的珠帘也在不停地晃动着。

影子消失之后，我才转过身来，看见瑛姑依旧跪在那里。

我的剑始终没有落下。

一缕曙光照在我手上。我像收起一柄剑那样，收起了我的愤怒。

我是一个罪大恶极的人：我好斗，滥杀无辜，结果被影子附身，摆脱不得；我好色，淫人妻子，结果自己的爱妃反被人淫。用佛门的话说，这都是因果报应。

从此以后，我开始憎恶刀剑，憎恶女人。宫里面的人和大臣常常找不到我。更多的时候，我是去外面访僧问道。听说有位西域圣僧，在城外一座山里结庵居住，我便带着十余名侍从、一车礼物进山拜访。山很大，上有白云缭绕，下有烟岚弥漫，茅庵藏得很深，我们费了一番好找。在一口水潭边，我看到了一座依树而建的茅庵，柴扉紧闭着，寂中透静。侍从说，这和尚真是不识抬举，皇上来了，也不开门。我下马上前，敲了三声门，里面就传来一个小沙弥的声音：谁呀？我曼声应道，大理国皇帝段智兴特来拜会圣僧。小沙弥答道，师父三天前闭关，再过一个月出关。我说，师父闭关，你可以开门呀。小沙弥说，师父说了，茅屋太小，容不下你这样的贵客。侍从威吓道，如果你不开门，我就放火把你们的茅屋给烧了，看你还敢不敢开门。屋子里面突然就没了声息。罢了罢了，我说，既然圣僧不想见人，你就是把整座山烧了也不管用。我让侍从奉上礼物，就下山了。

后来，我派人请圣僧出来做国师，他婉言谢绝；赐他一座寺庙，他也谢绝。听西域过来的人说，圣僧原是西域某国的王子，身为天潢贵胄，享尽了人世间的一切荣华富贵之后，突然又看破一切，出家做了和尚，从此草衣卉服，穴居野处，不跟世人往来，却与鱼鸟相亲。又听人说，他在山中修行时，身上落满了树叶，爬满了蚂蚁，也不去拂拭。那年冬天，我想起这位圣僧，又带着几个侍从去拜访他，他还是避而不见。没法子，我就把那座山送给了他。

下得山来，我让侍从先行，独自一人沿着一条长河默默行走。听着潺潺水声，感觉自己也在缓缓流动。山在恍惚间退远，近似于无。河流没有尽头，时间也没有尽头。天地之间，只有我和马的影子在缓慢地移动着。我脱掉了自己身上的袍子，卸掉了马身上的鞍辔。一下子感觉自己轻松了许多，马在我前面踢着土块，微尘飘落河面。这时我忽然明白：去见圣僧，是不应该穿着皇袍、带上那么多侍从和礼物的。

到山中寻访圣僧的念头一直没有打消。下过一场雪之后，太阳劈开一条爽净的山路，我穿着一身粗布衣裳来到山中。我站在一座低矮的茅屋前。听得里面有人问：谁呀？

答：是我。

又问：你又是谁？

又答：我是我。

门开了，圣僧走了出来，双手合十对我说，站在我面前的，不是一位国君，而是一个善男子。来来，我们可以坐下来聊聊了。

我盘腿坐了下来，把腰间的剑横放在膝头。

果然是剑不离身。

习惯佩剑，好像它已经成为我身体的一部分了。

那么，你能否告诉我，你的剑在心外还是心内？

剑在心内。

那么，你的心又安放在哪里？

啊啊，一直以来我都过得浑浑噩噩，不知道把心安放在哪里。

那就暂且把心安放在我的茅屋里吧。

我在茅屋里坐了一个下午。圣僧给我讲了一个故事：他的高祖晚年耽悦佛法，长年不问朝政。有一天，他突然心血来潮招来八方工匠，在宫里建造了一座百尺高的塔楼。他在塔楼顶端，闭关修炼。据说他可以偷听神仙说话。多年来，他没再下得楼来，光是听神仙说话，却没有听到底下臣民说话的声音，结果是可想而知的，他的亲信不得力，以至大权旁落。某夜，星坠木鸣，朝中有人认为这是天降异象，于是联络京畿一支军队，闯入皇宫，杀掉了护卫，在塔楼底下点燃了大火。高祖皇帝的三个儿子听到兵变的消息，便各带三支军队前来勤王。我们的高祖皇帝看到楼下张开的大网，却不敢往下跳，因为他在那一刻连自己的儿子都开始怀疑了。他宁可死于敌人点燃的大火，也不愿意死于亲人之手。就这样，眼看塔楼就要坍塌下来，我的高祖依旧抱着柱子，用绝望的目光俯视着我的曾祖父。

圣僧接着又说，我这位高祖皇帝，活到一定岁数，忽然想到人的寿命无论有多长，终有一死，于是就看淡了手中的权柄与眼前的富贵，看上去他好像是悟道了，其实不然；他后来为了求得长生，宁叫皇权旁落，视生灵于不顾，这实在是不智之举。我知道，圣僧讲这个故事，说这番话，便是要告诫我：既然做了皇帝，就应该做皇帝应该做的事。

那一晚，我就在茅屋里住了下来。睡的是草荐，盖的是破被。

第二天，圣僧突然问我，昨天是否睡得不太好？

岂止不太好，简直就是一夜没合眼。

为什么？

被几只跳蚤骚扰，不得安宁。

你捉到那几只跳蚤了？

一只都不曾捉到。

一个皇帝竟拿几只跳蚤没法子。

是的,我可以战胜很多人,却无法打败几只跳蚤。

几只跳蚤都可以制造出这么大的麻烦来,何况是人?

唉,当皇帝有太多常人难以想象的烦恼。这一切,家父最能体味。他曾把我带到一片松林里,教我如何打坐。松风吹拂一颗心,有禅意啊。可我走出松林时,心底里还是觉着苦啊。

烦恼不除,正念不生。种种烦恼,譬如缸底积垢,越积越厚。

如何除去烦恼?

太阳出来了,我们晒暖去吧。

圣僧脸上露出了淡静的笑容。有风缓缓而至,他像一片树叶那样飘到了阳光那一边。

8

皇后听说我有出家的念头,便派人送来一撮用绳子系好的头发,还特地在捎带的信中说,这是我当年与她共枕后遗落的头发,她每天晨起都会将它捡起来,放入匣子里,时日久了,就集成一束。我揪着这一撮头发,心绪纷乱。隔日,我将太子招来,让他坐在一边,看我如何批阅奏折,如何跟身边的大臣商讨国事。

我们大理国衰弱的时候,有人说我们偏安一隅;强盛的时候,又有人说我们独霸一方。我把城墙修得愈坚固,就愈是招来敌国的侵犯;我把法典修得愈完备,就愈是有人敢以身试法。治理一个国家,我知道,不是靠手中的一柄剑。你有一把利剑,但用来切菜还不如一把菜刀。这是圣僧对我说的话。尽管我凭借一己之力无法改变这个国家的命运,但我还是试图改变点什么,以此证明我比父亲那样的傀儡皇帝要强。直到有一天,圣僧突然告诉我,我在十月会遭遇一场"天变"。所谓"天变"就是:日月交晦,星辰昼见。

圣僧所说的"天变"之日果真来了。太阳刚刚还高挂空中,转眼间天色就暗了下来,狂风乍起,在顷刻间席卷羊苴咩城。这一阵风,不是从西方或北方来,也不是从东方或南方来,而是从四面八方来。我坐在宫中,但听得门窗吱咯作响,桌椅吱咯作响,梁柱吱咯作响,我的牙齿也在吱咯作响。

侍卫来报:高氏族人已在门外陈兵三万。

他们是来逼宫的吧?

他们要皇上登上城楼跟城下将士和百姓对话。

他们为什么偏偏要挑这个时辰?我挥了挥袖子说,不见。

无须探看,我也知道外面已是黑云压城之势。宫里面的人东奔西窜,早已乱作一团,更多的人偷偷卷起了珠宝,打算趁乱逃生。几个嫔妃来到我跟前,用可怜巴巴的目光看着我。我知道她们想要说些什么。

紧接着,一位老臣跑过来传话,归总起来,无非是说我在位多年,内忧外患不绝,天灾人祸不断,应尽早禅位给太子。

我对老臣说，这个我自然明白，太子有高氏族人的血统，他们往后操控起来自然更省心。

老臣说，他们还放话：如果在天光再现之前，皇上还不退位，他们只能采取兵谏。

我自然知道“兵谏”这个词意味着什么。从前，我好斗成性，手中即便没有刀剑，脑子里也是刀光剑影。而现在，我早已倦于争斗了，也深知一场恶战之后，不知道会有多少人最终变成累累白骨。古书记载：周穆王南征，一军尽化，君子为猿为鹤，小人为虫为沙。怎敢想象，那样的惨状就将在羊苴咩城内重演？

想到这一节，我就让老臣跑过去传话：只要他们退兵，我就退位。

我的话刚刚传出去，天光就亮了。城外响起了一阵雷动般的欢呼。

随后又有一名太监来报：皇上，他们已经把您的坐骑准备好了。

够了够了，我冲着那个老太监咆哮道，他们为我准备的东西已经够多了。王位是他们为我准备的，皇后是他们为我准备的，刀剑是他们为我准备的，现在，让我滚出皇宫的坐骑也是他们为我准备的。可我要告诉他们，唯独这坐骑，我不需要他们为我准备。

我脱下了皇袍，解下腰间的宝剑，丢下了所有可以丢下的东西，孤身一人，举着火把，穿过一条秘密通道，逃出了皇宫。此时，一道天光忽然映照在我脸上。远远地，我回头望了一眼，一座城在疏淡的树枝间浮动着，依稀听得草丛下一缕风的呜咽。

我跑到山中，跪倒在圣僧面前，问他如何摆脱眼前这场“天变”。圣僧吹熄了一盏灯，又将它点燃，说，熄灯的人就是点灯的人。我知道，他的意思是让我“先死而后生”。杀死我的人，和拯救我的人，不是圣僧，也不是别人，正是我自己。我把一个俗名叫“段智兴”的人杀死了，然后一个法号叫“一灯”的和尚就重生了。

之后也曾心生邪念，也曾发出恶声，但圣僧会让我跟随他默念一段经文。以前种种，散作骷髅、蛇蝎、闪电、刀剑，交会眼前，我依照圣僧所授心法，收视返听，什么腥风啊血雨啊，全都不见了，那一刻，我心里只有绵绵细雨，只有雨后的彩虹。出家之后虽说不能把一身的烦恼垢洗得一干二净，但心里到底是清净了许多。至于那个影子，是的，他再也没有出现过。我一度以为它跟那个名叫“段智兴”的人一起死去了。事实上，它一直在那里。我不会惊动它，它也不会惊动我。我们相安无事。

9

这么多年来，我修炼的是如何消除身上的杀气。现在我手里即便拿着刀剑，也不会有杀气了；如果我身上还有杀气，树叶放在我手里也可以伤人。

华山论剑之后第十年，我们约定再上华山，此行的目的当然不是论剑。洪七在信中说，他有点想念老朋友了，想在此会会，仅此而已。其实见了面，也没什么好说的。瞧洪七的神色，心里像是装着什么事，可话到嘴边又咽了回去。我不便多问，照例是手捻佛珠，口念心经。洪七觉着无趣，拍拍屁股离开了。两只凝固在枯枝上的黑鸟也嘭地一下张开翅膀，向天空飞去，画了一个大圈，又陡然飞下，落入滚滚云涛。洪七在山里面转了一圈，带回了一只骨瘦如柴的山鸡。不觉间天色暗了下来。洪七从石屋中取来柴火，在我对面点燃了一堆火。远山在风中微微晃动。

洪七来到我跟前，盘腿坐下。

刚才你离开之际，我听到有人发出狼嚎般的声音，心里仿佛藏着大悲恸。

我也听到了，如果我猜得没错，那人是从白驼山来的。

想想也是，只有他的啸声能如此深厚绵长。

我可以感觉到他的内劲。

你过来的时候，我也能感受到有一股强劲的气息拂面而来，这是一股至纯至精的阳刚之气。洪七，你是如何练成一身绝学的？

就是为了混口饭吃，没有什么可说的。

但洪七终于还是说了。

洪七有兄妹八人，他排行老七，洪七这名字就是这样来的。至于他真名叫什么，连他自己也记不得了。洪七的兄妹中，有三个因七日疯或别的什么病夭折，还有两个跟随宋军，战死沙场。

他们平生事略都很简单，没什么可说的。唯独洪七的父亲，似乎可以一说。他是个老饕，好吃懒做。平日里，酒杯常满，光阴虚度，也没有一丁点愧疚感。洪七的母亲对他颇多抱怨。洪七的父亲除了吃，竟不晓得自己还能做什么。洪七的家人迁居异地、妹妹远适之后，宅院从此夷为平地，断了人声。后来盖起的一家酒楼，就跟洪家无关了。洪七在外面浪荡，一直没有回过老家。有时即便惦念那个地方，也是因为那里还有未还的酒债。洪七当过步兵都头，因为酒后痛骂官府，被人告发，当即贬为一般的差人。当地人都说他是“申时一官，酉时一卒”。不过，他也乐得自在，仍然喝他的酒，发他的牢骚，此间跟街头小贩打过架，砍过几个金人的脑袋，偷吃过邻居家的鸡。在大伙眼里，他就是这么一个浑浑噩噩的人，后来有一天，有幸得遇高人指点，练就了一身绝学。他参加过几场能让人谈论七天七夜的武林大会。于是，原来被人瞧不上眼的江湖小混混，也便被人奉为豪侠。

我本不想习武的，洪七说，我的梦想是跟我爹一样做一个老饕，吃遍天下。但有位算命先生说，我这辈子口福不浅，却是乞丐的命。

我说，我还在位的时候曾碰到过一个从汉地过来的乞丐，我问他，现在最想要的是什么？他说，我想要吃一顿红烧肉。于是我就送他一碗红烧肉。他问我是做什么的，我说我是大理国皇帝。他有点不敢相信。他想了半天，跟我说，当皇帝定然是天天有红烧肉吃吧。我说，天天吃红烧肉又怎样？烦恼照样没见少。

他很惊奇，皇帝怎么也有烦恼？我说，这世上如果没有烦恼，我更愿意去做乞丐。乞丐说，乞丐也有烦恼，比如，吃到了红烧肉之后，他还想要一个女人。我说，我赐你一个女人之后，你还会要更多的东西。人有了妄念，也就有了烦恼。洪七，你说是不是？

洪七呸的一声吐掉鸡骨的渣滓说，皇帝与乞丐有甚区分？也屙屎，也吃饭，困来也睡觉。

你说得对。皇帝与乞丐没有区分。我们什么都不是，我们不过是浮云的一部分，是这座山的一部分，是这一阵风的一部分。在我之前，早有一个我存在于天地之间，在我之后，那个我还在那儿。坐在你眼前的，不过是一副臭皮囊。

洪七啃着鸡翅，看几只鸟绕树而飞。

看样子，今夜就要下雪了。

我已经准备好了一壶酒，可惜你不能跟我对饮。

洪七，为什么你的嘴总是一张一合？你是不是还想吃鸡肉？

不，我是想跟你谈谈我的女人。

你的女人？

我听到“女人”这个词，突然想笑，但又忍住了。

算了，不说了。

那你谈谈你在酒肉林中的故事吧。

酒肉与佛隔着肚肠，不相碍的，不相碍的。不过，我一直弄不明白，为什么我吃得越多，越是感到饥饿？

人啊，就是这样，你的双手越满，内心越是虚空。

如果有一天我突然死去，定然不是饿死，而是撑死。

没想到你看得如此通透。

可是现在，我感觉自己心底里空荡荡的，就像房屋建好了，却没有人居住。

那么，我们就坐在风里享受空荡荡的快乐吧。

寂静好像是从岩石中渗透出来的。我刚刚说完一句话，寂静就包围过来。我除了往碗里再添些水，已不赘言。

西

1

铅灰色的天空重重地压下来，雪白的山间，藏着一粒黑色的影子。风一吹，那粒黑影就滚动起来。瞬息之间，影子变大。来人正是洪七，一件黑氅披在他身上，被风吹得鼓荡起来，活像一只刚从天空飞下的大雕。他身后，只有浅浅的脚印。

你是怎么找到我的？我问。

我听到了你的萧声，洪七说，只有你的萧声才能震落天上的那只鸟。

洪七，这些年你的侠名越传越远，连白驼山那一带的人都知道了。

我也听说，这些年来白驼山一带出了不少山贼，手熟刀快，杀人如切菜。

我把他们统统杀掉了。在白驼山一带，我没有对手，也没有朋友。

没有对手的人很可怕，没有朋友的人更可怕。

我的恶名怕是也从西边传到了你们北边吧。你为什么不上白驼山来找我？

因为我不知道自己应该把你当作对手还是朋友。

人人都说我身上带毒，不愿意跟我接近，我只能躲在那山里面了。没错，当我心生仇恨的时候，牙缝间就会分泌出一股毒液。这股毒液让我的牙痒痒的，很难受。

洪七听了我的话，蓦地亮出白刃般的牙齿。他的笑如刀光一闪而过。我从洪七的眼睛里看到了自己。我是一个脸上有刀疤、眼睛里有杀气的人。

洪七从已见油光的袖子里伸出手来，脱掉靴子，在手掌上拍了拍，抖落一蓬灰土，然后就用手指抠着脚趾间的皮垢。眼睛微闭着，仿佛那是一件令人称快的事。

无聊，口淡，便问洪七，这回带来的是什么酒？洪七把腰间的大葫芦拿起来，摇了摇。酒在壶里晃荡的声音听起来仿佛海浪轻拍船舷。洪七说，这是用修罗采花法酿的仙家酒，你不曾喝过吧。我问，这酒好喝么？洪七说，喝过一回，你就记住了它的滋味了。

我们相对坐着。斗酒只鸡，吃将起来。

洪七好吃。洪七吃到兴头上就说，人生最大的乐事莫过于尝别人未曾尝过的异味，喝别人未曾喝过的美酒。

我说，有人好吃，有人好色，说穿了都是一回事。

洪七拍掌大笑三声，说，老毒物，我想听你谈谈女人。

“老毒物”是我的外号。一般人不许叫，叫了，轻则吃一记耳光，重则掉脑袋。不过，洪七例外。

十多年前，我第一次跟洪七在昆仑山下相遇，就有一见如故的感觉。他说我在月光下的脸色极其难看。我告诉他，我是一个厌世者，我曾经想过用各种方式了结自己，可我没能办到。我之所以能死皮赖脸地活在这个世上，是因为这世上曾经有一个我最爱的人和最想杀掉的人。我还告诉他，我爱的是一个我不能爱的女人，恨的是一个一直想杀却无论如何也下不了手的人。洪七说，我明白了，你担心的是如果有一天你杀了那个男人，娶了那个女人，自己反倒没有活下去的意思了，是这样吧？是的，就因为这一句话，我把洪七当成了我的知己。我跟他痛饮了一场，还一口气杀了几十匹狼。

我后来喜欢喝酒，也跟那个女人不无关系。醉眼蒙眬的时候，我看到每一个女人身上都有她的投影。因此，我必须杀掉更多的人，才能忘掉那个男人；我必须寻找更多的女人，才能忘掉那个女人。

你的女人？洪七问，还在白驼山？

在那边，很远很远的地方。

我站起来，拔出腰间的剑，指着鸟飞过的地方。我的手指颤抖了一下，又收回了剑。

剑已入鞘，但空气里仍存寒气。

2

智兴青年浪荡，中年出家。而我跟他相反。少年时节我随同师父读佛经，差点出家做了和尚，到了青年时节，我经历了一些事，反倒浪荡起来了。改变我人生的，从前是一部佛经，后来是一个女人。那个女人就是我的嫂子。哥哥风流成性，在他匆匆打发过的一大堆女人中，嫂子算是他最为倾心的一个。嫂子金发碧眼，能弹会唱，听哥哥说，她是波斯皇族的远裔，祖上从高昌迁来，向来不与外族通婚，但哥哥偏要他们打破这一相沿几百年的规矩。哥哥成亲那日，我喝了许多酒。那一刻，我忽然发觉，嫂子是这世上我所见过的最美的女人。酒后看女人，跟酒前看女人是不一样的，这就像月下看竹影和日光底下看竹影一样。哥哥抱着嫂子进洞房时，嫂子回头瞥了我一眼，用脚尖把门轻轻地掩上。那时候我就是不明白，为什么门轴的吱咯声会让我浑身发痒？

自从有一天，嫂子给我一碟炒熟的蚂蚁，我就倍加怀念蚂蚁的味道了。我舍不得把蚂蚁一口吃完，每次只动用一小撮，放在嘴里，细嚼慢咽，渐渐地，就品尝出火腿的味道来了。这味道勾起了我的欲念。我吓了一跳，赶紧拿起从前读过的经书。读了一段，又开始走神了。那点心思，如何能收拾得住？

我抛掉经书，开始吃肉。可我仍像受了梦魇一般，心中不安。坐不住，出去走了几天，回到家中，人虽坐着，却依旧感觉自己在不安中游荡。

白驼山的人都说，哥哥娶嫂子花去了不少钱财。光是第一次见面奉上的贽礼就有大宛良马、土产珍珠、彩玉、帘幕、裘帽、黄熟香、一种叫作无名异的药。而嫂子的嫁奁除了随身衣物，只有一筐子蛇。嫂子来自白驼山以西三百里地的一座蛇谷，那里的人事天不事佛，独独奉蛇为神（对他们来说，养蛇就是敬神）。嫂子进门那一天，便是把蛇绕在脖子或腰间当作装饰品。白驼山的人见了，都觉得不可思议。嫂子问我，怕不怕蛇？我说，不怕。嫂子就把蛇系到我脖子间。嫂子是这样对我说的：你没有害蛇之心，蛇也不会害你。

平日里无事，她也是把手指般细短的盲蛇放在手掌间玩耍。玩累了，就把蛇挂在床栏上，不许任何人触摸（事实上也没有谁敢碰）。哥哥不喜欢这种冷冰冰、软绵绵的东西，每逢入睡前，他总要把蛇驱赶到门外，可第二天醒来之际，他却发现蛇已缠绕在床柱上，等候着主人的抚弄。哥哥曾经这样对我说，你的嫂子是一个有毒的女人，我不知道哪一天会死在她怀里。

跟哥哥不同，我喜欢玩蛇，月夜里银光闪烁的蛇，蜕了皮、不穿衣裳的蛇，缠绕着树、发出咝咝声的蛇，在不安和期待中曳尾独行的蛇。我从嫂子那里学得咒语，只要对它们发出一声召唤，它们就会游过来。我的手指上有蛇的气味，它们可以在黑暗中找到我。我抚摸着那些曾被嫂子的手抚摸过的蛇，心中时常涌起一阵隐秘的激情和难言的羞耻感。因为嫂子，我认识了蛇；也因为蛇，我认识了嫂子。某些时刻，看到众蛇起舞，我便知道嫂子心情不错；众蛇颓然不动，我便知道嫂子起了愁思。

春夏之交，雌蛇的尾部散发出一股腥甜的气味，雄蛇纷纷爬过来，柔软而无声。我与哥嫂二人坐在瓜架下喝酒的时候，有两条蛇相互缠绕，跟麻绳似的紧紧地拧在一起，两个蛇头，此起彼伏，仿佛都不愿轻易就范。哥哥说，这两条长虫打得恁火热，居然也不避人。正在一旁的嫂子说，这两条蛇都是雄的，它们正为一条雌蛇压颈呢。哥哥问，什么叫压颈？我突然发出一声讪笑，说，你跟嫂子相处这么久，居然不知道这事儿？哥哥说，你是读书人，懂的自然比我这个粗人多。我心中暗暗有些得意，指着脖子最终挺立上面的那条蛇说，两雄蛇相争过后，脖子挺立的这条蛇等一会儿就可以游到雌蛇身边去了。哥哥突然把目光转向了我，说，男女之事你没经历过，两条长虫交配的事你倒是一清二楚。我听了哥哥的话，像个姑娘家那样低下了头。嫂子看着我，也发出了咯咯的笑声。那年我十七岁，虽然学过一些拳脚功夫，但骨子里还是一个读书人，生性腼腆，发现有人的目光落在我身上，我就会退缩到一边去，不敢对视。

哥哥把我的手拉过去，说，你嫂子的手是凉滑的，像蛇一样。这样说着，他把我的手放在嫂子的手臂上。我却像是被火焰烫了一下，倏地收回。嫂子再次发出了咯咯的笑声。

之后就梦见了蛇。我与哥嫂二人在瓜架下喝酒时，嫂子的筷子突然弯曲了，像在水中所见的那样。筷子在蜿蜒中变长，缠绕着我的手臂。然后，我就看到嫂子甩动的头发变成了蛇，吐出的舌头变成了蛇，伸出的手臂变成了蛇。然后，我的四肢不能动弹了。呼吸也变得越发急促。那一刻，我的舌头和四肢都变成了蛇的一部分，融入蛇的身体。哥哥站在我面前，手里拿着一把刀。哥哥身后，是蛇一般淅淅然落下的雨……

热啊热啊。嫂子的嘀咕在我耳边响着。

入夏以来，天上不降一滴雨，地上扬起的尽是黄尘。白驼山的岩缝里渗出的那一点水，每天也就浅浅一碗。我们三人轮流舔那块斑驳的岩石，把棱角都舔得圆润了。嫂子总是跟哥哥抱怨说，没水吃，一说话嘴里就像是含着火焰；没水洗澡，皮肤都渴了，皱纹都长出来了。哥哥骑上马，说是要去远方找水源。可他这一去就是半个多月，没一点音信带回来。我们都疑心他在路上渴死了。嫂子对我说，待岩缝里的水都干枯了，我们就离开白驼山。我说，再等等吧。

哥哥临走时留给我一把短刀，他说，如果有谁敢动你嫂子，你就用这把刀子干掉他。我把短刀一直带在身边，它没有派什么用处。我无聊的时候就把刀拔出来又插回去，插回去又拔出来。突然想起，这只握刀的手至今还没有摸过女人的手呢。这么一想，连手指都有了莫名的冲动。天空中没一丝风。树叶不动。人也不动。一动就出汗。而我想出点汗。我的身体没动，心却在动。心动得很厉害的时候，我的嘴突然想嚼嫂子送给我的炒蚂蚁。阳光移出嫂子那个房间的窗下时，我就跟着移了过去。我听见嫂子的房间里传来布谷鸟般的嘀咕：热啊，热啊。我坐在窗外，出汗如浆。我担心自己这样坐下去会被汗水淹没。

哥哥这么长时间都没有回来，怕是真的出事了。我隔着墙把话递了过去。

她依旧嘀咕着：热啊，热啊。

太阳收起余光的时候，我放大胆子走进了嫂子的屋子，对她说，我带你去一个凉快的地方。

嫂子说，索性带我去遥远的地方吧，我不想再见到你哥哥了。

你去哪里？

马跑到哪里就去哪里。总之，不要再见到你哥哥了。

夜晚来临的时候，我把嫂子抱上了一匹白马。照着我的月光也照着她，她像是坐在水底，浑身闪烁着银光。紧接着，我也翻身骑上了马，轻轻地搂住她的腰。马一跑动，一阵热风就迎面扑来。嫂子说，这样的情景，我好像在哪里经历过呢。我问，是在梦里吧？不，她说，小时候读过一本波斯文的传奇，里面有个骑士，凭着单枪匹马把公主从魔鬼的城堡里带出。我现在闭上眼睛，就能想起那本书里描绘的场景。

我的马跑进了风里，越跑越快。然后，我就感觉马消失了，我们在风里面飘着。嫂子说，我们这样跑着，说不准像那本书里写的那样，能跑到天边的仙宫里去。她这样说着，忽然翻过身来，与我交颈相偎，嘴里的热气喷到我脸上，有一种说不出的刺痒。紧接着，嫂子像一条蛇那样缠绕着我，好像恨不得把我勒死。我能感觉到她那纤细的骨骼里埋藏着惊人的力量。

从马上下来之后，嫂子就成了我的女人。想到她那裸露在风里面的、流着汗珠的身体都属于我的，我还要什么白驼山，还要什么好名声？很快地，有关白驼山的流言就传了开来。这些流言当然是跟男人和女人有关的，被风一吹，也就传回我的耳边。我听到的那一切比起眼前这一个妙人儿，不过是一阵风罢了。我不在乎了，什么都不在乎了。这一辈子为一个女人而堕落总归是值得的。

3

（那年秋天，老毒物，亏你还记得，我们坐在昆仑山脚下，黑压压一群狼围了上来。你我各执刀剑，一口气杀死了三十多匹狼。后来你把那一口带着毛血的宝刀赠给我，我也把手中的短剑赠给你。那一晚，你竟在睡梦里发出了狼嚎的声音。）

4

白驼山的太阳随时都会让一个正常人变成一个疯子。我在白驼山中研读佛经，修炼剑术，原本只是为了防非止恶，但后来我无法抵挡各种诱惑，最终还是破了戒体。哥哥曾说，你只需学会我三分坏，就可以在江湖上混了。这是哥哥对我说过的最真诚的一句话了。

哥哥这一走，也不是断无消息。

哥哥的消息总是零零星星地传到我耳边。他这一路外出找水，遇到了一些匪夷所思的事。他出门两百余里时，先是在半路上犯了先前从未犯过的头风病，那一带，一眼望出去只有红沙，太阳照得他快要昏死过去了，日头西斜的时候，幸好有一支马队经过，把他给救了。马队里有人认得我哥哥，当年他们从白驼山下经过时，给我哥哥狠狠地敲了一笔银钱，心里头原本就有些愤恨，这下子他们大可以见死不救，但马队里的头目说，把我哥哥就这样扔下不管，还不如送到前头的双旗镇。哥哥全身乏力，就任由他们把自己的手脚绑了个严实，搁上马背。白驼山与双旗镇各设关隘，但凡商队从这一带经行，要么抄近路走双旗镇，要么绕远道走白驼山庄，我们要做的就是给商队提供向导和饮用水，然后收取一笔大小不一的银钱。白驼山地僻路远，因此，商队往往喜欢选择在双旗镇歇脚。早年间，哥哥在白驼山混不下去，就跑到双旗镇上做些鬼市买卖，他以滥饮闻名，也以滥杀闻名。因此，在这个镇上，他没有一个朋友，只有一大堆仇人。哥哥从双旗镇回来之后，就拉起一伙人建起了白驼山庄，开辟了一条可保商队五百里畅通无阻的路线。车过压路，马过压草，收点保护费也合情合理。这下子，一些原本投止双旗镇的商队也不嫌脚程远纷纷改道走白驼山。有利益争夺的地方，就有江湖。双旗镇的人对我哥哥恨之入骨，曾派人上门挑衅，但都有来无回。没承想，天公不作美，入夏以来，白驼山一带久旱无雨，水源干涸，所有的商队又不得不走水源丰沛的双旗镇。那支马队也是临时改道，他们去往双旗镇虽说是投宿，却像投诚。设若他们交出我哥哥，不仅可以得到一笔赏钱，往后出关入关兴许还可以获得免费派送的向导和饮用水。在送往双旗镇的路上，我哥哥居然跟他们做起了一笔买卖：此去双旗镇是两百余里，此去白驼山也是两百余里。若是把他送往双旗镇，也无非拿到少得可怜的赏钱；若是放他回去，他可以赠送对方一笔可观的银钱。权衡利弊，马队的头目就下了决定，亲自带上两名精壮汉子来到白驼山，向我和嫂子讨赎金。马队头目带来了我哥哥的一封亲笔信和帽子，说明来意之后，又试图晓以利害。我看着那个马队的头目，露出了微笑。他问我笑什么，我说，我笑这世道呵。这世道越来越看不明白了，商人可以变成强盗，强盗也可以变成商人。马队的头目冷笑一声说，在这乱世里，还有什么世道人心可讲？能够活命就不错了。我给他们端来两张椅子，让他们在大厅里稍待片刻。我进里屋洗了个手出来，他们就已经口吐白沫，横躺在墙角了。我没有惊动一粒灰尘就把他们放倒了。这是我第一次亲自动手杀人。嫂子问我，为什么非要杀了他们？我说，哥哥如果带来的是一只鞋子，就说明他处境危险；但他带来的是帽子，就说明他虽处险境，但他好歹可以设法脱身。是日，我孤身一人骑马去寻找哥哥，沿途看到几具尸体横七竖八地躺在地上，每具尸体的脖子间都有一道很长的伤口。我瞥上一眼，就明白，哥哥让马队的人到白驼山取赎金，就是为了求得让自己缓过劲来的时间。他一口气杀了那么多人，大概又可以找到一家酒店痛痛快快地喝上一坛酒了。我见过哥哥杀人的场景，手起刀落，仿佛干的是一件可以带来快意的事。每回杀完人，他就开始喝酒。这回他去了哪里，我不得而知。我沿着遗落路边的驼粪，一个人在荒漠里走着，天是青的，地是黄的，心间荒凉的。穿过一座又一座废墩和土堆子，前面就是双旗镇，被破败的土墙围绕着。黑暗中能见到悠远的灯火和低矮的星星，也能听得细弱的哭声，但这些跟我统统无关。哥哥的生死也跟我无关了。我脑子里只有嫂子。她是唯一跟我有关的人。一想到她正独自一人待在黑暗中，我就拨转马头，急着赶回去。嫂子问我是否见到了哥哥，我就把自己一路上的所见所闻告诉她。事实上，有一个细节我有意无意地遗漏掉，那就是：我看到了哥哥遗下的鞋子。之后，从双旗镇传来消息，说哥哥杀掉了那个镇上最厉害的人物，还带走了他的女人。哥哥是一个耐不住寂寞的人，一个喜欢冒险的人，他总想去追求那些得不到的东西。因此，我疑心他此行原本就不是为了找水，而是寻找另一种更重要的东西：女人。当然，女人也是水。是另一种用来解渴的水。再过一阵子，又有人传来消息，说我哥哥已被官府收押。我知道，凭牢里那几条生了锈的铁锁是捆不住我哥哥的，他想走就走。他愿意蹲在牢里，大概是为了躲避仇人的追杀。或者，他那脑子里还有别的什么盘算。一个多月后，嫂子突然告诉我，她怀孕了。这一下，我不知道该如何是好了。嫂子说，一直待在这里不好，会有人传我们的闲话。我说，谁乱嚼舌头我就把他们的舌头给割了。嫂子说，算了吧，舌头是割不尽的。

我问嫂子，如果哥哥知道了我们之间的事，他会怎么做？

嫂子说，他不会杀我，因为他知道，谁杀了我们蛇谷的人，鬼魂就会变成毒蛇纠缠他一辈子。

我掏出哥哥赠我的一把短刀，在灯下久久地凝视着。嫂子说，你看刀的目光比刀更可怕。但我的目光从那把刀移到嫂子身上时，她的目光也变得跟我一样可怕了。

嫂子说，带我走吧，离开白驼山。

为了躲避哥哥，我带着嫂子离开了白驼山。我们沿着昆仑山走了半个多月，找到了一座跟白驼山相仿的山，就此住了下来。这一年秋天，我们诞下一子。孩子满月时，一个皮肤黝黑的僧祇人找到了我们，说是受我哥哥所托，要带我们回去。我问他，你是如何找到我们的？僧祇人说，这一路上，我见到有几个小混混使用白驼山的功夫，自然就猜到你们躲在这儿了。他这么一说，我才想起，之前我为了补贴家用，确曾教过他们一些拳脚功夫。我原本想教他们自创的功夫，但他们嫌这种像蛤蟆一样跳来蹦去的拳法难看，我就只好教些寻常套路了。僧祇人看起来是个老江湖，哥哥托他办事，算是找对人了。不过，他也算坦诚，把我哥的意思都一五一十挑明了说。他还帮我们分析，说我哥哥手头不缺女人，只要我带嫂子回白驼山，低头认个错，兄弟之间往后还可以和和美美地过日子。嫂子给那僧祇人烧了一碗面条，以礼相待，他却不敢伸箸。嫂子和我坐下来，就把那碗面条呼啦一下吃掉了。那人在门外，一边吃着自带的馕饼，一边晒着太阳，吃着吃着，头一歪，就倒下了。没过多久，一条蛇就游了回来，沿着嫂子的大腿，一直游到嫂子的袖子里。嫂子的袖子里藏有两条毒蛇，一条能置人于死地，一条可以致人昏迷。僧祇人只是暂时昏迷，应该没有大碍。我趁机收拾好银钱常物，携妇将雏，离开了这个已经暴露行踪的地方。这一路上，我们好不容易才甩掉哥哥布设的眼线。我们穿州过府，辗转水陆，从西域一直走到北方一座县城，然后又坐漕船来到临安府。毕竟是都城，繁华的景象跟诗文里所描述的大致不差。除了对南方的湿热天气抱有不满之外，我们对这里的风土并无恶感。因此，我们就决定在城里一个偏僻的角落赁屋住下来。嫂子虽说不是富贵人家出身，但她不想被南方的蛮子们低看，平日里买东西居然也是大手大脚的。短短数月，只出不进，我们身上所带的盘缠和珠宝很快就挥霍殆尽。

八月中秋，家家户户都围坐起来吃团圆饭，唯独我与嫂子对着一张空桌子，长吁短叹。嫂子说，这穷日子过起来也真够漫长的，白天也漫长，夜晚也漫长。我笑问，你说说看，这日子究竟有多漫长？嫂子说，就像从北方到南方那样漫长，你还嫌不够么？我听了便自嘲说，穷人家嫌时间过得慢，别叫隔壁的富人家听到了，否则他们是要羡慕的。嫂子轻叹一声说，早知这样，当初还不如听从你哥哥的话回白驼山。我说，你要是回白驼山，怕是少不了我哥的一番虐待。嫂子说，你哥那脾气我摸得透了，他是不能拿我怎样的。见我闷声不响，嫂子就说，我们这样子吃老本到底不是个法子，好歹得找点事干。我说，我早年也算读过几部圣贤书，不如去做馆师。嫂子说，你不会说官话，天晓得哪位东家会延请你做馆师？我拍着胸脯提高嗓门说，我还有一身武艺呢。嫂子说，你也是空有一身力气，让你撂地卖艺你不屑于去做，让你开家武馆你又怕暴露身份。我说，难不成让我去打家劫舍？嫂子冷笑一声，你敢么？我说，不是不敢，而是不为。嫂子又叹了一口气，还是早点睡吧，明天的事儿明天再说。嫂子转身睡去。我很无聊，便从枕底掏出一本卷了角的、掉了线的剑谱，就着油灯翻看。嫂子说，省点灯油吧，夜里给孩子把尿还用得上呢。我也叹了口气，把灯吹灭了。这一夜无话。

鼻下这一横，最是要紧。我仗着自己有一身武艺，接了一桩替富人家押送绫罗绸缎的活儿。半路上，我察觉到同行者的言行有异，便多留了个心眼；细察之下，方知此行是哥哥设下的一个圈套。我急匆匆赶回家中时，发现嫂子和孩子都不见了。桌上留着一封嫂子的亲笔信，说是哥哥找过她，要带她和孩子一并回白驼山。还说哥哥已经原谅了我们，往后不会亏待母子俩。

从语调来看，这封信显然是在哥哥的劝哄之下写成的，字里行间，能读出他的几声冷笑。从我离开白驼山那一天开始，哥哥就已经给我撒了一张网，无论在哪里，他都能收放自如。我带着嫂子东躲西藏，到头来却发现自己不过是一条网中之鱼。也许，哥哥正是以这种方式告诉我：他可以把所有的人玩弄于股掌之间。

我在江湖上行走的时候，磕磕碰碰经历了一些事：中过毒、吃过官司、被人坑蒙过、被一群号称名门正派的人围攻过。我没有像洪七那样幸运，在危难关头，蒙受高人的指点，还得到一本发了霉的手抄本。有江湖的地方就有刀剑，那些看得见的刀剑和看不见的刀剑，有时在前，有时在后，有时在头顶，有时在脚下，有时在太阳底下，有时在黑暗中。我每向前走一步，就是离死亡更近一点。所以，我告诉自己，下手必须狠一点。我在江湖上混了些年，好歹也有了名气。因为我，那些人记住了“白驼山”这个名字。有些找我约战的人，曾奔赴白驼山，让哥哥不堪其扰。哥哥不得不托人给我带来一份口信，警告我不要在外面给他添麻烦。可我偏偏是一个喜欢惹点麻烦的人。

有一天，我发现自己变得越来越像哥哥：杯子里一定要有酒，床上一定要有女人。

5

你们兄弟俩后来有没有再见过面？洪七问。我没有回答，只是望着阴沉沉的天空。过了半晌，我问洪七，你谈过恋爱么？

洪七说,自然谈过。

我冷笑一声。

你笑什么?

我没笑。

你笑了,而且我知道你为何发笑。洪七我虽说是条硬汉,但硬汉也是有柔情的。

洪七,你身上的侠气重了些,可你要知道,侠气这东西是不能带到床上去的。

我对女人的态度恐怕跟你大不相同。

别跟我讲你是懂女人的。上回你见了那些个蛇精一般的女人还不是拔腿就跑了?

你找过那么多女人未必就比我更懂女人。

我找了那么多女人就是为摆脱一个女人。

洪七举起手掌,露出一根残指说,因为对不起我心爱的女人,我剁掉了自己的一根手指。

可你还是不懂女人。

可我懂得女人的心思。

你懂?

我懂。

我们能不能谈点别的什么?

你哥哥后来怎么说没消息就没消息了?

我知道这个话题是无法回避的。但我的目光仍然在半空中茫然地搜索着什么。铁条般的枯枝被风吹着,发出呜呜的声响。

我将他杀了,我说,后来又将他埋在白驼山下的一口枯井里。

你就这样干掉了自己的亲哥哥?

是的。

我还记得那天傍晚突然下起了大雨。雨水打在我脸上,继而又打在泥土上,冒起了一个个泡眼。有很多雨点落在很多树叶上,我的心思很乱。哥哥张开双手,对我说,弟弟,你总算是回来了,可你嫂子已经等不到这一天了。雨是黏糊糊的。我流下了眼泪,哥哥也流下了眼泪。我们拥抱着,在泥地里打着滚,然后我就把刀子缓慢有力地插进他的胸口……

东

1

雪天喝慢酒。雪是慢慢落的,酒也是慢慢喝的。不知不觉,天黑了下来。山上就这么一座石砌的小客栈,大雪封山之前店主下山过冬去了。留下柴米,客人可以自己取用。人人是客人,人人也都是主人。循旧例,客人在临走前会留下几块碎银或一些值钱的物什。

我们早有约定:每隔十年作为朋友在此聚一次;每隔二十年作为对手在此聚一次。好像我们活在世上,就需要这么几个作为对手的老朋友和作为朋友的老对手。老毒物和法师就善恶的问题聊了一整天，似乎都觉着有些乏味，便打算早早进房歇息了。老毒物进屋看了看，出来对法师说，一间房，两张床，小得不能再小了，怕你这种富贵出身的人会嫌憎。

能容膝否？

能。

那就好了。

床也极小。

能伸脚否？

能。

那就好了。

二人进去后不再言语，各自睡下。

我和洪七仍在灯下对饮。两条影子映在墙上。洪七脸上布满了寒气，没有笑容，仿佛它已经被冰雪冻结了。我左手执杯。杯中的酒尚是温热的。

能跟我坐同一张桌子对饮的，这世上恐怕不多，你是其中一个。

能跟我论剑的，这世上也不多，你是其中一个。

你是我的对手，也是我的朋友。

有了这杯酒，我没白活了。

这话有点意思，我记下了。

我是个酒徒，举杯之前，总觉着，喝酒是世界上最有意思的一件事。但每回喝完酒后，就觉着喝酒是世界上最没意思的一件事。

我从桃花岛赶到华山，走了几千里路，心里头觉着没意思透了，但此刻跟你举杯对饮，忽然又觉着有意思了。很多你觉着有意思的事玩到最后会发现它没意思；很多你觉着没意思的事玩到最后却突然发现它还是有点意思。所以，人就是这样，不玩到最后，不知道这一辈子究竟有没有意思。

你在岛上住着，徒弟们被逐出去了，女人又没了，有意思？

我喜欢享受这种孤独。

那样一个岛，跟悬在天上的月亮一样，想想都让人觉着冷清，你居然还说自己“喜欢享受这种孤独”，真叫人不可思议。

门外的雪山发出一阵怪异的低吼。带来洪七脸上寒气的仿佛不是漫天的大雪，而是背后挂在墙壁上的剑。

我能感觉自己脸上的寒气正一点点变重。

2

我出身书香门第，家父是一位名气不薄的郎中，他得知我无意于参加春闱考取功名之后，便希望我能传习岐黄之术，将来也好养家糊口。但我平素喜欢跟一些奇人异士混在一起，写写诗，弹弹琴，此外就是遍访名师，学习剑术，偶尔也跟人比画两下，出点汗。在江湖上，打得精彩的，就叫比武；打得不精彩，就叫打架。我跟人打斗时，连捕快们都会过来围观。家父见我生性桀骜不驯，也就放任不管了。家父去世前，嘱我把他的诗稿交给一位住在邻县山中的冯先生，请冯先生写序。他姓冯，素以诗书画著称，性情有些孤傲，因此就住到山村里来。听父亲说，他不会舞剑，却喜欢在墙上挂一柄剑，偶尔也会拔剑出鞘，在灯下端详一阵子。我到他府上的时候，家奴告诉我，他中午喝了点酒，至今酣睡未醒。我就坐在客厅里，一边喝茶，一边浏览四壁的书画。不过片刻工夫，就有一个姑娘走过来，跟我打了一声招呼。得知我也会写诗，她就跟我谈起诗来。见她才学不凡，我就把诗稿递给她看。她坐一隅，粗略翻了一下，然后对我说，诗才倒是有几分，不过，有些诗句分明是从古人那儿偷过来的。我说，家父每一句诗都是自己苦吟所得，怎么会偷别人的东西？她说，有几首诗她在古人的诗集里面读过，不信的话可以从头到尾背出来给我听。说完之后，她就一口气背了四五首，居然跟家父的诗一字不差。我听了，既惊且怒，却又不知道怎么解释。我拿起诗稿正要离开时，屏风后面走出一人，正是冯先生。他笑呵呵地告诉我，方才的谈话他都听到了，继而向我介绍身边的姑娘，她叫冯蘅，是冯先生的小女儿。冯先生还特地说明，她有着惊人的记忆力，读书过目不忘，而且倒背如流。待我得知她在捉弄我时，我的怒气才渐渐消掉，而她大概有些不好意思，出来道歉时脸上还带着大朵胭红。我们就这样认识了。之后我写了诗，就悄悄递她过目。她跟我说，她会看诗，但从来不写。因为她一提笔，脑子里就涌现出无数现成的诗句。这也从另一面证明她是心高气傲的:既然前人比自己写得好,她就没有必要写什么东西了。这一点,她倒是跟我颇为相似。如果我要弹琴,绝不容许别人比我弹得好;如果我要学剑,绝不容许别人的剑术在我之上。但蘅是个例外,她的琴棋诗书画都在我之上,我对她只有膜拜的份。

后来我就放不下她了。从冯先生跟我对话时流露出来的奇异的热情,我可以觉察到他已经在暗中打量我了。当我请求他将蘅许配给我时,他拈着胡须沉吟半晌说,我等你这句话已经等了很久了。然后,他就把墙上的宝剑摘下来,赠给我,说这是他祖上的佩剑。

我该怎样比喻我的蘅?说她是清晨的露珠未免显得轻薄了;说她是春夜的月亮又显得玄远了。是的,我将她握在手中那一刻就找到了一个贴切的比喻:她就是我手中的玉箫,可以吹奏出温润而洁净的声音。新婚第二天,蘅就早早坐到案前。我喜欢看她目光柔和、双颊温暖的样子。问她作甚。画画。又问她要画甚。她笑而不答。蘅年幼时曾梦见有人赠她一支笔,醒来后她就开始画画。她只画梦里见过的东西,无中生有的东西,因此,她的画跟每个画师都不一样。那天,蘅画的是一幅桃花岛的长卷。她在桃花丛中添了一男一女,我自然知道她画的是谁。蘅在画中落款之后,就对我说,她很想去海外寻找这样一座桃花岛:那里有一大片桃林,有一群飞鸟和一些温驯的走兽。我说,那里还应该有一群男女老少做我们的邻居吧。蘅皱了皱眉头说,我们不需要邻居。

我这样子，算是入赘冯家了。冯先生是个方正的、近于古板的读书人。有一回，我和蘅从城里归来，穿上金人的时髦衣裳，戴上金人的首饰项链，冯先生见了，大为光火。他说，金人毁了他们的家园，他是不愿沦为异国臣民才从北方迁居南方的。事实上，冯先生也并非我想象中的那种方外高人，他是恋栈的，他也总是惦念着那座已经辟作战场的北方的故园，他一直在等待着有朝一日像宝剑出鞘那样被皇帝召回。这个机会他终于等到了。于是在知命之年，他毅然带上家人走马上任。我和蘅既没有与他同行，也没有留下来，而是开始外出漫游。我们不知道自己应该去往哪里，我们只是朝着一个方向不停地走。走到海边，人们告诉我们，这里已是陆地的尽头了。已经没有路可走了。但对我们来说，消失的是道路，而不是方向。我们找准了方向，道路很快就会出现。这条路就是海路。我们驾着一艘大帆船出海。白昼的时候，船在海上，有好风相从，平直如矢。我们一边饮酒，一边观赏海景，感觉就是御风而行的神仙了。不料到了晚间，海上起了恶风浪，我们只能躺在船上。第二天晨光微露时分，我们居然发现有一座岛跟蘅所描画的一般无二。就是这里了，蘅指着岛上盛开的桃花说，这就是我们可以终老的地方了。

我凭借书本上的营造法式，造了两间竹屋，一座木屋。我用藤皮茧纸制成纸帐，蘅在帐上画了梅兰竹菊，还题上了诗。为了我，她那双手娇嫩、纤细的手开始操持起锅碗瓢盆了。冬天我们住木屋，夏天我们住竹屋。我们还在庭院间种了一大片桃花，屋舍里外洁净无尘。平常出入,除了我与蘅,还有鸡犬。岛上的时日是悠长的,好像我们不会老去。我们可以花整整一天时间推敲几行诗句,借此打发雨天或炎日困居带来的种种无聊。更多的时候,蘅弹琴我吹箫,偶或有鸟相和。

设若这世上果真有一对神仙眷侣,彼此相爱,爱得极深,过着与世隔绝的生活,毋须担心外人夺其所爱,天天有麦饼可吃,有玉簟可睡,日子久了也难免要心生厌烦。我与蘅,毕竟是吃五谷长大的,都有七情六欲,在孤岛上生活,何尝没有厌烦的时候?人这东西,别说相看两不厌,有时对自己也会莫名其妙地讨厌起来。让我不能忍受的,不是孤独,而是整天价腻在一起的生活。我背着她独自一人去密林中打坐的时辰,她居然可以凭借嗅觉找到我,然后搂着我的脖子不停地问:你是不是厌烦我了?你是不是不爱我了?在这座岛上,除了蘅,我还能爱谁?但我须得每天不厌其烦地回答她一次。

我们都不想要孩子。这是蘅的意思,也是我的意思。其实也不是我们不想要孩子,而是要了之后,会给我们带来可想而知的麻烦。孩子一旦长大成人,无论男女,好歹得给她物色一个伴侣。设若夫妇不谐,一辈子在岛上受闷气,固然不是一件好事。可是,万一孩子不要伴侣,喜欢独来独往,也不见得是好事,我不能想象,当我们死后,我们的孩子独自一人,与野兽为伴,孤独终老。因此,蘅总是担心自己会怀孕,担心我制作的鱼鳔不够牢靠。

3

（孽障啊孽障，你看那白驼山兄弟，先是叔嫂通奸，继而是哥哥虐嫂，最后是手足相残，真不晓得为的是哪般。再看那大理段氏，祖上几代，先是做皇帝，风风光光，到后来，个个看破红尘做了和尚，为的又是哪般？再说你，桃花岛岛主，与冯氏才貌相当，称得上是神仙眷侣，谁知有一天，生出了恁多变故，说书先生若是把你们的故事编成传奇，怕是三天三夜都讲不完。）

4

每年春天，我就会浮海登陆，在一些城市或乡野游走。我杀过几个人，也救过几个人。我这一辈子最懊悔的一件事就是收了一个女弟子。我从几个刀客手中救下她时，她还只有十来岁。她姓梅，是孤儿，长得黄瘦，看了叫人心疼。我对蘅说，我们把她带到桃花岛，做家中的婢女吧。蘅端详了半晌，淡淡地抛下一句话：是一个美人胚子。

在蘅的调教下，梅学会了读书、写字、做女红、种植花草。梅性格活泼，对陌生事物总是抱有异乎寻常的好奇心。一天饭后，她忽然跑过来问我，先生，猫会做梦？我答，会。又问，狗也会做梦？又答，会，万物有灵都会做梦。她的眼珠子转动了一下，似乎明白了点什么事理。

但梅也是独独怕我的。有一回，我舞罢一套剑法，她突然来到我面前，绞着双手，怯怯地问，先生是否可以教我剑术？我没吭声，瞪了她一眼。她吓得退后一步，眼眶里似有泪水隐隐蠕动。这时，蘅也走过来，笑着解释说，让你教她剑术是我的意思。我仍然没作声。

看得出来，蘅对梅是满怀怜爱的。她曾经嘱托我，下次出海，一定要带回一个少年，以后做梅的丈夫。我把这话记下了。

次年春天，我再次出海。这一回，我一口气收了两个徒弟。一个是秀才，屡试不第，回家后，才得知家里发生匪祸，一家老小无一幸免，妻子被辱，坐着一条破船划到河中央自沉而死，秀才自知复仇无望，一时间万念俱灰，便打算偷我的剑自刎。我把他打翻在地，对他说，我的剑不能沾上读书人的血，不如我送你一根绳子，你自己找一棵树吧。这人跟我聊了一晚，后来就想通了。另一个，是我在海上遇见的一名被海盗绑架的少年，这事我本可以袖手不管的，但忽然想到梅，便出手把他救下了。这少年，有秀骨，也有清相，跟梅在一起，可以说是天生一对。我把二人带回桃花岛，教他们剑术。梅见了，就嗔道，先生偏心，光收男弟子，瞧不上我这女流之辈。我问她，这话是谁教的？梅一怔，不敢说话了。站在她背后的蘅，默默微笑着。

一年以后，梅就能把我所授的一套剑法舞得十分流畅自如。再过一年，她就可以跟两位师兄对练了。竹林内、山洞中、海滩上、峰顶、亭下、溪畔时常可见他们的身影飘来飘去。我喜欢站在一株树的顶端，看他们舞剑。骨清年少，什么都是好的。眼前落英缤纷，剑花迷离，我能感受到天地间循环流转的气息。

后来，我又收了三名徒弟，分别为他们取了一个带“风”的名字。蘅也曾问我，为什么每个人的名字里都带“风”字？

无他，我说，那天我给他们取名时，岛上正起大风。

忽忽过了多年，梅已长开了——脸上的一片嫣红、肌肤上的一层柔光都让我想到蘅当年的模样。有时天气晴好，她会无所顾忌地躺在一张鲜绿的芭蕉叶上，沐浴着古铜色的肌肤，而阳光恰到好处地落在她那张稚气未脱的脸上。直到有一天，蘅看到梅像一只梅花鹿那样步履轻盈地从树下经过，就跟我断定：梅已经爱上了一个人。

梅究竟爱上了谁？出于好奇，我也在暗中察看她的一举一动。

一个有月的夜晚，我看见梅与二师兄来到沙滩上。二人对视片刻，二师兄突然拔剑，刺向她的喉咙；那一瞬间，她的身体却像一片桃花那样飘开了，继而拔出腰间的剑，向对方进攻。他们时进时退，跳上蹿下，如同起伏的波浪。两剑频频相交，碰出一簇簇火花来。一开始，他们的一招一式皆不离章法，及至后来，体力渐衰，手法和步法便越发杂乱，喘息声也越发粗重。我从未见过如此酣畅淋漓的缠斗。大概是虎口震麻的缘故，他们索性扔掉手中的剑，相对而立，渐渐地，二人变成一人，如同凝固一般，唯闻风吹衣袂的噼啪声。忽地，一个巨浪打过来，吞没了他们的身体。当他们浮出水面时，浑身闪烁着鱼鳞般的银光。

临睡前，我把这事告诉蘅。她说，你这当师傅的，为老不尊，怎么可以偷窥自家的弟子？我说，有时感觉这座岛屿好比一池水，太过沉寂了，偶尔来点风吹鱼跃，仿佛也能散发一点生气。蘅说，自从梅情窦初开之后，岛上的桃花就开得比往年更欢了，真好似汲取了天地间的阳气呢。我听了，微微一笑。蘅说，你的脸整天像鼓皮那样紧绷着，近来却见笑脸了。我摸了摸自己的脸，仿佛微笑跟湖面的涟漪一样，是可以触摸的。

蘅是一枝素莲，温婉娴静；梅是一株桃花，天真恣肆。我在心里这样比较着。

正是桃花开放的时节，梅的身体里仿佛也有一株桃花争相绽放。她开始叫了。她的叫声里面有一种胎里带的、未被损害的元气。是她的叫声让那一年春天的桃花看上去更娇艳袭人了，也是她的叫声在我枯寂的心中突然注入一股活水。听着听着，我便有了逸兴，拔出剑来，舞了一阵，心思还是有些散漫。

梅与二师兄把身体藏在树林里，但他们的快乐却像藏不住似的，随着叫声飘到天空。于是，徒弟们开始向我抱怨：梅的叫声太放肆了，简直像个娼妓。

我说，这是因为你们每个人的心里有个娼妓。

师父也听到了？

听到了，我说，岛上所有的人都听到了。

如果他们再这样下去，师父可以把他们逐出桃花岛。

如果有一天我把他们逐出桃花岛，也会把你们一并逐出去。

可是，师父，你不觉得他们太不知羞耻？

你们偷窥别人，难道不觉得羞耻？

原来师父都看到了。

是的，我说，我听到了不该听到的，也看到了不该看到的。不过，你们应当感谢梅才对。

我们还要感谢梅？

你们的剑法原本是中规中矩的，可这一阵以来，你们的剑法中却添了一种姿肆之气，这是我先前不曾见过的。

他们听了，有的嘿嘿冷笑，有的在暗中嘀咕起来。

与徒弟们闲聊一番之后，我回到房间。蘅说，我听到了梅的叫声，突然想生个孩子了。蘅跟我在一起，向来是谨守古风的，可是那一回，她说这番话时双颊却飞起了两片艳红。我们吹熄了灯，静静地躺在纸帐里，听着潮水在黑暗中拍打的声音，体味着属于夜晚的隐秘欢乐。蘅再次跟我说，我们生个孩子吧。

5

蘅的肚子变得一天比一天大了。

蘅的变化我当然是最先觉察的。先是穿着变了。自从来到岛上居住，蘅一改往日，只穿一些偏于清素的衣裳，颜色以蓝色或玄色为主。这阵子，她竟翻出了箱底那些桃红柳绿的旧衣裳，每天更换。

然后变的是脾气。奇怪的是，蘅突然变得多疑了。有一天夜晚，我与蘅坐在院子里仰观天象，忽而听得远处密林间传来梅的叫声。我指着天上的星星笑道，一定是九紫桃花星落在八卦桃花位的东南方了。蘅突然抓住了我的手问，你说那晚看到梅裸露着上半身从海滩那边跑回来，远远地就能闻到她身上散发的盐味，那一刻，你脑子里究竟想了些什么？我说，这盐味飘过去也就飘过去了，谁还会想得恁多？蘅又不依不饶地问，你有没有察觉，梅看你的目光是不是越发不一样了？我素知蘅心地纯净，但一个女人的心被嫉妒这条毒蛇噬咬之后，就会引发种种离奇的猜想。我跟梅之间的师徒关系，一直以来都没有发生变化。梅自幼丧父，不能排除她对我确乎有一种微妙的依恋，而我对梅自然也不同一般，但我总能很得体地把握师徒之间的分寸，不至逾分。蘅是何等聪明的女子，她从梅的一个眼神就能看出什么苗头来，虽然不欲点破，却早已心存防范。这一晚，我们观望的是天象，蘅却从紫微斗数谈起，以主星、桃花星、煞忌星比拟我与梅以及她的二师兄之间的关系，还说什么三星会合，必致乱伦，越说越离谱，我就闷声不响地走开了。

我与蘅偶生扞格，但很快就会和好如初。她总是害怕我会疏远她，害怕别的女人（当然是梅）会分走我对她的爱。当初，她让梅拜我为师，何曾有过这样无端的忧虑？这里面大概就有点像她自己说的“种了芭蕉，又怨芭蕉”的意思了。

当徒弟们告诉我，梅同她的二师兄坐着我的船，悄悄离开了桃花岛，我只是很淡然地说一声“我知道了”就回到自己的屋子。我知道,他们是迟早要离开我,去寻找属于他们的桃花岛。我在吃饭时跟蘅说起这事时,蘅的反应也是平淡的。她说,他们在这里跟大家格格不入,找个自在的地方倒也不错。蘅这么一说,我反倒有些怅惘了。毕竟,我们相处了那么多年,已是情同家人,说走就走,于情于理都说不过去。可是,这世上很多事都是没有情理可讲的。吃过饭后,我独自一人躺在床上,漫无边际地想些往事。竟感觉,梅不过是我梦里见到的一个女子,而桃花岛也不过是我梦见的一个地方。我不知道自己何以会如此怅然若失。月光照进屋子,我披衣起来,转到书房里,翻了翻书,仍旧两手空空地回来。我走到蘅面前,告诉她:那部经书的上册不见了。

蘅自然明白我所说的经书指的是什么。她怔怔地看着我,突然冒出了一句话:你的脸色真可怕。

我不用照镜子也晓得自己的脸色有多可怕。不过,在蘅面前我还是忍不住说了几句不必挑明而她也能会意的话。她想对我说什么,却只是嚅动一下嘴唇。也许她在慌乱间还没想好如何应对,因此就对我说,你出去转一圈吧。

为什么让我出去转一圈?

你还是出去转一圈吧。

我长叹一声,出门去了。屋外有清风吹拂,有月光涌地而出,可身上的怒气丝毫未减。远处是一片黑沉沉的树林,树林后面是万顷波涛,在黑暗中涌动着。穿过桃林,便是竹林,再转过去，愈见深幽，芭蕉林中，六角亭下，四徒弟的身影隐约可见。他们在岛上有大把的时光无可排遣，除了习武，也读点古书。饭后无聊，这几位自称山人、堂主什么的便会在此吟诗作对。月光下，宽衣大袖，随风飘动，很有点雅致。我平素不喜欢偷听别人的闲话，此刻恰好听到有一两句话与自己有关，便隐在树间侧耳倾听。

听说师父那部经书是师母帮他夺得的。至于如何夺得，就不晓得了。

你还听说些什么？

听说有个终南山道士得到了那部经书，不出一年就莫名其妙地病故了。可见，持有那部经书的人，若是不得神灵护佑，也是白搭。

说得这么神奇，喂，那部经书里面究竟写了些什么？

师父当初不是说了么？里面什么都有，什么都没有。对于有悟性的人，他们可以从中悟得剑法，悟得内功修炼之法，甚至可以悟得养生之术、排兵布阵之法，不过，对于一个天机尚浅的人来说，读了这样的经书很容易走火入魔、丧心病狂。

没错，师父说过，那部经书的义理太深奥了，他不敢多翻，但它放在那里，能让人心生敬畏。

二师兄和师姐盗了半部经书，怕是迟早要走火入魔的。

早知如此，今早我们应该拦住他俩。

二师兄那一副嘴脸我们早就厌憎了，他要是走火入魔，那是活该。

可怜的师姐也跟他遭了殃。

呃,可怜的师妹。

由它去吧。

桃花岛原本就孤悬海外,我们何不做个方外之人?

呵呵,大师兄说得极是。

呵呵。

呵呵。

他们这样说着,忽然压低了声音,似乎察觉到附近有什么异样的动静。有人竖起了一根手指发出嘘的一声,有人干咳了一声。芭蕉园里,只剩下一片幽微的虫鸣。我悄然退了出来。

我不知道蘅为什么要让我出去转一圈。我像一只笼子里的困兽一般,转了一圈之后又转了一圈。再次经过芭蕉园,看见四个徒弟白衣飘飘,走了过来。我停住了脚步,感觉身体顿然变得沉重起来,脚下的沙土有点暄。我对着天空做了一下深呼吸,仿佛要把全部的黑暗都吸入肺腑。然而,从胸口奔涌出来的,却是一个阴郁的念头。

我回来的时候告诉蘅,我已经挑断了四个徒弟的脚筋,把他们一并逐出了桃花岛。

你疯了,蘅说,我可以断定,你的后半生将会在悔恨中度过的。

我又回到多年前的孤寂。同蘅，似乎也没有什么话可说的了。蘅见我有意疏远她，就怯怯地来到我身边。这些天，她似乎也没睡好，眼眶上有了一层淡淡的阴影。她说她昨夜梦见了我，是一张死人般的、凝着寒气的脸。她说她梦醒后，双手至今冰冷。然后，她就把手放在我的掌心，可我的手也是冰冷的。灯下相顾，眼前的蘅与心底里藏着的那个蘅交相叠映，不觉间心生恍惚。我捧着她的脸说，我有时候觉着你很远，有时候又觉着你很近，你说，这究竟是为什么？蘅将脸垂下，倚在我肩头，深深地叹了口气。

我不知道这事竟会闹得这么大。

这一切都是天意吧。

到了这个份上，我也不得不跟你坦白，怂恿梅偷经书的人是我，设法赶走她和二师兄的人也是我。如果你知道我这么做是为了什么，也许就不会埋怨我了。

我还有什么可埋怨的？这本经书原本就是因你而得，也是因你而失。

现在我们失去的是那本经书和那些人，找回的却是从前的安宁。

经历了一些变故，我们还能回到从前？

不妨想想，从前是怎样的吧。

起初，岛上只有我们二人，没有纷争，没有世俗的欲望，多好。

后来呢？家中闹鼠患，我们又养了一只猫。

养猫还不够，又添了一条狗。然后又添了几只鸡，鸡生蛋，蛋又生鸡，这么着就有了吃不完的鸡和蛋。

养家畜还嫌不够闹热，又想添些人气。

梅来了，更多的人来了，就这样，岛上开始变得不像先前那样平静了。

我抚摸着蘅那个高高隆起的肚皮问，你是否害怕梅有一天会取代你的位置？

蘅说，梅是一个好姑娘，可她长大之后，我竟然无法容忍她跟我一起生活在这个岛上。我是看着她长大的，她有什么想法，我只需要看她眼睛就能猜个八九不离十。一个人的舌头会撒谎，眼睛却不会。她知道我一直提防她，因此有意找了二师兄做自己的男人，来打消我对她的猜忌；可是，她心有不甘，每晚发出不知羞耻的声音来刺激我们。我除了设法驱逐她出岛，没有更好的办法改变这种处境。我不知道自己做得对不对，反正我就想让她早日离开。

蘅这么一说，我才明白，梅与二师兄相好，原来还有这么一层意思。一个女人所做的一切可以隐瞒一个男人，却又怎能隐瞒另一个女人（尤其是像蘅这样的女人）？

蘅深深地吸了一口气说，我欣慰的是，她最终选择的不是桃花岛，而是那本经书。天知道，那本经书是否会毁掉他们的一生？

嫉妒之心，也会毁掉一个人。

我说这话的时候，语气有点沉重。平日里，我跟蘅说话的口吻重一点，心里就会莫名其妙地生出歉疚之情，因此，说完这话之后我就把一只手搭在她的肩上，做了一个安抚的动作。

那晚你让我转一圈，究竟是什么意思？我换了一个话题问。

蘅在黑暗中叹了口气，沉默有顷，说，我原本是想，等你出去转了一圈，心中的怒气消去大半之后，我就可以告诉你，经书上的文字我早已入脑，随时可以帮你默写出来。

我听了，只是发出一声苦笑。蘅问，你笑什么？

我没有告诉她苦笑的原因。

次日清晨，蘅坐到案前，一边抚摸着隆起的肚皮，一边用蝇头小楷默写经书。那部经书里有不少异体字，她能记得笔画顺序，却不详其义，因此写起来不是很顺畅。蘅虽说聪明绝顶，却不明白一件事：那部经书对我来说，是独一无二、不可复制的。我当初之所以没有录副或熟背，就是因为我所迷恋的不光是书中所写的内外兼修之法，还有作者手迹中暗藏的心迹，与之相对，就会感受到有一股神秘的力量源源不断向我涌来。这一点，我委实不敢与蘅明言。我之所以由她去做，就是让她可以借此消除内心的愧疚，以免伤害身体。

蘅坐在那里默写经书的时候，我就在窗外的竹林里。穿过竹叶的清风并没有减轻我的忧虑——我有一种不祥的预感，却不知道它从哪里来，接下来就要发生什么事。时不时地，我会进屋子看看蘅。由于胎动，她在默写过程中时常受到干扰，难免会忘掉一些词句，需得苦思冥想。那时我竟然没有意识到，默写经书，耗损了蘅身上的大量元气。

那天傍晚，我出门转一圈回来，看见蘅依旧坐在桌子前默写经文。写着写着，她的手突然抖动起来，嘴里还发出谵语般的声音。

你在说什么？

我好像听到有人在屋外叫喊。

这个岛上除了你和我，再没有别的人了。

没错，我听到梅在屋外叫喊。她手里拿着那本经书，嘴里喊着你的名字。

你写累了，耳朵里怕是出现了幻听。

我走过去，赶紧抽掉她手中的笔，让她平躺下来，给她搭了搭脉。寸脉浮弱，知是劳累过度动了胎气。自此，我就不再让她伏案默写，甚至不允许她手触刀斧、秽物，以及别的不洁之物。我也保持手洁心清，等待新生儿的降临。可蘅还是背着我，偷偷默写那本经书。吃饭的时候，她手中的筷子仍然在碗里划着，好像在极力搜索一个忘掉的词句。

有一天，她突然对我说，她的脑子被经文里的一句话卡住了。这比鱼刺卡在喉咙里更让她难受。然后她就开始在我书房翻书，试图把那句话里的几个字从书中翻找出来。到了酉时，她的肚子就疼起来了，看样子是要坐蓐分娩了。孩子偏偏不听话，竟在娘肚子里横着，出不来。此时即便有稳婆在场，恐怕也奈何不得。蘅疑心胎儿横生跟前些日子吃了螃蟹有关。情急之下，我也相信早年间一些乡人的说法，赶紧把米缸的盖子打开，把糊窗的茧纸撕掉，把酒埕的泥封启开，把家中所有捆着的物什都解开。我还烧了一张催生符，念了一段催生咒。至子时，蘅忽然惊坐起来，嚷着，你快去开门，你快去开门。我问，开门作甚？她说，梅回来了，她在屋外喊你的名字。我打开了门，月光似水一般涌了进来。然后，我就听到蘅有气无力地哼了一句：孩子快要出来了。我屈膝跪在地上，像是从她身上掰下一块肉似的，把孩子取了出来。我把她放在一块冻绿布上，她看上去仿佛一朵素净的芙蓉花。我跟蘅说，你给孩子起个名字吧。蘅没应声。我走了过去，蹲下来，抚摸着蘅那张毫无血色的脸。挂在眼角的泪水竟已冰凉。

6

（别人问我为何切掉了这根手指。我就告诉他们，是因为自己贪吃误事。而事实上，它跟一个女人有关。她已经死了。她是因我而死的。我无以为报，就把一根手指切下来，跟她埋在一起。那晚没有下雨，但我梦里出现那晚的场景时，眼前竟是一片纷纷扬扬的大雨。）

7

从前，我有一个鲜为人知的怪癖：我把很多事分为左手所行之事与右手所行之事。对我来说，这世上的事不分好坏、轻重，只分左手与右手。我习惯于用左手喝酒、使剑，这倒不是因为我是个左撇子。事实上，我的右手比左手更顺，更有力。但我就是不用右手。很多事，我用左手能够摆平，就绝不动用右手。譬如比剑这种事，我认为我用一只左手就可以胜任。说一句狂妄的话，能让我使出双手的人，这世上大概找不出几个来。我的右手是属于蘅的。蘅死后，我的右手就形同废物了。

人是废物，剑是废铁。

直到有一天，桃花岛迎来了一位不速之客，我不得不动用右手才能击败他。他像是一个不倒翁，被我一次次击败，却又一次次站到我面前。说实话，他是我这些年来难得一遇的对手。他跟我对视时，眼睛里居然没有一点憎恨。因此，他虽然败在我手下，但我对他依旧保持应有的敬重。我很认真地告诉他，你至少得在岛上待上十年才能跟我打个平手。他听了，几乎是带着沮丧的口吻说，十年?! 我怎么可能在这座岛上忍受整整十年的孤独?! 我说，如果你连孤独都无法击败，又如何能击败你的对手?

他终于留了下来，等待着有一天可以击败我。我们谈不上仇人，但我们相搏时就像是一场生死决战；我们也谈不上朋友，但每每发现对手出新招奇招，我的眼前就会一亮，精神也为之一振。我没有杀掉他，是因为我感到自己很孤独，需要一个像他那样有分量的对手。若是没有这个对手,我也许会在这个孤岛上郁郁而终。有了他的存在,我的双手大概不至于就此废掉。

我的对手也很孤独。他把自己分裂成了两个人,用这一只手给那一只手喂招,由此发明了一种叫作“双手自搏”的玩法。他是一个真正的老顽童。左手跟右手玩,就像是自己跟自己说话。每隔一段时间,他就会找上门来,向我挑战。渐渐地,我就有一种奇怪的感觉:他是另一个我,而我仅仅是在跟自己搏斗。

8

你在岛上还有一人可玩,我独自一人在山里住着,整日里就听鸟说话。

洪七说这话时也不顾酒渍濡袖,吞下了一大口酒。

你为什么要跑到山里去?我问。

因为一个女人,洪七说。

你几时恋爱了?怎么没听江湖上的人说起?

呃,我们还是谈点别的什么吧。

谈谈外面的风吧。

我这样说着,又吞下一口酒。西北大山里的风跟东南海岛的风到底是不同的。这风在山谷间搅动,像是从几万里外奔来的狼群,到了这儿,就不再走了,只是在峡谷间转来转去。好像我们一出门,它们就会猛扑过来。

洪七说,多年前,我跟老毒物在昆仑山脚下初遇时,听到狼群吼叫的声音,也跟这风声一般。

你听听,我说,这老毒物的鼾声也同狼嚎一般,智兴跟他同睡一屋,也真够受的。

也许他们已经在梦里厮杀起来了。

我们相视一笑,然后就变得沉默起来了。屋外传来树枝折断的声音。用一张松木桌子顶住的木门被风吹得哐啷作响。

大约过了卯时,屋子里的饭香就弥漫开来了。洪七说,早饭已经煮好了。满满的一锅米饭啊,我今早可以吃上十碗。

洪七,你还能吃这么多饭?!

你不陪我吃饭?

我酒后通常不吃饭。

可你好歹也得陪我吃点饭啊。

我只听说与人对饮的,不曾听说与人对饭的。

我心里不痛快的时候就想吃很多饭。我把肚子塞得满满的,就没甚闲愁可放了。

天还没亮,洪七就开始迫不及待地吃早饭了。他吃饭的样子有些庄重。吃着吃着,他就打起了忧郁的饱嗝。

北

每年麦子收割过后,总会有一些盗贼兴起来。洪七我便背着剑,骑着马,到处游走,遇贼杀贼,有酒吃酒。这些年就是这样过来的。人人都说我是条硬汉，人人都以为我身上只有侠气，没有柔情，甚至不相信我也有过一段刻骨铭心的恋情。可我很想告诉他们，一个没有真正爱过的男人，怎么会是一个真正的男子汉？

我确曾与一个女人谈过恋爱，她只是一个农家女子，不识字，不会武功，长相平平，可她有一颗纯净善良的心，对我来说，这就足够了。每回在乡野间行走时，我总会特别留意那些跟她长相有点相似的女子。有时即便看到一个略微相似的背影，我也会紧追不舍，多看几眼；及至那人的身影在一扇门内消失之后，我就会长时间地注视着自己那根残余的手指。我是这么想的：只要我还活着，她就永远在那里。她为我死，也因我而活。所以，我想活得更久一些，这样她也会在我的记忆中活得更久一些。

可我始终不知道自己应该怎样跟他们谈论我的女人。

三个人，都是我写信招来的：一个从西南边陲的寺庙来，一个从西域的山坳来，一个从东海的孤岛来。我跟他们的交情也许都不算太深，只是由于江湖上的人时常把我们的名字放在一起谈论，我才会在某些时刻觉得我是可以跟他们谈谈的。此番没有论剑，只是谈些家常，谈各自的女人。他们那些跟女人有关的逸事早已在江湖上流传开来，我分不清哪些是真实的，哪些是虚构的。说法很多，可他们早已不在乎了。即便是他们亲口跟我讲述的故事里面，又何尝没有修饰的成分？在我听来，那些女人简直就是一种奇怪的动物,明明是被一个大富大贵的男人宠爱着,却偏偏喜欢上一个穷而且愚的男人;明明嫁的是哥哥,喜欢的却是弟弟;明明是有个男人真心实意地喜欢她,却偏偏怀疑他存有二心。于是就有了法师所说的爱恨贪憎痴,有了颠倒、离乱的众生相。

与之相比,我的女人只能算是一个普通的农妇,我还能跟他们谈论些什么?

黎明时分的一颗白星挂在天边,东方既白,它也快要淡灭了。

四条影子坐在华山之巅。没有人知道我们在干些什么。

我实在弄不明白,自己为何非要选择那么高的山峰跟他们见个面。不过,在这么高的山上看一场雪景,也是一件不错的事。照在山顶上的阳光同样也可以照到平原上。但阳光里分明是带着寒气的。一只鸟投下了一声长唳,也投下了一片寂静。

待山上的积雪融化之后,我就决定下山了。

从北峰下来,我折了一截枯木,装扮成挑夫模样。路上遇见几条壮汉,正在议论华山之巅的一场决斗。见我挑着物什从山上下来,就拦住我问,听说华山之巅有四名高手在打斗,可曾见过?我说,我刚从华山之巅下来,不曾见过有谁在打斗。他们听了,似乎很扫兴。其中一个说,那四个人,也许是浪得虚名,连华山都不敢上了。另一个说,兴许他们已换了个地方。我自顾低头走路时，听到后面有人说，咦，刚才那个挑夫倒是有点像洪七呢。另一个说，我听说洪七身高八尺，气度不凡，怎么会是这样一副邋遢相？

那人说得没错，洪七是洪七，我是我。下山之后，我就跟那个名叫洪七的人分了手。他来到乞丐们中间，振臂一挥，发出了一声号令。很快地，底下就有了动静。有人说，大宋亡了，皇帝沦为乞丐，而洪七却做了乞丐中的皇帝。

2017 年 5 月 10 日稿讫

好快刀

明末，济属多盗。邑各置兵，捕得辄杀之。章丘盗尤多。有一兵佩刀甚利，杀辄导款。一日，捕盗十余名，押赴市曹。内一盗识兵，逡巡告曰："闻君刀快，斩首无二割。求杀我。"兵曰："诺。其谨依我，无离也。"盗从之刑处，出刀挥之，豁然头落。数步之外，犹圆转而大赞曰："好快刀！"

——蒲松龄《聊斋志异》

是的，我没听错，这一声"好快刀"就是从我嘴里发出的。围观者也纷纷赞道：好快刀！他们朝我围拢过来，仿佛要看看这一坨血淋淋的东西何以会张口说话。然而我很快就闭嘴了。我可以想象，我的嘴巴像傍晚时分的花朵那样，慢慢闭合。影随形，响随声，人影乱成一片，声响也叠作一团。一阵足以让围观者为之热血贲张、官兵为之忙乱不安的骚动持续了片刻，人群就朝四面八方无序散开了，留下满地的果皮和痰迹。离我不到三尺远的地方还有我脖子间飞溅的、数点梅花状的血迹。几只恶鸟在天空画着圆周，久久不愿离开。我晓得它们不是来为我送行的。

一阵夹杂血腥味的风从我鼻尖吹过。我的鼻子酸了一下。

有人把篮子里的馒头递给刽子手说，行行好，内人得了肺痨，蘸一蘸这刀口的血吧……

有人嚷着，看呀，这小淫贼的眼睛还能眨动呢……

有人从人群中探过头来叹口气说，真不晓得，脑袋从脖子间落下来，会是怎样一种感觉呢……

有人把我的身体抬走，接着又有人铲了一抔黄土，把血迹盖住。然后就听得一声：大吉利市——与此同时，有一只枯瘦、黝黑的手伸过来，抓住了我的头发。未及多看一眼，我的脑袋已落入一个漆黑的布袋，但我依然能听到杂乱的脚步声和叫卖声。

提走我脑袋的，是一个老和尚。

在我脑袋尚未落地之前，我看到了那一圈又一圈争相围观的人。秋分，午时三刻，阳气最盛，那一刻身首异处，据说连鬼都做不得。在无聊的人们看来，这大概是一年中难得一见的景观了。围观者当中，有提着鸟笼、闲逛至此的公子哥，有挎着菜篮子的妇人，有卖炊饼的小贩。也曾听人说，秋决之际，会有一些嗜好古怪的先生，坐着马车从远道赶来，在城里住上一晚，翌日特意在法场近旁的酒楼上拣一个雅座，端着一杯酒，十分悠然地欣赏刽子手杀头的场景，也不晓得是真是假。我是的确看见对面的酒楼上——阿爹曾请我在那里吃过一顿豆脯栗子肉——有位身穿蓝色绸衫的老爷正手搭凉棚朝我这边张望,他看了一阵子,就跟身边的妇人交头接耳,指指点点,不知说了几句什么;边上有个戴瓜皮帽的小男孩,也正伸长脖子朝我这边投来好奇的目光。

阿爹的脸在我眼前晃了一下,随即就在众多的面孔中消失了。阿爹有一张看起来多少有些滑稽的马脸,马脸上有两只不太对称的眼睛——他的左眼死了,右眼还活着,他喜欢用那只活着的眼睛看东西。看来看去,好像他无论看什么都能看出门道来。那年深秋,阿爹对我说,我带你去西门菜市场看杀头,去不去?我说不去。阿爹突然发出一声短促的冷笑。我胆子小,连杀鸡都不敢多看一眼,何况杀头?阿爹说,你不看杀头也行,我让你看看那个女犯是怎样骑木驴游街的。没等我发问,阿爹就接着说,有户举人家的姨太太跟管家通奸,一来二往,就被老爷逮个正着,他们一不做二不休,索性把老爷杀了,然后故意制造出窃贼入室行凶的假象。不过,他们之间的奸情最终还是被人告发了,定罪之后,管家照例要游街砍头的,而女犯呢?照例是要剥光衣裳,用绳索捆绑着,放在木驴上,让驴背的木头橛子戳进她的下体,后面有人推木驴,前面有人用绳子一拉,木橛子就在妇人体内胡乱搅动,那时候,妇人就会发出嗷嗷的叫声,她叫得越响,围观的人就越欢。据阿爹描述,每逢有淫妇骑木驴,城里便像是过节一般热闹。这样的场景,阿爹当然是不会错过的。

那时我走到街口，忽然对阿爹说，我闻到了血腥味。阿爹说，前面就是法场了。我捂着鼻子，踌躇不前。阿爹问那边回来的人，前面可曾砍头了？那人掩面说，已经砍掉了好几个脑袋，实在看不下去了。阿爹怔了怔，弯下腰，在我鼻子上刮了一下说，你这鼻子真是尖。阿爹又说，嗅觉灵敏的人胆子通常很小，比如老鼠，嗅觉比别的动物要灵敏，所以它们的胆子就出奇地小。

监斩官投下杀头的令箭时，人群中顿然响起一阵轰鸣。那一刻，我是多么渴望能看见阿爹那瘦长的身影和冷漠的眼神啊。我的目光在人群中扫了一圈，就缓缓抬高，掠过微微上翘的屋檐，朝更高的地方移去。那里，在一片足以遮暗一条街的长云下，一只鸟划过天空，落进我的视野，而我脑子里竟莫名其妙地跳出一只鲜血淋漓的公鸡来，与眼前那只鸟叠印在一起——以致我疑心，在我头顶盘旋的鸟就是被阿爹所杀的那只公鸡的化身，而它从高空俯视我的目光定然是阴冷的，夹杂着一丝怨怼的。我甚至觉得，还有另一个我，就站在不远处，近乎迫切地等待着我脖子间的鲜血像鸡血一样飞溅出来，落在地上。

仍然记得那个跟公鸡有关的奇怪的梦。那年我只有八九岁，我娘死后（邻居们说娘是被我克死的）第六天，我独自一人睡觉。黑暗中有人来到我床前，头戴红色帽子，双手作揖，说，我今日有难，你能否救我？我问，你是谁？为什么要我救你？那人说，我本是秀州府一位丝绸商，死后堕入六道轮回，做了一只公鸡,昨天我在院子里散步时,被主人抓去,送你父亲。现如今我就关在笼子里,等着明天挨刀子。我知道你有一片善心,因此斗胆请你帮个忙,把我放了,回归田园。我说,现在我很困,明朝起个大早,准把你放了。那人向我深深地鞠了一躬,就退到黑暗中去。第二天,我醒来后就抹着惺忪睡眼,去鸡笼边看看那只公鸡。鸡笼是空的。我赶紧跑出院子,看到公鸡正躺在地上,脑袋无力地耷拉着,喉咙被切开,鲜血直往外喷涌,满地都是它挣扎过后掉落的鸡毛。我怒气冲冲地对阿爹说,你竟杀掉了这只公鸡?!是的,阿爹说,今天是做头七的日子,鸡血洒在家门口,可以驱鬼。我说,你可知道这只公鸡是谁?阿爹说,一只公鸡还会有高姓大名不成?我就把自己梦里的事如此这般地说给阿爹听。阿爹听了我的话,讪笑着说,你有佛性,不如让你出家去做和尚,往后好歹也可以混碗饭吃。阿爹说这话的口气就好像要把家中一件多余的物什送给别人。

我知道,阿爹一直不太喜欢我。在他眼里,我简直就是个怪物。我出生之后,除了脖子和脑袋,通身长满了坚硬的鱼鳞皮。流汗的时候,我还能闻到一股鱼腥味。阿爹说,这一身鱼鳞皮是胎里带的,前辈子做的业带到了今生。阿爹还说,我从娘肚子里出来时,娘还在睡梦中,竟然一点儿都没察觉。按照他的说法,我像一条草鱼那样从娘的两腿之间游了出来。阿爹厌憎我这一身鱼鳞皮,就说我前世定然是个打鱼人。不过,有一点可以肯定,我是天生与水相亲的。有一回,我站在岸边,看鱼在水里游,似乎很快活，就跃入水中。我没学过泅水，却能浮着。我想我的前世不是打鱼人，而是一条鱼。小时候，我并没有觉得自己的身体有什么异样，手与足是相安的，头与身也是相安的；然而，打我懂事起，我就从别人的目光里看到了自己，也由此开始嫌憎自己的身体。又有一回，阿爹不晓得从哪儿打听到一种可除我身上鱼鳞皮的法子。他让我从水涧里抓来一条草鱼，放在砧板上。他用刀拍了拍鱼身，鱼就不能动弹了；接着，他往鱼身上抹了点醋之后，就抄起刀来，从鱼尾慢慢地刮过去，鱼鳞纷纷剥落。阿爹的口里喃喃有词，好像在念什么咒语。我不敢多看，闭上了眼睛。但听着刮鱼鳞的声音，身上还是十分难受。从小到大，我喜欢树的身体、草叶的身体、蝴蝶的身体、马的身体，唯独不喜欢自己的身体。长大之后我就越发不能忍受身上的鱼鳞了，鱼鳞只能长在鱼身上，就像人皮只能长在人身上。人长鱼鳞，无异于鱼生人皮。因此，他们都说我是一个人头鱼身的不祥之物。

阿爹死后（邻居们于是乎又说阿爹也是被我克死的），我一下子没了着落，过起了有一顿没一顿的生活。饥饿时常像一条野狗那样追着我——对，饥饿就是这么一条狗，有一双冷冷的眼睛，还有一口白历历的牙齿，我没法撵开它。记得阿爹临终前曾对我说，你若是无路可走，就去衔草寺找木头陀，他或许可以给你指明一条谋生的路子。阿爹早年做过山贼，木头陀是个和尚，我不晓得他们何以会成朋友。我在城里实在混不下去了，就来到衔草寺，找到了木头陀。木头陀问我，你家里还有什么人？我说没有。屋子？没有。媳妇？没有。我饿得头昏脑涨，就不耐烦地说，我现在什么都没有了。木头陀说，你摸摸看，你的眉毛是否还在？我摸了摸眉棱骨的地方，说，还在。木头陀说，既然眉毛还在眼睛上，你怎么能说自己什么都没有了？我张开嘴呵出一口气说，我的嘴也在，这里面除了舌头，什么都没有了。木头陀说，倘使你出家只是为了混口饭吃，终归是个饭桶和尚。以后你若是有肉可吃，有酒可喝，早晚还是要还俗的。

木头陀给我打来了一碗冒尖的米饭，饭后又给我牵来一匹骡子，说，你爹没了，以后就跟它做伴吧。

这匹骡子是公驴与母马交配所生的，长得像马，所以叫马骡。它有一副强壮的身子骨，还有一副好脾气。在木头陀的安排下，我暂且在寺庙后面的柴房里住了下来，柴房旁边就是马厩。没事的时候，我喜欢跑过去跟马骡说话。它用清亮的眼睛看着我，便让我想起佛前的长明灯来。骡子既不是马，又不是驴。我呢？既不是人，也不是鱼。他们说得没错，我是怪物，当然是要跟怪物生活在一起了。话说回来，有了骡子，我手头就有活可干了。寺庙里的沙弥在山下采集了一些货物之后，就吩咐我牵着骡子去驮运。

有时，我经过半山腰的梦庵，里面会有一位师姑咿呀一声打开柴扉，一身缁衣，一张素净的脸，探出门外，合掌行礼、念声佛号之后，便递给我一张纸条——那手骨真是纤细，可以看得见淡青色的筋脉——细声细气地交代我下山后顺便帮她带些这样或那样的物什。她便是静莲师太，木头陀的妹妹。听说她自出生以来就不沾荤腥，小时候见人就合掌微笑，见佛就拜，不到十岁就出家做了师姑，每天念经书一部、法号两万声，抄经文五百字。木头陀说，静莲师太虽然年纪比他小得多，但道根已深，从她身上可以看到“大丈夫相”。有这种大丈夫相，离成佛也就不远了。但在我眼里，静莲师太就是个女人，是一个跟我娘一样温和、柔弱的女人。我娘已经死去十多年了。

衔草寺和梦庵都是小庙小庵，香火不旺，门头清寂。木头陀除了每天抄写经文，闲时还斫琴，一床床挂在墙上，那些爱风雅的居士如果喜欢，可以给寺庙捐点香金，请走几纸经文、一床琴。这些钱勉强可以养活庙里的十来个和尚。

木头陀斫琴，用得上各种木头。一般来说，一张琴要用两种木材合成。面板可用桐木，底板可用梓木。木头陀说，一面是阴，一面是阳。这琴才能合成一体。用佛家的话来说，这叫“一合相”。不过，木头陀对木材倒不是很讲究。没有桐木、梓木也不打紧，有时还可以用别的木头代替。平常没事，我就牵着骡子在山上或乡间转悠，专收陈木。木头陀看中了，我就拉去解板。给衔草寺干这些粗活，也可以赏饭的。木头陀持过午不食戒，每天只吃一碗粥。但我每回过来，他总是以饭招待。他说，干体力活的人，有饭落肚才管饱；不干体力活的人，吃点粥，也能管饱。

我从此把木头陀当作我的亲人。

我也想有个一辈子都属于自己的女人。斫琴所用的木头都要由一阴一阳合成，何况是人？两个人的生活虽然难免有缺憾，但没有女人的男人毕竟是不完整的。在黑暗中独处时，我脑子里时常飘过一个女人的身影，柔柔的，白白的。但每回洗澡时看到自己一身铠甲般的鱼鳞皮，我就泄气了。因此，我总是像醒来后竭力忘掉夜晚的噩梦那样，从脑子里抹掉那个女人的身影。

有一回，我和木头陀一道去山中寻找陈木，出了一身汗之后，浑身散发着一股刺鼻的鱼腥味。我看见半山腰处有一口水潭，就赶紧脱了衣裳，一头扎进去，舒舒服服地泡了个澡。木头陀看着我一身的鱼鳞皮说，你的脑袋已经进化为人，身体却还是鱼。我问，法师可有什么法子将我的鱼鳞皮除去？木头陀说，这一副臭皮囊，是父母所赐，它该是怎样就是怎样，你理它作甚？我说，我眼睛看着，心里难受。木头陀说，人有一双美目，到头来还不是要烂掉？人有一身强壮的肌肉，到头来还不是被蛆虫吃掉？木头陀接着就给我讲了一个故事：他的师父坐化时，一直保持吉祥卧的姿势，弟子们都觉得他已修成了金刚不坏之身，然而没过几天，他的身体竟散发出一股尸臭，之后全身的皮肉尽皆腐烂，流出黄水。不过，与众不同的是，那些蛆虫居然还能列队从他的七窍里面爬出来，一点儿都不慌乱。木头陀从身与头的两无是处，说到“凡所有相，皆是虚妄”，我就听不明白他说什么了。为了打消我的妄念，他跟我说了许多，可我还是不能让自己变得轻松起来。

无聊的时候，我也会坐下来翻翻经文，或是听木头陀说法。

可是怎么办？我的心地越是干净，越是无法容忍浑身上下的鱼鳞皮，以及它散发出来的鱼腥味。人有了身体，忧患就开始了。这是木头陀说的。也许不是木头陀说的，是某个说不上是谁的老人家说的。

剑子手雷大头来了，好威风呵。他们说。小淫贼，剜了他的心，刿了他的肺，喂狗吃了吧。他们说。哐哐哐。哐哐哐。有人鸣锣开道，县太爷也过来看热闹了。车马兵甲好威猛，转眼间灰飞烟灭。更莫说这一头黑溜溜秀发，那一身硬邦邦肌肉，到头来都是枯骨死灰。衔草寺里木头陀说色身，也说山河大地梦幻泡影。笃笃笃。笃笃笃。梦庵里的静莲师太，我把她放在心里供着了。回避。肃静。回避。肃静。县太爷来了。县太爷好威风呵。午时三刻转眼间到了。我总算是等到这一刻了。身体里有什么东西在吱吱作响？那是灵魂？那看不见摸不着的小东西是否急着要跑出来？还有那耳边呜呜作响的，又是什么？呃，是风声吧。冬日的风，一刀一刀的，直割人的耳。有人把我这一头乱发扎成一束稻草，露出后面一段细长脖子。风一吹，脖子上这颗原本沉重的脑袋忽又变得轻盈了。小淫贼，剜了他的心，刿了他的肺，喂狗吃了吧。他们说。剑子手雷大头来了，好威风呵。他们说。

初识雷大头是在去年秋决过后。那天午后，我背着呜咽作响的北风，在寺庙后院劈着木头，听得两个小沙弥正聊着闲话。

一个说,都已经是深秋了,这庙里怎么又闹蚊蝇了?另一个说,难道你还不明白?这蚊蝇是法师的朋友带来的。

哪位?

就是在法场上拿刀的那位呀。

他来了,为什么就带来蚊蝇?

这你就不懂了。

他们说着说着就转到别处去了。

是夜,灯还未熄,就有一只蚊子迫不及待地叮我左臂,我当即用右手拍死蚊子。左臂留下了一道蚊子状的血迹,蚊子的尸身却粘在我右手的掌心了。事后没过多久,奇怪的事发生了:那只被蚊子叮过的左臂没有发痒,拍死蚊子的右手掌心却奇痒难搔。本来想以这事请教木头陀的,但觉得小事一桩不足以搅扰人家,作罢。熄灯之后,我细细琢磨,不得其解,只能说是因为我右手杀生之后,突然起了悔意,以致左臂的痒突然转移到了右手掌心。但清晨起来转念又想:人生了杀生的念头,全身都是杀气;所造之业,岂分左手和右手?出门,太阳照在身上,觉得自己为杀死一只蚊子而苦恼实在荒唐。

下午,我把几根陈木送到木头陀的房间时,迎面就看见一副木架上正挂着一把刀,刀上血迹未干,也许还会有蚊蝇停在那里忘情地啜饮吧。

之前就曾听木头陀说过,他有个好朋友,叫雷大头,是章丘城里的刽子手。每年秋决之后,他就带着犹沾血迹的刀来到寺庙,同木头陀一道,念三天三夜的经,超度亡魂。

禅房里坐着三个人:木头陀和静莲师太相对坐着,我只能看到他们的侧影,正对我坐着的那一位黑脸团团,胡子拉碴,自然就是雷大头了。多年前,阿爹带我去西门外看杀头,我迟迟不敢近前,但阿爹不管三七二十一,一把抓住我就扛在肩上,大踏步走进人群里。阿爹指着一个袒露半身的壮汉说,喏,他就是刽子手雷大头了。此人手执一刀,气定神闲。手一挥,脑袋落地。然后就是一片喝彩声。他十分满意地收起刀,眼睛微闭,嘴里好像念了几句什么,大概是希望死者莫要变成厉鬼,找他麻烦。他的脑壳很大,所以城里的人都管他叫雷大头。至于他真名叫什么,似乎也没有听人喊过。

见我进来,木头陀就向雷大头介绍说,你家里那张琴所用的陈木,就是他从济南府一座废弃的老宅里驮过来的。

雷大头双手合十,向我道了声谢。我问,你也弹琴?雷大头说,我是粗人一个,哪会弹琴。只是把琴挂在家中的墙壁上,每天看看也好。我那琴是法师弹过的,每晚夜深人静的时候,我对着那床琴,耳边就好似真的有琴声传来。琴的正音能辟邪气呢。

木头陀说,今日静莲师太正好也在,不如请她为你抚一曲。

静莲师太说,我的琴是法师教出来的,怎么敢在这里卖弄?

雷大头说,只怕我在这里,浊气太重,污了琴声。

法师说,你虽然是拿屠刀的,却有正心。

静莲也点了点头说,那我不妨在这里弹一曲。

师太这一弹，小小的禅房就有了天地，有了望不到尽头的青草，滚滚而来的白云。霎时间，有了男人，也有了女人；有了对话，也有了独语。这曲子我似曾听过，却忘了名字。先前听法师说，这曲子说的是一个女子在佛前倾诉自己一生的痛苦与爱，末后一段，就是女子安静下来，听佛如是说。然而，法师说，在凡人听来，这曲子仿佛是男女之间的絮语，有缠绵不尽之意。

师太弹完一曲，雷大头竟齐刷刷流下了两行眼泪。过了许久，他才开口说，方才听琴，忽然想起多年前遇到的一个窑姐儿。她会弹唱，也会作诗，天可怜见呵，只因有一回接客时那位老爷突然栽倒在她身上，七窍流血而死，她就被差人拘了去。她有理说不清，居然被县太爷稀里糊涂地判了个死刑。行刑时，我着实于心不忍，手一抖，没从骨缝下刀，那颗脑袋竟连皮带骨粘在脖子上，嘴唇一张一翕，一迭声地唤着“好痛呀好痛呀”。至今想起那一幕，手心都会出汗，心里直喊痛。

师太双手合十说，人人都说你是一个杀人不眨眼的刽子手，却不晓得你有一副菩萨心肠。

雷大头说，这么多年来，我一直谨记师父的教诲：一念成佛，一念成魔；手上即便有刀，心里也要有佛。我原本是收尸人的儿子，家里兄弟姐妹太多，父母养不起，就把我过继给刽子手做义子。十岁的时候，义父就开始教我如何杀地上会跑的兽、水里会游的鱼、空中会飞的鸟。他总是盯着我说，你的眼睛里有杀气，你的手上有杀气，这样子不行，等你身上没有一点杀气之后，方可做刽子手。可我还是太急于求成了。义父死后，我即刻补了他的缺。义父传授的刀法说穿了很简单，只有四招：出刀、举刀、挥刀、收刀。可是，你要是想把这四招全都练好，至少要花十几年的工夫。即便如此，这二十年间，我还是会出点差错、留点遗憾什么的。直到两年前有一天，我遇到了一个奇人，不仅赐我这把宝刀，还把奇妙的刀法倾心传授给我。

遇到奇人，必有奇事，师太说，不妨说来听听。

我没想到，法师和师太对刽子手的砍头活儿也很好奇，听雷大头一一道来，他们时而发出一声“噫”，时而又发出一声“唉”，更多的时候是双手合十，念声佛号。下面便是刽子手雷大头给我们讲述的一次奇遇：

两年前，章丘县危山一带闹匪乱，死了不少人。雷大头奉官府之命去收尸。那一路上，到处可闻一片嗡嗡声。身边的人说，这些苍蝇都是冤魂的化身，它们在哭诉，在喊冤哪。雷大头正要把一具无头尸往袋子里装时，忽听得一个沙哑的声音：兄台，有劳了。雷大头十分警觉地缩回了手。环顾四周，没见人影。怔愣间，又听得一个声音：兄台，我就在你眼皮底下。雷大头低下头，看见那个头颅正咧着嘴，跟他打招呼，声音跟一缕烟似的飘上来。他擦了擦眼睛，再细瞧，那张嘴微微地张开，又缓缓地合拢。随行的人见了都赶紧丢开手中绳子，撒腿跑了。雷大头依旧留在那里，跟那颗脑袋聊了起来。不过一会儿，走来一个形如枯木的老道，手里拿着一个布袋，对雷大头说，身体你拿去，头就交我吧。雷大头不解地问,你要脑袋做什么用?老道说,死者是我弟子,我过来的时候,他身上已扎出了好几个血窟窿,他在奄奄一息之际恳求我给他补一刀,早做解脱。我见他这痛苦模样,就毫不客气地砍下他的脑袋。这时,脑袋又开口说话了:我原本以为,我可以死了,谁承想,我的脑袋与身体分离之后,竟没有丝毫疼痛,而且还有知觉,也不知道师父施了什么法术。老道拈须一笑说,你我师徒有缘,心灵感应,这一刀若是落在别人身上还未必有这奇效。说着,他就提起头颅,放进布袋。雷大头突然回过神来,扑通一下跪在老道面前,请求他授以刀法。老道发出了爽朗的笑声,说,我知道你叫雷大头,而且素知你身为刽子手,却有一片善心。今番我失去一个弟子,又平白得了一个弟子,算是造化的补偿吧。就这样,老道把雷大头带到一座山上,授以刀法和秘咒。学成之后,师父又赠他一把宝刀,让他在一匹狼身上下手。雷大头斩落狼头后,那狼头在地上滴溜溜转了一圈,居然还能叫两声。雷大头十分满意地收刀入鞘,正要跟师父说话时,师父已飘然下山,迅速变成一个黑点,没入树丛。之后他就再也没见过师父一面了。

我就此记住了雷大头的故事。当然,还有那把刀。

雷大头的刀在木头陀的禅房里挂了一个月后,血迹全无,仿佛刚刚磨出来的。他来衔草寺取了宝刀之后,经过后院,见我正在劈木头,就蹲下来,夺过我手中的斧头,跟我讲解劈木头的几种方法。我说,你能否让我开个眼界,用手中的宝刀劈一下木头？雷大头也没二话，就拔出刀来，随手一挥，砍掉了我身边的一根木头。我还没看清，他已收刀入鞘。

我问雷大头，能否让我摸一下你的宝刀？雷大头说，你敢摸么？我说，又不是老虎屁股，有什么不敢的？我伸手摸了一下刀柄，立马缩回。那一瞬间，一种让我手上的血液骤然变冷的东西一点点扩散到全身。

想跟我学这门手艺活？雷大头问。

我摇了摇头。天色尚早，我给他斟了粗茶，请他坐下来聊会儿天。他把刀放在一边，兀自喝着茶，喉结一上一下地滚动。从瓜架上投射下来的阳光，静默地伏在他那双粗壮的手上。

那晚，我梦里出现了雷大头的刀和那只握刀的手。

第二回见雷大头，我们就喝起酒来了。坐在那间动一下手脚就有可能碰落灰尘的屋子里，我喝得浑身发热，并没有觉出外人所说的那种阴寒之气。对面的土墙上，跟那把刀并排挂着的，是一床木头陀所斫的琴。他说这样可以调和阴阳之气，我实在不明就里。

我们都是独身，性格孤僻，说起话来还真个投缘。我告诉他，很早以前，我就听阿爹说起过他的一桩逸事：一天傍晚，他喝了点酒，独自一人穿过一座山，经过一条狭窄的山路时，迎面撞上一只老虎。他走上前去，摸了摸老虎的前额，老虎竟低下了头，从他身边过去了。

雷大头点点头说，有这回事，但情节有点夸张。那日，他在山中一家酒店喝醉了酒，独自一人扶篱摸壁回去，天色还没完全暗下来，蒙眬间看见一头庞然大物立在面前。他看得不甚分明，便打算上前打个招呼，走近了，才发现眼前站着的是一只老虎。老虎看他一眼，就转头离开了。回到家中，他睡了一觉，方清醒过来，回想起那只吊睛白额大虫，身上直冒冷汗。他弄不明白，老虎见了他何以没有猛扑过来。他曾将这事告诉木头陀，木头陀解释说，他刚刚从法场回来，身上的煞气重，老虎也怕。

我身上的煞气太重了，雷大头说，所以要借助佛法，消除一身煞气。

说话间，有几只老鼠不晓得从哪儿钻出来，左右嗅嗅。雷大头把碟子里面的罗汉豆丢几颗在地上，老鼠叼了，又回到黑黢黢的洞穴里去了。雷大头砍过不少人头，却没有杀过一只老鼠、臭虫什么的。这是木头陀说的。

我问，时常听法师说色身，你可知道什么叫色身？雷大头说，色身嘛，就是肉体之身。我又问，色身都是虚妄的吧？雷大头点了点头。我又问，你跟女人睡过么？雷大头说，早年间睡过一次。我说，一个人不曾进入过女人的身体，如同未生一般。所以，像我这样的人，已是生不如死。雷大头吞了一口酒，长叹一声说，跟我睡过的是一个女犯，到了秋决的时候，她的脑袋还是我亲手砍掉的。

上回你说，有位老道传你身首分离的刀法，可曾在人身上试过？

不曾。

可否拿我试刀？

什么？莫非你要我削去你这一身鱼鳞皮么？我的刀法再好也帮不了你这个忙。

不，我是说，你可以直接给我脖子间来一刀痛快的。

我这么做无异于杀人，你以为我醉了么？告诉你，我没醉。

我也没醉。实话跟你说吧，在这世上，我就是不愿意做一个人首鱼身的怪物。

你没醉，可是你疯了你知道不？

求求你，就拿我的脑袋试一下吧。

师父说，行此身首分离续命术，除了念咒，非得两人心灵感应不可。

那么，就让我做你的徒弟吧。

我醉了，不知道你在讲些什么。你也醉了，是不是？有事明天再说吧。

我跟刽子手雷大头歪歪斜斜地躺在一张破床上，一直睡到日光照亮东窗。我是被嘴里的一口苦味呛醒的。酒醒了，脑子醒了，舌头也醒了。雷大头还是死活不肯收我这个人头鱼身的怪物做徒弟，但他自此把我当作兄弟来看待。

跟刽子手雷大头熟识之后，我的脑袋便决意要跟身体作别了。一颗头颅，暂寄项上，浑浑噩噩，不觉间又过了一年。我虽说没有跟自己的身体反目成仇，但我对它的厌憎已是日甚一日。

每晚睡下的时候，只觉心里有一团黏稠的、化不去的黑暗，跟蛇一样盘着。那一晚，我喝了点酒，竟做了一个春梦。我梦见了什么？当然是女人。确切地说，是师姑(师姑当然也是女人)。师姑盘腿坐在床上，整个身体被绯红色的圆光笼罩着，仿佛正在入定。我大着胆子，伸手探了探她的鼻子，尚有微细的鼻息。我的手指碰到了她的嘴唇，她没吭声。我的手不听使唤了，沿着脖子，一径滑入了领子，触摸到了锁骨和肩胛窝。这双手仿佛在那一瞬间变成了两尾鱼，在她衣服里面游动起来。

我醒来后，回想梦中那个女人的面容，猛然坐起。那个师姑不正是梦庵的静莲师太么？一个月前，她沐浴更衣后，跏趺而坐，弟子过来问话，她没反应，推她，也无动静。起初庵里面的众尼都以为她已入于禅定，后来过了一天，才晓得她已经坐亡。跟别的僧尼不同的是，她圆寂之后身相如生，脸上仍见肉色。据说这事惊动了京城，朝廷特地派来了宫廷画师，说是要给师姑写容；地方官员、缙绅、男女两众也都闻风过来，持香礼拜，称她为肉身菩萨。

我从那个绯红色的梦里脱身出来的时候，手指上还留着一丝温热，好像我真的触摸过什么。尽管是做了一个荒唐的梦，但我还是感到羞愧难当。我下了床，走到门外，撒了一泡尿。听见枯叶瑟瑟作响，禁不住打了个冷战。那一刻，回到柴房里，我突然想找点什么。找了好久，才想起，我要找的，原来是酒。喝了点酒，我就有了一种想干点什么的冲动。一个人下定决心之际，仿佛能听到内心传来咔嚓一声。咔嚓，那么果断的一个决定。

兄弟，喝了这碗酒吧。雷大头把满满一碗酒递了上来。那酒看上去分明是一碗汤药，黑乎乎的，像冷天里凝固的猪血。如果此刻能配上豆脯栗子肉就好了。过了午时，对面的醒春居又会有人喊着豆脯栗子肉了。他们就要吃掉我喜欢的豆脯栗子肉了。

那天是我留在衔草寺的最后一天。我偷偷吃掉了一碗豆脯栗子肉，也许还吃了点别的什么。总之，我把所有的食物都留给身体了。直到傍晚，我就牵着骡子下山去。途中碰到一些熟人，他们打量了一眼驴背上的靓蓝布袋，就问，送货么？我说，法师刚做了两床琴，今晚就给买主送去。我下得山后，钟声飘了过来，又随风飘远了。庙在夕阳那边，红得像一片枫叶。

下山之后我就知道自己不会回到衔草寺了。我骑着骡子出了章丘城，前面连荒村野店都没有，只有一座茅草搭就的路寮，但我还是不敢在那里借宿。我知道，明天天一亮，章丘城里就会传出肉身菩萨被盗的消息。再过些时辰，就会传出官兵追捕我的消息了。我也没有打算穿州越府跑得更远，只是想去城外走走。在这个清冷的夜晚，蹄声由轻快而变得滞重。骡子跑着跑着，突然停下来，分开后腿撒了一泡尿，月光下，尿色淡白，且带泡沫，表明它已极其疲乏了。举目四望，分不清远处是野水还是月光。我翻身下来，身上的勇气仿佛被黑暗一点点吸走，脚下不稳,打了个趔趄,险些瘫软在地。我把骡背上的布袋卸下,放在一边。骡子歪歪斜斜地躺在一边,发出吭哧吭哧的声响。夜风吹来,我冷得直打哆嗦。月光下,我仅凭嗅觉就找到了几块干牛粪,因为外层被夜露打湿,不易点燃,我不得不弄来一堆枯叶,费了点劲才把它引燃。等牛粪烘干之后,我就把它投进火堆里。我的手脚开始慢慢暖和起来了。

师太,请了。我打开布袋,对里面那个一辈子都没沾过荤腥的女人说,恕我失礼了。师太手柔足小,身体看起来只是比琴体大一点,手指间依稀可闻桐木的清香。我摩挲了一下她的四肢关节,让她盘起腿来,端坐树下。师太当初死状吉祥,即便经过这一路颠簸,她的脸庞在火光的映照之下也依旧是一副庄重淡静的表情。我跪在师太跟前,告诉她,我想完成一个夙愿,这事只有她可以帮得上忙。因为冷,我的舌头显得不够利索。风从我们中间吹过,我想风会把我的话带给她的。天地是她的,也是我的,有男有女的天地是完整的。我念了一句佛号,直觉得口舌生津,眼中涌出了喜悦的泪水。当我抬头之际,似乎看到师太的脸上露出了似笑非笑的表情。

我没想到自己的行踪这么快就被人发现了。远处有人直着嗓子咋呼,好像是看到了林中的篝火。静着的天空忽然有了异样的响动,起初以为是闷雷。细听,才发觉这声音是从地底传来的。随后,一阵急骤的马蹄声掩涌而至,我有一种即将被流水淹没的感觉。我紧紧地抱住师太,好像随时会有一股流水把她从我身边卷走。马蹄声近了，一群人下了马，形成了一个包围圈。他们踩着积叶，在黑暗中跑动，风声满地。我大着胆子睁开眼时，一匹马的阴影已迅速覆盖了我的脑袋。带头的那个官差举起火把，在我脸上照了照，随即翻身下马，用刀指着我的脑门。一阵风忽地朝我吹来——经过刀刃吹来的风让我禁不住打了一个冷战。我终于听到心底里有什么东西坠地的声音了。

拿刀的雷大头，还是跟往常一样板着脸。我跪着，他站着，圆壮的肚皮在我眼前凸显着。彼此间只是对视一眼，点一点头，没有多余的话。除了对自己在那一瞬间表现出来的平静微微感到有些吃惊之外，我心里居然还滋生出一种要跟身体就此诀别的急迫感——船要离岸，一个人要远离自己厌憎的地方，大概就是这样一种感觉吧。刽子手雷大头近乎无声地拔出刀来，双手举着，向天地敬拜，嘴里还念念有词。念毕，刀对着太阳晃了晃，一道光嗖地一下反射到我的眼睛。然后，他就站到我身后一侧。我能感觉到他的刀正对着我脖子间的某道骨缝，斜斜地举起来。那一刻，我还是没忘记瞥一眼自己的身体。这应该是最后一瞥了。

是呀，他们说得没错，我是强盗的儿子，天生就是做贼的料。不过，我偷的不是别的什么东西，而是人。也不是人，是死掉的人，应该叫尸体。也不是尸体，应该叫肉身菩萨。这一回，县太爷动了怒，满脸溅朱。公堂里，我满耳都是他呵斥的声音。什么，竟有这等事？伤天理呵，你竟盗了肉身菩萨。你的手伸进福田衣底了么？你这恋尸的狂生，伤天理呵，非但辱尸，而且渎神，犯的是人神共愤的大罪呵。来人，先拖出去当众打他五十大板，再斩狗头。噼噼啪啪。噼噼啪啪。他们在打我的肉身，而我却在一边叫好。打完了，我被几个差人从门外拖到了公堂，待画完了押，县太爷就拿起朱笔，在纸上重重地点了一下。然后掷笔离开。

眼看这一年秋决的时辰又快到了。

我坐在牢里，一直等待着雷大头手中的刀。但我等来的却是木头陀。说实话，我有点羞于见他。深夜吃过辞阳饭后，我就看见木头陀手里抱着琴，来到我跟前，盘腿坐下。木头陀说，人身难得，佛法难闻，你何苦如此？我问，你都知道了？木头陀说，都知道了。我说，知道我的人只有两个，一个是你，一个是雷大头。木头陀说，还有一人，是师太。我双手合十，说，这回我让师太蒙羞，真是愧疚啊。木头陀说，既然你已经抱着必死的念头，我也不再劝阻。我有一曲，是神灵所授，只在半夜弹，而且只弹给将死之人听。你若不嫌憎，我就为你弹一曲，送你上路吧。

木头陀的手指在弦上挥动之际，我的心尖颤抖了一下。听着这曲子，我感觉自己跟一只白鸥似的，在海上飘飘荡荡，找不到岸，也不辨方向。忽然，一轮红日跃出海面，一道金光下隐隐约约浮现出一线岛屿。我的脑袋晃荡了一下，岛屿、红日随着波浪浮荡起来。一切都似隐似现。外面风声一忽儿紧，一忽儿慢，灯光也是忽明忽暗的。木头陀弹毕，双手凝然不动，琴曲却在我耳畔缭绕不绝，暗夜里有了暖意，不能说，于是默然喝上一口水，把要说的话含在唇齿间了。

木头陀也没说什么，就抱琴走了。灯灭后，琴声又响了起来。我拍了拍自己的身体，告诉它：你在世上的日子已经到头了。

日子已经到头了，日子已经到头了，阿爹在临终前也是这么说的。日头落下，日头出来，阿爹说，两个日头之间无非是夹着几个梦罢了。梦这东西，到头来还是随了身体，一并消散。都是空的，都是空的。

风是斜斜地刮过来。咔嚓一声，我的脑袋飞了起来。

然后，我就听到自己发出一声赞叹：好快刀！

写于 2017 年仲春

小混混的春天

老酒汗，敢不敢喝?！马荣把杯子推到我鼻子底下问。

我十三岁的时候喝过一种高度“老酒汗”。老酒汗之烈，不下于东北高粱做的烧刀子，对南方人来说，烈酒等同于一把剜胃刿肝的刀子。但有些人到死都喜欢这种酒。被酒放倒，好比是牡丹花下死。

那天请我们喝老酒汗的人，是我的同学马荣。马荣是这样对我们说的：醉过之后，你就是男人了。马荣仅仅比我大一岁，就以男人自居了。在同龄人中间，他应该算是早熟的。他没有查过字典，也没翻过什么书，居然知道“鸡奸”是什么意思，而我们那时所理解的鸡奸就是公鸡与母鸡之间所发生的性行为。

敢不敢喝，老酒汗?！马荣卷起了袖子问我们。说话间，突然朝我吐出一道白气，如马喷鼻。我被浊重的酒气一熏，仿佛挨了一记耳光。心中有些不快，但不便说出来。

酒馆里还有几桌闲客，吃过了午饭，便坐在那里闲话。声音洇开来，有了一种大概可以称之为散淡的氛围。店主好客，通常会免费送一壶好茶，给他们消消酒气，然后就袖着手，坐在一边，听他们聊天。店主偶尔也插几句，却跟那些唱门头词的人一样，净拣吉语。什么都说好，求的是和气生财。杂谈声中偶或爆出一阵鞭炮般的笑声来，而店主的笑声必是最响亮的。这些酒客如果没什么紧要事，照例可以聊到傍晚，不知不觉地，度过半天的好时光。

这一天是马荣的生日，马荣的叔叔（其实是他的亲爹）特意给他在这家酒馆订了一桌酒席，请的都是马荣的同学，当然也包括我。老酒汗也是马荣的叔叔送的。马荣的叔叔是这么对马荣说的：老酒汗，敢不敢喝？！

老酒汗，敢不敢喝？！马荣再次把杯子推到我鼻子底下问。

之后就见西门勇进来。他背对着我们，在窗口的位置坐下。也就是说，他坐在南面，而我们则坐在东北角，中间相隔四张桌子和一扇雕花镂空屏风。

毫无疑问，西门勇是马荣最崇拜的人物。这条街的南北货市场原本是无序的，西门勇来了，很多事也便由他说了算。凡是在他势力范围之内的外地摊贩，都要向他交保护费；没有交的，也行，日后与人纠纷，他概不出面回护。但交了保护费，就等于请来了一尊保护神，剩下的事就看财神的保佑了。

马荣"嘘"了一声说，我看到西门勇背后藏着一件家伙。他的声音很低，除了我们一桌人，谁也不会听见。我们转头瞥了一眼西门勇的背影问，什么家伙？马荣说，你们猜猜看吧。长头说，好像是一把刀。李颉说，不对，刀藏在衣服里，不小心还会伤到自己，可能是双节棍。铁腰说，双节棍没有那么细，应该是一把铁尺。马荣同意铁腰的看法，认为西门勇背后那根家伙就是铁尺。那个年代，很多流氓常常操持铁尺，它没有被归类为刀具。但我坚持认为，西门勇身后插着的是一把带鞘的短刀。

马荣把脑袋凑过来说，谁如果敢掀开西门勇背后的衣裳，摸一下那件家伙，我马荣就在街头爬三圈。他的两根手指弯曲着，在桌上做爬行状。

我见过西门勇的刀。马荣说，有一回，西门勇来到我爹的打铁铺，让他把一柄有些年头的刀重新锻打一遍，血槽刻得更深一些。从马荣口中，我们略知一些与西门勇有关的逸事。他带在身边的只有刀和女人。晚上，女人睡在里侧，带鞘的刀放在枕下。刀只有一把，女人也只有一个。他喜欢的女人从来不许别人染指。有一回，有个小痞子在电影院里摸了一把他的女人，此人走出电影院之后，五根手指就不再属于他了。

马荣把我们的脑袋往下按了按，悄声问道，你们当中有谁敢去摸一下？李颉问，摸什么？当然是他背后那件家伙。他敲了一下李颉的脑门说，难道是他女人的屁股？怎么？你们敢不？没人应声。而我装作没听到。马荣却偏偏把目光盯住我说，有两件事证明你胆子是否足够大。一是去摸一下西门勇身后那件家伙；二是拿石头去砸林小雨家的玻璃。提到“林小雨”这个名字，我左臂的肱骨就会隐隐作痛。但我的舌头只是在杯子里吸溜着，没吭声。胆小鬼！马荣腾地一下站起来，提起那壶酒朝西门勇那边走去。他绕到西门勇跟前，哈着腰低声说了几句什么，接着做出一副要敬酒的模样。西门勇挥了挥手，示意他走开。马荣进也不是，退也不是，只好拣边上一张桌子坐了下来。那一刻，他就坐在离西门勇最近的位置，那神气仿佛是坐在王座边上。

大概是因为酒能壮胆，我喝了一小口老酒汗之后，内心突然涌起了一股不可阻挡的勇气，也跟马荣那样腾地一下站起来，端着酒杯，走到马荣身边，十分镇定地坐了下来。酒的热气正好抵达腹部的位置。

西门勇有一张线条粗硬的侧脸，泛着淡青色的下巴微微上翘，而嘴角向下撇开，仿佛有两股相反的力量正在相互牵扯着。不过片刻，楼梯口响起一阵迟缓而滞重的脚步声，他蓦地转过脸来。进来的，正是周老师。许久不见，周老师消瘦了许多，整张脸也仿佛薄了一层，隐约透着黑气。他身上的灰色哔叽中山装显得有些宽大，好像是临时从别人那里借来的。周老师跟西门勇点了一下头，就在他面前坐下。

周老师是我们学校的数学老师。也是西门勇当年的数学老师。他的书教得如何，只需要看底下同学们的表情就能明白。周老师每每见大伙打不起精神，就会讲一个故事。他喜欢把故事里的人物跟我们熟识的那些人串起来讲，以致让人觉着那些人物就在身边，随时都会骑马打校门口那条街上走过。他是用方言讲的，讲到兴味盎然时，脸上便有了春末的斜阳的颜色。而我们沉浸在故事带来的氛围里，也像是被阳光簇拥着。周老师讲的，大都是《三国演义》里面的故事，偶尔也夹杂一些奇奇怪怪的事，据他说，大半是在下放林场那些年亲历的。说是有一回，他夜宿林场木屋，忽然听到刀剑相交的声音，惊起。打开窗户，院子里面月光是白的，草木是黑的，四下里没有一丝人影，也没有任何打斗过的痕迹，但厮杀的声音依旧不绝于耳。周老师即便捂住耳朵，也无济于事。因此，他疑心这是幻听。第二天，他早早起来，问林场的老汉，昨夜可曾听到什么动静。老汉说，他听到了刀剑碰撞的声音，但他念了几句不晓得从哪儿学来的咒语，这声音就渐渐消失了。周老师问，这怪异的声音是从哪里来的？老汉指了指地下说，这里原本是古战场遗址。那些埋在地下的将士大约不甘寂寞，又在地底厮杀起来了。老汉这样说着就把周老师带到一口古井边说，声音就是从井底传来的。周老师讲完这个故事，缓步走到窗口，指着外面那个落满枯叶的古井说，那口井就跟这口井一样。我们听了，都深深地抽了一口冷气。尽管我们都知道周老师所讲的鬼故事是编造的，但还是有些害怕。他为了达到预期的教学效果，就在每堂课上留一点时间用来讲故事。有一个学期，每堂课临近结束时他就跟说书人一般，给我们讲关云长。铃声一响，他就立马打住，把悬念留给我们。很长一段时间，我们忘掉了他教给我们的方程式解答方法，却独独记住了那些离奇的故事。周老师本人也颇有些传奇色彩。一年前,他用石头砸过一个人。那人命硬,脑袋砸出了一个大窟窿,居然没死。因为这事,周老师坐了牢。据说有两个律师因为石头是钝器还是锐器相持不下,所以周老师的案子迟迟没有审判结果。至于他在牢里有没有给狱友讲那些离奇的故事,我们不得而知。

马荣隔着一张桌子,朝周老师打了个招呼。周老师的嘴使劲嚼动了几下,看起来好像十分勉强地挤出一个微笑。但他终究还是没笑,只是点了点头,就迅速别转脸,跟西门勇静静地对视着。有那么一阵子,他们什么都不说,又好像什么都说了。

西门勇递上一根烟,问,吃不吃?周老师说,我不吃烟。西门勇说,嗯,我早就听说,你是喜欢吃酒的。我今天特地给你准备了一壶好酒,加热了就送来。

我现在没心思喝酒。

一醉解千愁,这是你当年挂在嘴边的一句话。喝吧喝吧,该办的事,我是一定替你办掉的。

西门勇吐着烟圈,形状宛如上吊绳的绳圈,仿佛可以置人于死地。

我要找的人呢?周老师有些焦急地问。

西门勇咕噜一句,阿德这小子,说好这个点上来的。于是把头探到窗口,朝楼下喊了一声,黄毛,你上来。不多时,那个叫黄毛的瘦子便走了进来。西门勇说,你把阿德叫过来,就说周老师要跟他会个面。

黄毛走后，一壶酒已摆在周老师面前。周老师摇摇头说，我现在真的没心思喝酒。西门勇说，我们喝完了这壶酒，阿德差不多也就到了。说着，就给周老师的杯子里筛酒。

现在我们大致明白西门勇和周老师见面要做什么了。这事显然惊动了楼下刚忙完了活儿的店主，他上来，以茶代酒——他卖酒，自己却滴酒不沾——向二人各敬一杯，接着跟周老师寒暄了几句，然后很识趣地退到一边，说一声，慢用，慢用。就下去了。店主看上去是一个没什么脾气的人，脸上总是堆着笑意。他这酒馆的酒菜价钱尽管不便宜，但结账时他还是笑盈盈地给熟客们抹去零头。酒馆的生意一年做到头，来的也多是熟客，不增不减。不过，也有些人并非冲酒来的，而是要借用这块地方“办点正事”。所谓“办点正事”，就是坐下来解决一些纠纷，俗称“讲案”。西门勇就是来讲案的。

午后的悠长时光拉长了酒馆里面的阴影。眼下我似乎暂时忘掉林小雨跟我们之间的过节，倒是很想看看周老师与那个名叫阿德的家伙之间究竟会发生什么。而西门勇，他究竟要站在哪一边？他那张脸有一种故作轻松的严肃，看起来的确有点不可捉摸。事实上，在我们这些小孩子眼中，西门勇一点都不可怕。他看见街上的小孩，通常会摸一下他们的脑袋，而且非要把他们的头发弄乱不可。有一回，他曾用那只拿刀的手摸过我的后脑勺。我不知道他为什么会摸我，还冲我扮个鬼脸。凭良心说，西门勇从来没有欺侮过小孩。

西门勇说，这一壶酒也差不多喝完了，阿德也该过来了。话刚说完，黄毛进来说，阿德说他不来。西门勇说，他不来也得来。黄毛说，阿德让我转告，都是一些小问题，没必要惊动大哥。

但西门勇挂下了脸，明摆着就是要跟“小问题”过不去。他说，阿德如果不来，你就让他自己剁下一根手指来见我。

周老师说，我今天是从牢房里偷偷跑出来的。如果我见到了阿德，他给我一个让我满意的说法，我就立马回去自首；如果他不来，愿意剁下一根手指来见我，我也就认了。从此之后，这笔账我不会再去追究。

我们意识到，一件动刀子的事就要发生了。刀可以让复杂的事突然变得简单。但也有可能会让简单的事变得越来越复杂。

黄毛转身走后，西门勇又叫了一壶酒，说，你再把这壶酒喝完了，阿德如果不来，也会带来他的一根手指。

没有人带来阿德，或阿德的手指。一阵风吹过来，撩动我们的头发，就像有人摸了摸我们的脑袋，走了过去。

知道我为什么要敬你三分？西门勇举杯对周老师说，因为你是条汉子，跟那些胆小怕事的教书先生不一样。你应该还记得十多年前那个夏天的事吧？那天傍晚，你只身一人，光着膀子，进了我们郑家祠堂，从那些拿刀的人里面带走了你的学生。

不错，那个学生就是阿德。他爹打了郑家的长辈公，引发极大的公愤。他爹是跑了，可郑氏族人却冲到学校，把阿德给绑走了。我气不过，报了警。警察过去要人，也没消息。阿德他爹是我的拜把兄弟，我岂有坐视不管的道理？放学后，我就孤身一人来到郑氏祠堂。族人说，要赎人，就带阿德他爹的一只手来。可我伸出了自己的手告诉他们，如果谁有种，就剁掉我的手。

那时我就躲在人群里，看着眼前发生的一切，觉着自己有一天也可以像你一样威风。现在我倒想问问，你身上什么家伙都没带，不怕？

正因为我身上什么都没带，所以不怕。

可你就凭一股气势，让全场的人压低了半个头。因此我还想知道，你身上的一股气势是从哪儿来的？

气势这东西，本来就是无中生有的。

无中生有？我是粗人，不明白你的意思。

打个比方吧，周老师把杯子举起来说，我们喝酒，要的不是这个杯子本身，而是它空无的内里。这个内里，就叫“无”。你看到了它的“有”，偏偏没用，能用的恰恰是它的“无”。也就是说，杯子空了，才能倒这个酒；双手空着，才能生出那气势。说到这里，周老师又像是回到了课堂，正对着一个资质愚钝的学生讲解一道难题。

西门勇似懂非懂地点了点头，说，你有了刀，身上不一定有那气势；不带刀，反倒有了气势。你说的是这意思吧？

差不多是这意思了，周老师突然做了一个摔杯的动作，像是自言自语地说，如果我把杯子砸了，“有”就消失了，“无”也跟着消失了，一切也就完了。你在摇头，你不会明白我的。

渐渐地，他的脸涨红了，好像愤怒就隐藏在他的皮肤里，好像愤怒是红色的。喝完了最后一滴酒，他往后一靠，打了个酒嗝说，阿德还是没来。

西门勇笃定地说，他会来的。

阿德，全名叫王阿德。这条街上的人只要提起阿德，就知道是谁。阿德一直喜欢周老师的女儿，小周对他却没一点意思。周老师坐牢那阵子，就把女儿托付给阿德照看。有一天，阿德和几个朋友带着小周去爬山。其中一个朋友说口渴了，让阿德带着空酒瓶去溪那边盛水。阿德回来时，发现小周不见了。直到天黑，小周才捂着疼痛莫名的下体回到家中，把自己关进房间，再也没出来过。后来，阿德就觉察到她有点不太对劲了，但凡看见男人（包括阿德）进入房间，她就会掏出枕头底下的剪刀，在空中胡乱挥舞。周老师得知此事，在监狱里面断断续续写了上百封起诉书，要严惩那几个强奸犯，但每回寄出的起诉书，都没有回音。周老师有些按捺不住胸中的怒火，就让那些出狱的人给外面捎带一句话：法律不能解决的事，只能用刀来解决。这一回，他偷偷跑出来，没有立马动刀子，而是找到西门勇，请他出来主持公道，让阿德出来，好歹给个说法。

你放心，西门勇拍着胸脯说，我让阿德过来一下，他敢不过来?! 我们知道，如今的西门勇已不同往常，不用做出狠相，都能教人膝软；不用出面吱一声，只要托人传个话，也能把事办了。

那一刻，我们都等着瞧阿德的好戏。

没多久，黄毛进来说，阿德跑了，只留下一句话：他要去一个谁也找不到的地方。

西门勇说，无论他跑到地球上的哪个角落，我都会花点时间把他找出来。

周老师喝完了这壶酒，说，我没时间了，警察很快就会找到我。等我出来的时候，恐怕已经拿不动一把刀子了。

周老师把手伸进怀里，哆嗦着掏出一把明晃晃的刀。

在我的想象中，西门勇也会把背后那一把更锋利的刀抽出来，插在桌子上，说一句发狠的话。然后，就会有一场异常精彩的打斗。最完美的结局当然是，西门勇带着一把血迹未干的刀离开这里。

然而，我所想象的场景并没有出现。西门勇把左手伸到后腰的位置，好像要掏家伙了，但他的手指只是微微动了一下，没有掀开衣服。

周老师把刀尖指向自己的胸口说，临死前，我求你一件事，用我这把带血的刀剁下阿德的手指。

把刀给我，西门勇伸出一只手来说，我会给你一个交代。

周老师把刀递了过去。西门勇接过刀，咔嚓一下，剁下了自己的一根小手指。

手指在桌子上蹦跳了几下，不动了。窗外有鸟飞过，西门勇忽然张开双臂，仿佛那一刻他听到了鸟翅扇动的声音。还要补上一刀？他问道。

周老师面色铁青，嗫嚅着，你这是何苦?！

就这样了结了？

就这样了。不过，我如果能活到出狱那一天，会请你吃一杯酒。

西门勇把那根血淋淋的断指捡起来，放进口袋，一句话也没有说，只是低垂着脑袋，快步下楼，出门，向阳光汹涌的地方走去。背后那件凸出的家伙，居然一刻都没有掏出来。我指了指说，那是一根夹住的尾巴。

一个胆小鬼，李颉说，就这样夹着尾巴走了。

不，马荣说，他是一条好汉。

那天下午，我们第一次干掉了一瓶老酒汗，头有些重。我们把周老师和那个依旧满脸堆笑的店主扔到身后，勾肩搭背走到了大街上。一道阳光迎面照过来，差点把我击倒。这一路过去，我不再像往常那样清点大街上的电线杆。胃里好像有什么东西在搅动，酒是一种温和的火，可以让人慢慢燃烧起来。风吹在我发烫的脸上，眼前一些人跟池塘里的倒影一样微微有些晃动。

前面就是林小雨家，你敢不敢过去？马荣指着前方说。我们三三两两，任由早春二月的风吹乱头发。冬天的荒寒迹象尚存街角，而春天依旧瑟瑟缩缩地躲在树后。这条街上，唯一绽放的花朵是花圈店里那些面朝死亡、毫无生气的纸花。

我站在林小雨家门口，铁门依然紧闭。马荣把石头交给我。

我没有接。铁腰把石头交给我。我也没有接。李颉把石头交给我,我还是没有接。

我握紧拳头,积蓄力量,随时准备拿起一块最锋利的石头,朝那个黑洞洞的窗口投掷。风吹过来,我的手一点点松开……感觉拳头里凝固的愤怒被风吹散了……

话说半年后,西门勇在浙南边境一个暗旧的修车铺找到了满身油污的阿德,他跟阿德谈话时,看见一辆末班车缓缓驶来,就使劲抓住阿德的手。阿德越是不依,西门勇越是紧抓不放,结果扯破了阿德的一只袖子。一分钟后,他登上了车,顺便带走了阿德的一只手。西门勇还没回到县城,就在途中被警察逮住了。那一年,国家推行严刑峻法,因此就把西门勇判处了死刑。跟随西门勇(包括黄毛)的小兄弟全都坐了牢。至于阿德,断了一只手之后就再也没有消息了。西门勇死后三年,街头还有一些年轻人仍然在谈论他。

有一天,马荣说,我跟你们打一块钱的赌,西门勇之后,这条街上还会出现一个厉害的角色。

有一天,马荣像老大哥那样把刀子递到我手里。我仍然不知道自己要干点什么。

写于 2015 年冬

懦夫

我杀掉了一个人，但那个人在我出生之前就已经死掉了。

孔智勇喜欢说这种让人一时间摸不着头脑，但事后玩味又不无道理的话。当然，他宣称自己“杀死一个人”不过是廿六年前“一个精子杀死另一个精子”的婉转说法。

孔智勇是民间拳师的儿子。父亲当初给儿子取名智勇，显然是含有智勇双全的意思。从小到大，父亲通过修文习武的方式，文明其头脑，野蛮其体魄。孔智勇果然不负所望，读书考试顺风顺水，大学毕业后又误打误撞找到了一份还算满意的工作。这些年，孔智勇坚持做一件事：每天下班回家在沙袋上踢一百脚，在书房里读书静坐两小时。在他看来，头和脚都是同等重要的。脚无力，思想发飘。脑不动，寸步难行。读万卷书便是用脑袋走路，那叫神游万里；而行万里路就是用脚读书，可以接地气。除此之外，他做什么事都是一副无所用心、无所用力的样子。在同事眼中，孔智勇这人确乎有点怪，怪在哪里也说不清楚。他平日里看上去懒洋洋的，但什么棘手活儿交到他手里总能办成。

他的父亲总是这样评价他：做事马虎的人也能进入一种马虎境界。孔智勇长得像父亲一样强壮，性格却截然不同。他的父亲身怀绝技（尤擅内家点穴功夫），但从来不会在外人面前炫技，平日里以沉默寡言居多；而孔智勇虽然没有好勇斗狠，但在言语上，常常会炫耀自己的能耐。因为他说得头头是道，人家也就信以为真了。

认识老孔的人都知道，他是一个看上去像庄稼汉一样憨厚的人，习武数十年，该出手时不出手，不该出手时就背着手走路。习武是求个动势，也是求静，老孔说，习武的人应该学会把一只手放在另一只手的"不动之处"。这话听起来有些费解，但他本人一直奉行这样的人生哲学。早年，北方有位通臂拳高手风闻老孔身手了得，便穿州越府，登门拜访，欲以一试身手为快。老孔兀自坐在院子里剥豆角，没有看对方一眼。那人无论怎样动用激将法，老孔都是一副平静如水的模样。那人急了，就朝他脑门上啐了一口。事后，那人解释说，自己之所以吐口水乃是因为老孔那颗脑袋长得实在像个尿壶。类似这样的羞辱，老孔都能忍受。还有一次，有位著名的弹腿高手突然造访，不比武，只是要跟老孔坐而论道。二人对坐时，弹腿高手操一口硬邦邦的河南口音，显得中气很足。无论老孔有没有在听，他都要说，而且非要图个嘴上痛快。老孔呢？能不说话就尽量闭嘴不说，其唇线宛若扁担，两头微微向下弯曲（因为他笑起来也像哭，所以也很少露出笑容）。那人起身辞别时，却惊讶地发现，老孔身下其实并无矮凳。他明白，老孔那种坐法，就是行内人所说的“歇步”。歇步功夫如此了得，弹腿高手的脸上立马露出了一丝愧色。

事实上，老孔一直在等待一个真正的对手，如果这个人没有出现，他决不轻易出手。这是儿子孔智勇的看法。

孔智勇当然见识过父亲的身手。

孔智勇说，他父亲会一手堪称绝学的点穴功夫。因为说得太玄乎，单位里的同事一律表示怀疑，他们的理由是：你看到了别人没有看到的东西，就得证明自己是如何看到的；你所说的一切如果不能取信于人，那么，在别人（至少是一部分人）看来，它就是纯属子虚乌有的。你说了也等于白说。所以说，你是否亲眼看见是一回事，让人相信你亲眼看见又是另一回事。

事实胜于雄辩，他们说，你只需要举一个具体一点的例子就够了。无例可举。因为老孔的确没有在人身上成功试过自己的点穴功夫。但孔智勇说，他父亲曾在肉联厂的一头野猪身上施展过点穴功夫。猪跟人一样，也有穴位。老孔击中了猪身上的柱身穴后，猪只是颠荡几步就瘫软在那里了。至于在人身上，也不是没试过，但那一回是以失败告终。同事们一听说老孔失手，就相信孔智勇所言非虚，很想听听下文。于是，孔智勇就接着说开了。那一回，一名体格壮硕的外地民工主动上门，要试试老孔的点穴功夫。不承想，老孔在那人身上点了好几次都没击倒对方。老孔很纳闷，疑心自己的点穴功夫还没练到家。那人也识破了老孔的心思，抱拳说，他之所以没有被点中穴位，并非自己有什么奇招，而是他的身体构造天生与人不同。怎么个不同？那人说，他是一个“镜面人”。所谓“镜面人”，从外表来看，与常人无异，但事实上，他们的内脏全都是反着长的。比如，正常人的心脏偏左，他则偏右；正常人的肝脏居右上腹，他则居左上腹。因为经络分布不同，穴位也跟正常人不一样。老孔没有点中他的穴也在情理之中。

孔智勇不能证明父亲的点穴功夫在人身上是否奏效，因此就接着补充讲述了一个“镜面人”与父亲较量的故事，大家听了，居然很有兴味。“镜面人”当初没能被老孔点中穴位，没有丝毫自得，反倒坦然以告，让老孔心里稍稍宽慰了几分。不过，那人的脾气既戆且悍，经过一番试探，他对老孔到底还是不服气。大概是自恃力大的缘故，他随后又提出要与老孔交手。其时，孔智勇作为旁观者，就站在一边，暗暗为父亲担忧。毕竟，父亲已年过五旬，无复昔日的虎气。出乎意料的是，“镜面人”在老孔面前丝毫没有占上风，尽管他已经使出了全身的力气，但拳头打到老孔身上，那股力就像风似的飘走了。紧接着，老孔只消用几个简单的动作就破坏了对方的中轴。自始至终，老孔都没有大打出手。看得出来，他为了不让对手太难堪，故意留了一手。那人看出老孔的实力有所保留，就很知趣地收了手，跳出圈外。这事在孔智勇的日记中也曾有过记录。他在日记中还认真总结了“镜面人”败给父亲的原因。在孔智勇看来，原因不外有二：第一点是，虽说对方练了南拳，但身上的肌肉是死的，力也是死的。他的力气比父亲大，却反过来被自己的力困住了，没有化开。第二点是，他出拳之前已经使出一层力，拳送出时又使出了一层力，及至来到父亲身上的一瞬间，力就无法集聚到一点上爆发出来……孔智勇把自己的心得毫无保留地说给同事们听时，几位同事都连连赞叹说，你能从生理学与力学的角度分析别人的拳法，不愧是拳师的儿子。

故事当然还没完。“镜面人”与老孔较量过后没几天，就提来老家的土特产，说要拜老孔为师。但老孔说，他这辈子从不收徒弟。与他交个朋友，偶尔切磋一下倒是可以的。应了那句“不打不相识”的老话，“镜面人”从此成了孔家的常客，而且极重江湖礼数。

“镜面人”叫石疙瘩，河北唐山人，自称是拳匪后代。他干过不少跟体力活有关的工作，现在则是一家纸盒厂的仓库保管员。他有一身蛮劲，一副犟脾气，表面看上去甚至可以说有些粗野，但他从来不会无缘无故地跟人使狠（拔刀相助的事倒是干过几回）。与老婆离异后，他开始学会用剃刀刮胡子，口袋里常备牛角梳，下班时会适当地梳一下凌乱的头发，以免给人一种邋里邋遢的感觉。他有一个儿子，一直带在身边。儿子不听话，他通常是当着儿子的面抽自己的嘴巴。

在孔智勇的印象中，石疙瘩有一双粗壮有力的手，如果双拳紧握，看起来就像两头豹子的脑袋凸显于丛林。像他这样的大手在这座南方城市里也不是没有，但像他这样的手劲，大概找不出一个来。孔智勇跟他握过手时，总是担心对方突然一使劲，自己的手骨立时发出核桃压碎的咔嚓声。

——就是这么一双手。

但老孔说，石疙瘩的手劲尽管很大，却不会用巧劲。一晚，孔智勇回家时，看见石疙瘩正坐在地上，揉着手臂。而老孔坐在那里，仿佛有一股元气隐而不见，周流不殆。孔智勇问父亲，你们刚才较量过？父亲坐在一团灰暗中，目露精光，但不说话。石疙瘩垂下脑袋说，刚才跟孔师傅搭马，我又输了。

孔智勇回到书房，又给父亲记上了一笔。

之后，孔智勇来到单位，又跟同事们添枝加叶地描述了一番。

也就是在石疙瘩与老孔"搭马"后一个礼拜，石疙瘩再次登门造访。这回他见了老孔的面就扑通一下跪倒在地。老孔有点不知所措，嘴里嗫嚅着你这是什么意思你这是什么意思。孔智勇在一旁也伸手扶着石疙瘩的手臂说，疙瘩大哥，有话站起来说。石疙瘩用乞求的目光望着老孔说，你若是不答应，我就不起来。老孔说，好吧好吧，你倒是说说看。石疙瘩说，孔师傅，我之前如有什么地方对不住你，望你海涵。老孔说，你说这话就太见外了。石疙瘩说，我一个礼拜前跟孔师傅搭马之后，发现右手出了点问题。石疙瘩摸了摸左手说，不对，不对，我一个礼拜前跟孔师傅搭马之后，发现左手出了点问题。他是个急性子，有时说话太快，出了口误，又会绕回来把整句话重说一遍。就仿佛小学生写作文，写错了一个字就把整个句子涂掉重写。事情是这样的，石疙瘩接着说，那天早晨，我坐公交车去上班时，发现自己的左手竟然握不住车上的吊环，你们可以想象，我连抛到空中的石锁都能接得住，怎么可能握不住一个吊环？老孔听到这话，跟孔智勇交换了一个眼神，目光都不约而同地落在石疙瘩的左手上。石疙瘩又接着说，我自幼在农村长大，知道一点治筋骨伤痛的土方。下班后我就从菜园里挖了点韭菜，把韭菜根捣烂，用一块纱布包扎在手上。过了几天，肌肉依旧酸痛无力。听到这里，孔智勇意味深长地看了父亲一眼。他也怀疑石疙瘩的手是父亲所伤，只是不知道他上一回使的是什么厉害招数。石疙瘩挑明了说，孔师傅，我今天来你这里，就是求你给我解穴。老孔说，我上一回压根没有给你点穴，又如何解穴？兴许是你早前干活时不慎弄伤了手，平日里没有轻易发作，碰巧在我们搭马之后突发。老孔略懂得一些跌打损伤的知识，就让石疙瘩伸出手来细瞧。老孔捏了捏骨头和肌肉，说，无碍。石疙瘩说，既然无碍，我这左手为什么就没有力气？老孔说，你身上气血的通路没有阻滞，因此可以断然排除点穴的可能性。你如果不放心，明天我陪你去医院拍个片子。石疙瘩听了这话，就把手收回来说，不不，这点小事，何必惊动孔师傅您呢。

当晚,老孔就留住石疙瘩吃个便饭,一是给他压惊,二是观察那只手是否真的有异。石疙瘩是性情中人,酒灌下去,心事就上来了,好比开水冲进杯子,茶叶就浮荡起来了。石疙瘩与妻子原来是青梅竹马,他们一起出来打工后,妻子觉得石疙瘩只会干些粗工次活实在没本事,两人的关系越发不谐。石疙瘩察觉到妻子跟一个理发师有染后,就主动提出离婚。孩子判给妻子,被他们从身边带走了。大概是因为儿子长得像父亲的缘故,前妻情绪不佳的时候就会莫名其妙地把气撒在儿子身上,轻则斥骂,重则暴打。有一回,前妻与理发师发生口角,儿子出来劝架,却被前妻连骂带打轰了回去。年仅九岁的儿子当晚就负气出门,身上不带一分钱,居然混迹人群坐上火车,穿越三省十几座城市找到了父亲。石疙瘩没料到儿子会遭遇这样的虐待,对前妻更是恨之入骨。不多久,前妻找过来,要讨回儿子,石疙瘩在她面前挥起一掌,劈断了一张石桌,前妻吓得拔腿就跑。这期间,前妻和理发师偶尔会打电话给石疙瘩,说一些威胁的话。说起家史,老孔也有一肚子的辛酸,大有"一部廿四史不知从何说起"的感慨。老孔早年与妻子离异之后,尚在襁褓中的孔智勇就交由老孔抚养。自此之后,他息交绝游,唯恐自己有个闪失,孩子就无人看顾了。孔智勇长大后才知道,父母离异的原因有几分可笑。据说,母亲当初生了他之后,父亲所在的工厂正好倒闭,只好重操行教生涯。所谓"行教",就是开拳坛。不承想,父亲白天拳打脚踢,晚上睡觉时在被子里一径地"放脚弹"。二人原本睡作两头，这一收一放之间，竟将母亲的鼻子踢得鲜血直流；还有一次，一个“脚弹”放出去，踢肿了母亲的半边脸。一个单薄、温雅的女人无法容忍一个毛发粗重的拳师如此粗鲁无度的举止，索性就跟他分床睡了。二人的感情从此疏淡，直至母亲主动提出了离婚的要求。这事是老孔后来跟孔智勇说的，孔智勇却从父亲闪烁其词的讲述中，隐约感觉到父母离异其实另有隐情。不过，他不想对此深究。孔智勇跟母亲见过几回面，母亲虽然待他不薄，但表情漠然，好像是那种可见可不见的远房亲戚。

孔智勇看得出，父亲此时喝了点酒，有点伤感。只是，他从来不喜欢跟人倾吐肚子里的苦水。石疙瘩说到伤心处，就举起杯来跟老孔碰了一下。不知怎的，杯子忽然从他手中脱落，掉在盘子里，汤汁四溅。石疙瘩不停地说“抱歉抱歉”时，老孔的脸上却浮现出讶异的神色。他问石疙瘩，你刚才举杯的是否是右手？石疙瘩说，是的。老孔说，你伤的是左手，现在怎么连右手也出问题了？老孔伸出筷子说，你现在用右手使劲握住。石疙瘩握住时，老孔轻轻一抽，筷子就被从他手中抽了出来。老孔让孔智勇也试着举箸跟石疙瘩做一个同样的动作，结果发现石疙瘩的右手确乎跟左手一样，出问题了。石疙瘩握紧双拳说，我只能合拢五指，怎么也无法握紧。然后摊开，深深地叹了口气说，拳头里一点热乎气也没有了。老孔说，你的问题恐怕不是出在筋骨上，而是神经上。明天我带你去医院做一个检查。孔智勇静静地看着那双搁在桌子上的大手，无端地觉着，那双手上丧失的力量如同咆哮着远去的豹子,但它迟早会回来的。

过了些日子,孔智勇帮石疙瘩预约了一位熟悉的医生。石疙瘩由老孔陪同在约定的时间赶到了医院,经过检查才发现,石疙瘩得了肌肉萎缩侧索硬化症。这是一种运动神经元病,俗称“渐冻症”,没有特效药,将来还会恶化。石疙瘩不用多想,也能意识到这种病会给自己带来多大的麻烦,他对老孔说,这世界上有两件稀奇事都让我给摊上了:一件事是,地球上一百万人中会有一个人可能是“镜面人”;另一件事就是,地球上一百万人中会有一个人可能是“渐冻人”。这两种病加在一起的人,恐怕全世界都找不出第二个来,你说我是不是一个怪人?

你说他是不是一个可怜的怪人?

回到家中,老孔在饭桌上跟孔智勇说起石疙瘩的病情时,面色依旧恍然。

孔智勇,你就继续给我们说些江湖上的奇闻逸事吧。同事们互相递烟,需要一个轻松的话题缓解工作压力时,通常会这么说。这些同事在外头过的是颠三倒四的生活,回到单位便如水归器,各呈方圆之态。在他们看来,工余饭后躲到吸烟室(借阳台搭就的玻璃房)一边吞云吐雾,一边听孔智勇侃侃而谈是一件快乐的事。大家都知道孔智勇是民间拳师的儿子,好谈武,因此话题大抵也与此有关。

如果面对一名持刀的歹徒,你会害怕吗?

你得分清楚，你面对的是持刀的歹徒，还是歹徒手中的刀。

二者有什么区别？

当然，我们一看见刀，就会自然而然地引发恐惧感。事实上，真正可怕的是握刀的手，而非手中的刀。因为是手控制着这把刀。如果手松开了，刀就脱离手的意志，变成一件寻常铁器。但它与一只强壮的手结合在一起时，它的力量就出现了。因此，消除对刀的恐惧，首先得琢磨着如何对付那只握刀的手。

高见，愿闻其详。

你有在睡梦中从床上滚落的经历吗？

小时候有过，长大了就没有了。

为什么没有？这是因为床足够大？

不是的。我好像从来没有想过这个问题，但我觉得其中必有可以解释的缘由。你以为？

这是因为床不高。如果有一天，你的床升到五尺高，你就有可能滚落。

这种说法有依据？

因为你睡那么高的床，心里先存了恐惧。如果你在睡梦中滚下来就是因为恐惧。

我还没试过睡这么高的床，不知道是否会发生像你说的那种情况。

其实我想说的是，面对一把刀，情况也是如此，你是先存有对刀的恐惧，然后才会退缩，运气坏的话还可能挨一刀。

两名同事听了孔智勇的一番话，微微点头，似乎有所领悟。

说话间，一辆货车从阳台下面的大马路上经过，整座办公楼颤动起来。孔智勇做了一个夺刀的手势，说，我父亲根据自身的实战经验，认为出手之前必须考虑到四要素：精准度、速度、力量，还有第四要素，呃呃——他挠了挠头接着说，只可意会，不可言传。这很重要。你们记住，在对手与你相持不下的时候，第四要素就可以发挥作用了。

快速翻转的舌头像滑翔中的雪橇突然停在那儿了。一个鼻音很重的上司的肥胖身影杵在狭窄过道的咖啡机旁。继续说吧，胖上司微笑着说，我对你刚才的话题很感兴趣。

谈什么？站在吸烟室里的孔智勇明知故问。

就谈谈你父亲的那一手绝活吧。

我们刚才谈论的话题你都听到了？

是的，胖上司做了一个飞翔的姿势说，小时候我就想学飞檐走壁的功夫，但我现在太胖了，弹跳一下都气喘吁吁。我想问一下，你父亲会轻功术？

我父亲的师傅会轻功术，但老人家怕弟子中有人心术不正，学会了蹿高纵远的本领就去干偷鸡摸狗的勾当，所以，据我所知，老人家没有传我父亲轻功术。

能否告诉我，你父亲的师傅是谁？

我父亲从来没有向任何人透露师傅的姓名。只是听说，老人家的眉心有一道灵光。

孔智勇这样说着，吐出一口烟，把烟吐成一根细长的绳子状，绳子徐徐上升，仿佛可以带着他离开平地，向天空飘去。那一瞬间，身边的人和环绕他的事物，仿佛都笼罩在若有似无的灵光里了。

单位里有个同事，叫阿稿，也是练家子，一直想找孔智勇较量。显然，在前者看来，拳头比起舌头似乎是一种更直接有力的表达方式。有事没事，同事们也怂恿他们找个机会切磋一下。但孔智勇总是找各种借口避开他。相比之下，大家都觉得孔智勇光说不练，有点靠不住。但孔智勇说，此人好斗，无非是证明他的雄性荷尔蒙分泌出现异常。

有一回，单位举办酒会。孔智勇走进洗手间时，跟一身酒气的阿稿撞了个正着。酒这种东西进入他嘴里之后，仿佛可以化为一股气体，让他的脑袋膨胀成一个随时都有可能爆裂的红色气球。阿稿就这样近距离面对孔智勇，仗着几分酒气喝问，早就听人说，你小子在我背后净说我坏话。而且还说，我这个人好斗，是因为什么雄性荷尔蒙分泌出现异常，是不是这样？一位同事见阿稿的语气有着较浓的火药味，就走上前去打圆场说，今天大家正在酒兴上，有事明天再说。其他人也附和着说，是啊是啊。大家在场更好，可以做个见证。阿稿说着便解开衬衫的扣子。单位同事素知阿稿这人有点匪气，喝了点酒之后就喜欢敞开一排扣子，露出杂草般浓密的胸毛。瞧这番气势，一场较量在所难免。慢着，孔智勇指了指裆部，掉头走进小便池，不急不缓地撒了一泡尿。此间，他琢磨着如何脱身。但阿稿一直堵在门口，没有放过他的意思。孔智勇只好硬着头皮，迎上前去。阿稿突然当着众人的面掀起孔智勇的T恤衫说，你们瞧瞧，他这一身肌肉看上去壮实，其实是死的，没有力量的，而我的肌肉，你们瞧瞧，每一块都是活的，有力量的。孔智勇握紧了拳头，仍然不说话。阿稿说，早就听说你那个狗屁“四要素”理论很厉害，不如在我身上试一试。如果你今天想出这个门，好，就得先过我这一关。我们都是文明人，就来个文明的比法。阿稿试着比画了一下，又接着说，我让你先出招，朝我腹部击打一拳，为了公平起见，我再还你一拳。如果你乐意再打我一拳，我也会奉陪到底，最后就看谁能从这里站着走出去。阿稿这样说着随即划出一个圈，塌下腰，摆了个气沉丹田的架势。

孔智勇不能不出手了。这一刻，他需要实实在在的一记拳头克制对手的敌意。但他握紧拳头时，发现自己的手心直冒冷汗。这下子贸然出了一拳，打在阿稿的腹部，对方居然只是轻轻地哼了一声。轮到阿稿还他一拳时，孔智勇下意识地咬住了牙关。

砰！孔智勇仿佛听到这声音是从自己身体里面发出来的。

事后，一位同事问孔智勇，痛不痛？孔智勇故作轻松地回答，不痛。有人抢白，不痛为什么又大喊一声？孔智勇说，那一刻有两股力量在他体内相遇：一股是来自外部的力量，一股是来自自身的力量。两股力量碰到一起时，他似乎听到体内发出一种粗重的声音。他不得不张开嘴，让它通过。而同事们当时所听到的，正是两种力量相遇所发出的怪异的声音。

有些事就是在无可名状的时刻无端地发生了。

那天上午九点光景，孔智勇从会议室出来去洗手间小便时，顺便掏出手机瞥上一眼，屏幕显示有一连串未接电话。翻滚屏幕，来电对象其实只有两个人：一个是父亲，一个是石疙瘩。孔智勇先给父亲回复了一个电话。在电话中，父亲告诉他，石疙瘩家里又出事了。

今天上午，老孔正准备去买菜时，忽然看见石疙瘩气喘吁吁地跑过来，告诉他，昨天晚上儿子一直没回家，他四处寻找，没一点音信。就在他怀疑儿子是否被前妻和理发师带走时，理发师打来电话威胁说，要想见儿子，就带十万现金来。十万元现金，一时间到哪里去筹？起初石疙瘩横下一条心，不给，儿子是被前妻带走，又不是被歹徒绑架，给什么钱?！不料，今天一大早前妻急吼吼打来电话，说那个理发师原本是陪她来看看儿子的，哪里知道他这阵子没钱买粉，就心生一计，把她捆绑起来、嘴里塞了棉花关在宾馆的柜子里，然后借她的名义向石疙瘩勒索。石疙瘩说，他出来打工时间不长，不可能拿出那么大一笔钱。前妻说，那个理发师毒瘾犯了，什么狠事都干得出来的。半年前，他向父母借钱买粉，父亲不给，指着他的鼻子骂了几句，他随手抄起菜刀就削掉了父亲的一根食指。石疙瘩听了这话，心里面又添了一层惶恐。没过多久，理发师又打来电话，嚷着马上要钱，石疙瘩自然不敢有丝毫怠慢。这些年，石疙瘩省吃俭用只积攒了两万多块钱，今天一大早向几位同事借了一万多块。饶是这样，也只有三万多块，断断不能满足理发师的要求。情急之下，他想到老孔。老孔说，他手头的卡上也只有一万多块钱，如果不够，可以帮他向儿子再要一点。老孔当即给儿子拨打了一个电话，儿子却没有接，料想儿子正在开会按了静音。石疙瘩拨打了几次，也无人接，于是对老孔说，他知道孔智勇的单位在哪儿，不如过去找。如果找到了，请老孔务必在电话中证实情况。此事大略，老孔在电话中都说了，并且嘱咐孔智勇，关键时刻，能帮的，就帮一手。

就在孔智勇打完电话撒了一泡尿的工夫，石疙瘩已走进孔智勇的单位，迎面见到了阿稿，就慌里慌张地问起孔智勇的办公室。阿稿撒了个谎说，孔智勇出差了。石疙瘩有点不敢相信，经过财务室门口时，瞥见桌上有一沓钱，双脚就不由自主地迈了进去，双手迅速伸向了那一沓钱。我不是抢劫，他说，我要借一笔钱，事后就还。财务室的女出纳起初以为有人跟她开玩笑，抬眼一看，见是一张陌生的面孔，身子就僵住了。她想尖叫时，石疙瘩已拔出一柄原本用来防身的水果刀，迅速顶住她的喉咙。出纳的呼吸一下子就变得短促了。石疙瘩说，你放心，我只是向你借钱急用。我不会写字，你，给我立下一张字据。出纳的手瘫软得连笔都握不稳了。她颤抖着在纸上写了几个歪歪扭扭的字。石疙瘩也没细看，就挥刀在自己的手臂上抹了一下，暗红色的血跟蚯蚓似的从皮肤底下爬了出来。石疙瘩用食指蘸了一下，摁在那张纸上，代替签名。起初，同事们把阿稿推了进去。阿稿看到水果刀，腿先软了。也不知什么缘故，阿稿很快就打了个踉跄，退了回来。阿稿对扶住他的同事说，此人腿上功夫了得。然后死活不敢进去了。这些细节，当然是事后才听同事们说起的。

孔智勇从楼上会议室下来时还不明就里，看见几个男同事站在财务室门口，每人手里都拿着一件有点分量的东西，就知道里面发生什么不妙的事了。

阿稿说，孔智勇，这人说自己认识你，你进去看看。

孔智勇问，里面发生了什么事?

阿稿说，有人抢劫。

那位胖上司说，我们的一位女同事还在里面，那人报得出你的名字，八成是跟你有点面熟的。孔智勇，你是拳师的儿子，碰上这档子事，应该当仁不让。

孔智勇正犹豫不决时，阿稿从背后推了一把。孔智勇打了个趔趄撞进了门，目光一下子就直了。抢劫犯果然是石疙瘩。这时，他需要一个手势掩饰自己的恐惧，就顺势用手扶了扶险些滑落的镜框。双脚钉在地上，不动。身后传来粗重的呼吸声和杂乱的嘀咕声。一个人看到一群人恐惧的时候，他要么加入这群人当中，惶惶然若丧家之犬，要么是从巨大的恐惧中刷掉自己微小的恐惧，装出一副超然物外的样子。孔智勇做了一下深呼吸，突然挺直了腰，回过头来，对那些探头探脑的同事说，这事我来摆平。于是，关上了门。

门后传来一声喝彩：好家伙。

那个女出纳早已吓得不省人事，瘫软在石疙瘩的怀里。那眼睛跟嗑掉的瓜子似的，黑里翻白。石疙瘩手中的刀看上去一点也不锋利，甚至可以说有点锈钝。但它与一只骨节突出、疤痕了然的手结合在一起时，似乎有点吓人。孔智勇手心朝上，表示自己没有携带任何东西。石疙瘩跟孔智勇对视了一眼，把右手的刀传到了左手。孔智勇的心里面咯噔了一下。屋内的光线一下子变得暗淡了。动与不动，都是个问题。面对此景，孔智勇意识到自己应该像父亲所做的那样：把一只手放在另一只手的不动之处。那时候，不出手，就等于是出手了。

孔智勇决定不出手。他找了一把椅子，坐下来。

孔智勇，你来得太晚了。我知道自己已经干了一件无法挽回的事。

你把刀放下，一切都不会太晚。

我如果把刀放下了，我就得不到这笔钱了。

我刚刚接到父亲的电话，知道你儿子被人绑架，急需一笔钱。

是的，我急需这笔钱。

你不知道自己现在干的是一件傻事?!

只要能替我儿子赎身,我什么傻事都愿意去做。

说话间,手机铃声骤然响起,两人同时一震。孔智勇下意识地摸了摸上衣口袋,自己的手机没反应。抬眼一看,石疙瘩正在接听。手机那头隐约传来孩子哭喊的声音。石疙瘩像被刀剜了一下似的弹跳起来,他冲着电话那头的人咆哮时,露出几颗布满烟垢的牙齿,扭曲变形的脸部表情和这副大嗓门搭配在一起,就塑造出了一种凶神恶煞般的形象。

对方挂断电话之后,石疙瘩怔了半晌。女出纳依旧躺在他怀里,像是喝醉了酒。

石疙瘩也像喝醉了酒似的拿起手中的刀,目光茫然,看起来似乎有点不知道自己接下来该怎么办。

慢着,孔智勇突然喝道,你的手在颤抖,我知道这是什么缘故。

石疙瘩猛然间听到这一声喝,手中的刀突然像肥皂一样滑脱,他想俯身捡地上的刀时,那只手竟连五指合拢的力气都没有。石疙瘩把怀里那个女出纳搁到地上,再次伸手去抓刀,可他刚刚抓住,又掉落在地。

那一瞬间,屋外有一辆重吨货车驶过。车轮滚动时,整栋办公楼也随之震颤起来。孔智勇感觉这栋楼房突然浮了起来,开始慢慢地移动,然后带着某种不可捉摸的惯性向虚无的深渊滑去……

当一把水果刀嗖地一下从财务室的门内被扔出时，外边的同事发出了一声尖叫。然后，他们就看到孔智勇抱着吓昏过去的女出纳走出来。孔智勇的脸绷得像拳头一样紧，额际布满了汗水，但细心的人还是发现他的眉心泛起了一道灵光。经那人一说，众人似乎也都隐约见着了。

几名随后赶到的警察旋即冲进财务室，把瘫软在地的石疙瘩戴上手铐。孔智勇回头望了一眼，眼眶里仿佛有什么热乎乎的东西要奔涌出来。他想过去跟警察说几句话时，同事们已经把他当作英雄那样团团围住。有人把一本杂志卷起来当作话筒，递到他跟前问，你究竟是怎样击败持刀的歹徒？

孔智勇没有回答，脸上只是挂着一缕苦笑。

但同事们都确信，击败对手的，不是别的，正是“只可意会、不可言传的第四要素”。

2014 年 9 月写于觉簃

在一条河流般孤寂的大街上

这条老街仿佛一条温顺的河流，人们生活在两岸，相安相养。事实上，老街的前身就是一条河流，与别处的河港交汇，可通舟楫，四里八乡的人到岸上采办货物十分方便。后来河流被填埋了，变成宽阔的街道，但两边的店铺依然保存着旧时的格局。这些，在一本古老的县志里就有过描述。老街长四百余米，有南货店、餐馆、旅馆、蔬果集散市场、肉铺、药铺、冥器铺、打铁铺、木器坊、旧书店、古戏台、祠堂、耶稣堂、土地爷庙等。近三十年来，两边的店铺有增无减，但药铺仍然只有两家：中药铺与西医诊所（兼卖西药）。本街人生了病，一般不去县城大医院，街这头赚来的钱送一些给街那头的药铺，仿佛也是理所当然的事。这条街上几乎没有外人过来摆摊开店。古旧的空气里可以感受到老街的人们常年相处所形成的默契与熟稔。他们的口音与这里的河流是融为一体的，他们的衣裳与这里的绿树、白墙、黑瓦、青石板是融为一体的。他们是老街的一部分：明亮的与晦暗的、新生的与古老的、黑的与白的乃至灰的，都是如此静穆地分布着。

有一天，这条街上来了一位电器店老板，租了五间门面做家用电器生意。新店开张，从门口至店堂，一片红地毯铺过去，两旁一排溜摆放着红色花篮。老街的古旧气一下子就被声光电气冲淡了，给人一种蓝袍脱去换红袍的喜气。新招的店员一律是本镇人，年纪大都很轻。店员与客户谈生意时，老板总是面无表情地看着他们；他没有介入他们之间的交谈，但有时候，店员似乎在顷刻间接收到了老板的某种暗示，能断然地做出决定。

家用电器店开张不过一个礼拜，生意就红火得不得了。每天，店员跑进跑出，忙个不停。唯独老板不动。他总是十分安静地坐在他该坐的那个位置。我们知道，宇宙间有了第一推动力，就注定动者恒动。太阳在动，月亮在动，地球在动，万物无不在动。不动的人看着动的人，于是就有了劳心者与劳力者。于是就有了老板这种优雅而冷漠的动物。

在这条街上，所有的老板都是小老板，唯独这位电器店老板是真正的大老板。他看起来没有一点大老板的派头，平日里总是显得不温不火，但店堂里的事务经他调度，就变得井然有序。员工们都知道，老板的肚子里有一本生意经，对他的安排也都贴然就范。这些日子，从这家电器店进进出出的人络绎不绝，但老板仍然没有融入人群的意思。通常情况下，老板不太说话，他总是坐在玻璃后面，远远地观望，稳稳地把握。他几乎没有什么可以喝酒聊天的朋友，也没有仇人。下班之后，他喜欢独自一人骑着电动摩托车到镇外，领略平原的一缕清风。

老街的打烊时间很早，太阳刚落山，人们就开始收摊关门了。电器店门口一堵与门面呈直角的茶色玻璃幕墙黯淡了些许，从那里，映照出一条略带暖色的老街的景观。等天黑透了之后，老街渐渐归于沉寂，而电器店门口那堵玻璃幕墙上的银色店名开始闪闪发亮，偶尔有人闲逛至此，便进去看看。店堂内依旧灯光如昼，有轻音乐流荡至街头，融入晚风和树影。

老街上一家家饭馆的灯火都熄灭了，电器店内的灯光却还十分醒目地亮着。店员们在谈生意时，灯光跳闪了一下，骤然熄灭了。有人喊道：跳闸了。老板提着一盏仿风灯的充电灯，慢条斯理地走出办公室，转到一个角落，把总电源开关检查了一遍，没发现哪个分头开关跳闸。于是就托人请来本街的一名电工。不多时，电工扛着一张便携式铝合金梯过来。经过排查，他发现停电原因就出在外线上。当初这个店堂的线路全部由他一手张罗的，因此他知道外线接线端在哪里。电工扛着梯子，老板提着充电灯，一前一后，穿过堆货栈，走到后院的天井里。电工把梯子架在墙头，爬上去，在一根接线柱上鼓捣几下，店堂内的灯光就骤然亮了起来。电工说，一定是有人从外面爬上这堵墙，把线头给剪了。哦，老板嘀咕了一声，抬起头来，看见电工站在那张梯子的顶端，此时的月亮仿佛伸手可及。

第二天傍晚，待街上的店铺收摊关门时，电器店老板就面色庄重地向店员们宣布下班。整条街上，上闼门的声音此起彼落，电器店这边只是让卷拉门放下一半，以示打烊。店员们走后，老板仍然坐在店堂里面的电脑前，望着深蓝色的屏幕发呆。天也是深蓝色的，有一枚白骨似的月亮。

一个礼拜后，西门阿大来了。

西门阿大不住西门，而是北街——这条老街北面是一条河，河对岸就是北街。然而，单是隔着一条浅浅的河，说话口音就有点走样了。其间的细微差别只有本街人才能听得出来。西门阿大操着一口地道的北街人的土语。

之前，没有任何人告诉电器店老板，说西门阿大要来。他什么都没有准备，他们就朝他围拢了。他感觉整个店堂在那一刻变成一个闭合的空间。很显然，西门阿大是来这里收保护费的。电器店老板想装聋作哑也无济于事。西门阿大有个规矩：当他跟你说话时，他可以盯着你看，但你不能盯着他看。斗胆直视他的人往往会在几秒钟之后低下头来，嘴唇或双手开始打战。电器店老板虽然没有直视他，却让目光游移到别处去了。这也不行。这分明就是目中无人。西门阿大伸出一根呈钩状的手指，仿佛要把电器店老板的目光拽回来。你听着，西门阿大说，你如果听说过外地人来这里开店的规矩，就晓得以后怎么做了。电器店老板依旧把一个铜币夹在指间，用手指不停地摩挲着。西门阿大把他手中那枚铜币夺过来，看了看，嘀咕了一声，随即抛到店堂外面。那枚铜币落在青石板上，滴溜溜转了一圈，又滚进一个网格状窨井盖里。那里有一条跟老街保持同一个走向的沟渎，污水总是在人们看不见的地方无声地流淌着。

你跟我来一下。西门阿大把他带到后院的堆货栈，跟他单独谈了一刻钟。然后，人们就看到，西门阿大拍了拍电器店老板的肩膀，带着一帮弟兄扬长而去。在电器店门口聚拢的人群也渐渐散开了。店员们问老板，西门阿大刚才跟他说了些什么。老板不吭声。

街车卷起的淡漠的灰尘里浮荡着阳光的碎片。于老街，他是陌生的。

有人说，电器老板若是娶了本街女人，在这里安了家，扎了根，西门阿大还敢惹他麻烦么？也有好事者动这方面的脑筋。一天，一位上了年纪的妇人走进店堂，不买东西，也不推销别的物什，只是一径地坐在电器店老板面前，脸上堆出线条柔和的笑容。过了片刻，她才开口问电器店老板家住哪儿、现年多大、有无妻小等等。电器店老板一下子就明白妇人的来意了，只好微笑着，编造几个理由搪塞过去。后来又来了几位说媒的妇人，说是要把本街最俏的女孩子介绍给他。但电器店老板总是双手环胸，无事人似的走开了。本街爱赶时髦的年轻人都说，电器店老板是优雅的。优雅能当饭吃么？这里的女人可不吃这一套。而且，优雅过头了，就不免有些故作清高了。

电器店对面是一家牙科诊所。喧闹与冷落仅隔一条街，这多少让牙医有点不愉快。牙医不仅会看牙，还会看相。他的目光里似乎有一把冷冰冰的钳子。

牙医是本街人，他的脸不胖不瘦、不方不圆，脸上该有的五官他都有（牙齿自然是一颗都没少），可他看起来就是比别人多一样东西，是什么？谁也说不清。总之，在他看来，有鼻子有眼似乎也算是很神气的事。在街坊看来，牙医不算医生，正如打棺材的算不上木匠。但牙医总是那么神气。无事的时候，牙医就会跷着二郎腿坐在玻璃后面，冷冷地打量着外面的行人。如果这条街上有什么异常动静，他会最先知道。

一道天光漫过玻璃上方那个巨大的“牙”字，牙医的目光显得有些幽森。

市时停歇的时辰，有个手臂刺青的少年趿着拖鞋走到电器店老板跟前，递上一张纸条，二话不说就走了。电器店老板看完纸条上的一行字，就立马揉成一团抛到字纸篓里。他把头探出店门外，看着那个刺青少年远去的背影，继而转头问一名店员，你认识他？店员说，从刺青图案来看，他可能不是西门阿大的人。另一名店员说，我认识，他是阿七手下的人。那个刺青少年的身影在祠堂门口的一棵大树后消失了。电器店老板收回目光时，正好发现对面的牙医站在门口，有意无意地朝这边张望。彼此之间的目光碰上之后，牙医隔街递来一声问候。电器店老板的目光落在牙医身后那个巨大的“牙”字上，然后掠过屋脊线，随同空中的一片浮云飘远了。光线渐暗，知是黄昏边了，街上人影渐稀，几乎没有车辆经过时扬起的灰尘。在一阵紧似一阵的鸟鸣声中，暮色愈来愈浓。他有一种预感，好像有什么事就要发生了。这条街上，有一种杀气腾腾的安静。

电器店老板无事的时候，就坐在电脑前写一些什么东西。有人说，电器店老板是个诗人。他怎么会是诗人？店员们悄悄地说，他那样子像个县府门口广告店里的打字员。有时候，电器店老板会在电脑前坐上半天时间，的确像个勤奋的打字员。这一天傍晚，店员都走了，老板还在电脑屏幕前静静坐着。

老板的确在写诗。他写到"达达"这个词语时，仿佛听到了键盘也发出了哒哒声。突然间，他的手指变得兴奋起来，以一种轻快的节奏在打字机上不停地敲打着：达达达达达达达达达达达达达达……他关掉了电脑，又坐到她曾经坐过的那面镜子前。他看到镜中那个人无力地举起他的右手说，这是我。然后，又举起左手说，这是她。右手对左手说，现在，死亡让你们彻底分开了。然后，他就玩起了那枚仿佛带有神秘印记的铜币。

电器店老板站起来，关掉了那扇只放下半边的卷拉门。上锁之后，他点燃了一根烟，站在店门口，怅然地望着这条灯光下略显霉黄的大街。这里立着一排路灯，洒落烟尘般的光晕。有人但没有脚步声。电器店老板把手从口袋里伸出来，一直伸进风里，仿佛在摸索着什么。不远处，一只野猫突然发出了一声尖叫。他赶紧把手缩回，插进口袋。他走了。影子留下来。是电线杆的影子。一只野猫走到影子前，嗅了嗅，衔走了一部分影子。是一条尾巴的影子。而电线杆的影子仿佛朝前移动了一点点。

第二天清早，有人发现西门阿大趴在这条街上，身上有五个枪眼，鲜血流了一地。风贴地卷起几片落叶，在尸体旁边打几个旋，跟魂似的飘散了。哒——哒——哒——哒——哒——街上的人都说半夜里听到了五声枪响，但没有人敢起来探看。街上的一位老人指着尸体拖走之后那块血迹未干的地方说，他小时候听大人说，他的一位邻居的母亲就死在这个位置，只不过那时候，这里还是一条河，那个妇人受不了酒鬼丈夫的鞭打，就是从这里跳河自尽。老人说，女人溺水而死之后，都是仰面躺着的，而男人是脸面朝下的。看西门阿大的死相，也像是淹死的。

有人猜测，凶手就是那名电器店老板。如果不是他，为什么警察一来就先找他谈话？何况，这条街的人现在都已经知道，电器店老板年轻时坐过几年牢。至于他犯了什么罪，对他们来说并不重要。他们低声交谈的时候，天色忽然暗了下来。他们像暴雨来临前的鸟一样，不再发出吱吱喳喳的声音，只是带着诡异的表情回到各自的屋檐下。雨终于没下，他们有些失望。

凶杀案很快就水落石出。杀死西门阿大的凶手便是他手下几个跟班的。他们觉得跟随老大没前途，就把他干掉了。凶手为什么不是电器店老板？他们仍旧有些失望。西门阿大出殡时，电器店老板也按照乡俗，特意带着白毛巾参加他的葬礼。北街没有南街繁华，街道两边错落着带有郊区风格的新屋与破敝的老宅，显得古怪而又恣肆。有半边路面被挖开，也不晓得要埋什么东西，弄得到处都是尘土飞扬。房子一律是灰色的，人和树也是灰色的，仿佛这里未曾有过春天。电器店老板和他手下的一名店员夹杂在灰色的送葬队伍中，缓缓前行。身边那些人有说有笑，好像不是来送葬的。一向沉默寡言的电器店老板也跟店员聊了起来。店员是本街人，知道不少有关西门阿大的逸闻，他谈完之后总结说，西门阿大这一辈子只做过两件事：喝酒和收保护费。在电器店老板看来，西门阿大并不像人们所说的那样坏。他在老家见过比西门阿大更坏的人。走过半条街，电器店老板望着街道上那一株灰头土脸的垂柳说，那天，西门阿大把我拉到店堂后面，你猜他对我说些什么？没等那名店员追问，他就接着说，那时他很坦率地告诉我，他收保护费只是做个样子，否则他就压不住那帮小兄弟了。所以，那天，我卖给他一个很大的面子。

老街终归是老街，并没有因为发生谋杀案而变得喧闹或动荡，它仍然安于自身的慵懒和宁静。这条街上最清闲的人莫过于那位终年穿着蓝色工作服的电工了。他喜欢扛着一张电工梯晃来晃去，那样子仿佛刚刚从梦里走出来。他从电器店门前懒洋洋地荡过时，电器店老板叫住了他，递上一根烟说，有空再给我们拉一根线吧。电工走进一座四合院的天井，把电工梯架在一堵破败的墙上。电器店老板跟他说明这条线的用途与分布情况时，他取下耳朵上那根烟，用火柴点燃。他斜靠在电工梯的横杠上，默默地抽着烟。他吐着烟雾，就像雪地里马喷鼻。烟雾渐浓，凝成浑然一团，蒙住了他的半边面孔。你去店里拿一团三十米的线来，电工说。电器店老板拿来一团电线后，一股烟味还没飘散，那个抽烟的电工却不见了。电工梯依旧架在墙上，电器店老板抬头仰望墙头，也没见电工的影子。只有几只黑鸟，从一片云下淡然划过。

电工登上梯子之后，会不会爬到那座荒寂的阁楼里面去了？当然不会。阁楼的窗户都是紧掩着的。那么，电工会跑到哪儿去？莫非是接到什么紧急电话，翻墙走掉了？如果没有眼前这把梯子，他还真疑心自己方才只是倚着墙根做了一个短梦。他回到店堂，问来来往往的店员，有没有看到电工的身影。没有，他们说，他跟你进了后院之后，就再也没见过了。电器店老板点燃了一根烟，琢磨着那个突然消失的电工。这个下午，除了他嘀咕几句，没有人追问电工的下落。外面下起了雨。一丛湿漓漓的白烟在青石板上簇拥着。

那时候，电工正抚摸着一个女人凉滑的身体度过了一个美妙的雨天。

大清早，被夜雨洗濯过的老街透着鲜澄的气息。家用电器店的卷拉门打开后，老板照例给员工们沏了一壶清茶。收银员见到老板，突然压低声音说，你昨天不是到处找那个电工么？有消息了。他在哪儿？电器店老板带着嫌憎的口吻问。死了，收银员说，死在一个按摩女的床上。电器店老板倒吸了一口冷气，低头走进办公室。他把电工猝死的消息告诉手下一名员工时，员工隔着玻璃指着后院那个方向说，人走了，梯子还搁在这儿呢。电器店老板说，他上天堂的时候，兴许能用得上。员工冷笑一声说，这样的人下地狱还来不及呢，我得把它搬走，免得小偷爬楼房。

过了半晌，牙医无缘无故走到电器店老板面前，问了一声，还记得几天前给你捞铜币的那个电工？他死了。电器店老板只是轻轻地哦一声，问，他给我捞铜币的时候你也看见了？当然，牙医微笑着说，这条街上的人都看见了。牙医的目光有意识地落在他手上。即便没有那枚铜币，他那手指也会跟冬天的苍蝇那样，来回搓着，仿佛时间正从指间悄无声息地溜过去了。

牙医有一副古怪的笑容。牙医咧嘴大笑的时候，露出一口被烟熏黑的牙齿。这一天下午，牙医一直在琢磨着一件跟他貌似无关，但又不无关系的事。牙医一走神，就把一名患者的好牙拔掉了。这件事是以患者打掉了牙医一颗被烟熏黑的牙齿告终。看热闹的人群散开后，牙医坐下来，好像在竭力回想这一天发生过的事。

牙医透过玻璃上那个巨大的“牙”字，远远地观望着那个坐在柜台边的电器店老板。他的眼睛仿佛缩成了一枚铜币，在别人难以觉察的地方闪闪发光。

牙医说，那个电器店老板身上有点阴阳怪气的。你们瞧见他手里的铜币了么？他有事没事总是拿这个铜币夹在指间玩，这里面一定是有堂名的。牙医说的“堂名”，就是名堂的意思。

也可以说，故事是从那枚毫不起眼的铜币开始的。那天，西门阿大把电器店老板手中的一枚铜币抢过来，扔到店铺外的大街上。铜币在那一瞬间似乎附上一道魔力，开始滚动，一直滚到一条沟渎里。事后，电器店老板花了一百块钱，雇了那名正好扛着梯子路过的电工，打开盖子，往沟渎里探寻。电工像一只鸵鸟那样探头进去，在污水里捋了许久，才摸到了那枚铜币。电器店老板接过来，用手帕拭净，发现币面是朝上的，脸上忽然露出诡异的笑容。他自言自语地说，币面是正面，我赢定了。于是，他又给那名电工加了一百块钱。电工拿着两百块钱，十分纳闷。他喜滋滋地对旁观者说，如果我不是碰到财神，就是碰到疯子。

这些细节都毫发无遗地落入了牙医的眼中。

事实上，触摸过这枚铜币的西门阿大和电工后来都碰上了死神。

我总觉着，那枚铜币会给人带来晦气。牙医坚持着自己的看法。

牙医的话很快就传到了街坊耳中，说的人多了，即认为真。尤其是老人，向来讲迷信。人老了，不待动，但动嘴皮子。动得嘴角满是唾沫星子，方罢。老人家的闲话进了本街祠堂，就不能不当真了，几位族公也都犯起了嘀咕。自打祠堂屋顶的箕尾被雷劈过之后，他们便有些惶惶不安了。他们把这件事与街上接连发生的不祥事件联系在一起，就得出一个骇人的结论：那家电器店的五间门面凸显于街腰的位置，显然破坏了这条街的风水。

过了一个多月，这条街上再次发生了一桩更为离奇的凶杀案。死者是一个六岁的小女孩，凶手竟是一名九岁的男孩。先说死者，她是另外一个镇上一名外地按摩女的女儿。那天傍晚，有个老妇人带着猫出去散步时，猫仿佛嗅到了一股怪异的气味，突然跳开。然后，猫的主人就看到那里躺着一具小小的尸体。警察过来勘验现场、解剖尸体之后，发现了若干蛛丝马迹。他们一路追索过去，很快就找到了那个年仅九岁的杀人凶手。他是本镇一名酒鬼的儿子，父母离异，平常大都寄养在祖母家。警察问他杀人动机时，小男孩说，他所看到的死者都是身上盖着被子，头脸部分被白毛巾盖住的。他对死亡充满了好奇。他想看看一个人死后会是什么样子。

那天下午，小男孩在另外一个镇上寻找酒鬼父亲。他没找到，却发现一个小女孩躲在墙角哭泣。小男孩问她哭泣的原因，小女孩说，她要去找外婆，但妈妈不让。小男孩说，来吧，跟着我，我带你去找外婆。走出那个小镇，就是疏落的村庄。村与村之间，由水泥路、黄泥路、石子路以及机耕路联结而成。经过一家荒废的自来水厂时，小女孩忽然止步，指着远处说，那里有很多狗，我不去。小男孩从地上捡起一些带棱角的小石子，说，没事，有我在。小女孩问，你捡这些小石子做什么？小男孩没回答。他们走进一座村庄时，一条狗从稻草堆里跑出来，冲着他们唁唁而吠。小男孩从口袋里掏出一颗石子，猛地一下丢出去，狗就不叫了。再丢，狗遁。有时候，只听到狗叫声不见狗的身影，小男孩就把手插进口袋，捏住一颗石子，随时准备迎头痛击。这一路上，有狗，但不恶。它们见了生人，叫几声，是出于习惯，就像走夜路的人听到黑暗中传来脚步声，便要咳嗽。小男孩似乎跟狗打过交道，知道怎样治它们。那些狗见了他们，一律回避。小女孩紧紧跟随着，觉得小男孩果然有些本事，心底里的恐惧也缓缓消失了。来到这个镇上的老街，小女孩见天色黑下来，就哭着要回家。小男孩感觉有点心烦，捡起一砖头就砸在她后脑勺上。

牙医的目光总是像渔网那样从某个幽暗的角落撒到大街上，当他收回来的时候，总能打捞到他所需要的东西。

有人问牙医，小男孩杀人案件跟那个电器店老板之间有什么关联？牙医说，有关联的，一定有关联的。关联在哪里？牙医一时间也说不上。

但牙医很快就从那个被杀的小女孩与电器店老板身上找到了一丝隐秘的联系。牙医说，一名办案警察曾向他透露，他们检查尸体时，发现死者手中紧握着一枚铜币。他们从这枚铜币开始，找到了本街一位钱币收藏者，然后又找到了电器店老板，确证他就是铜币的主人。但铜币为什么会落到那个小女孩手上？电器店老板回忆说，三天前，他曾在一群孩子面前变戏法：他把一枚铜币放进左耳，拍了拍双手，然后就从右耳取出一枚一模一样的铜币。之后不久，他忙完店里的生意就发现铜币不见了。警察根据电器店老板提供的线索，又从那几个围观的街坊男孩开始排查，终于找到了酒鬼和酒鬼的儿子。小男孩十分镇定地告诉警察，铜币是他偷的，小女孩也是他杀死的。那个酒鬼父亲先是愕然，继而举起空酒瓶，敲碎了，想要当场砸死儿子，却被警察抢身拦住了。让警察暗暗吃惊的是，小男孩居然跟平日一样面色不改地站在那里，眼前发生的事仿佛跟他没有一点关系。那么，警察又追问，为什么铜币最终会落到那个小女孩的手中？小男孩说，那时候他觉得她没有死，而是睡着了，他想她醒来后需要钱坐车回家，因此就把这枚硬币放在她手里了。这不是硬币，警察更正说，这是一枚宋朝的钱币。但小男孩压根就不知道宋朝的钱币是否可以坐公交车。

这件事是真的么？有人听了牙医的讲述，半信半疑地问。

当然是真的。牙医几乎是咬牙切齿地回答。

这么说来，那枚铜币是不能碰的。那人这么说时，把眼睛睁得跟铜币一般大。

当天下午，祠堂里的长辈公们请来一名师公作了一场法事。师公望着铅灰色的天空说，电器店那边有一片阴云，是为不祥之气。长辈公循着师公所指的方向望去，似乎也看到了什么。他们的目光夹带着祠堂内部的一抹深黑。他们不说话。

一天深夜，电器店老板突然接到了一名店员打来的电话，说是电器店着火了。他的鼻子翕动了一下，仿佛闻到了一股塑胶烧焦的气味。随即放下电话，披上外衣，小跑着来到老街。那里早已站满了人，只空出一条道，让消防员跑进跑出。因为救火及时，大火只吞没了五间电器店，没有向两边蔓延（事实上，电器店两厢都砌了防火墙，火势自然也就处在可控的范围内）。电器店老板远远观火，脸上带着淡漠的表情。风吹过来，有几片灰烬落在他肩膀上，他伸出一根手指，轻轻掸掉。那一刻，身上沉重的一部分仿佛突然变成了一股青烟，向夜空飘去。有人走过来，想安慰他几句，但他好像没当回事。他只是收起那个带有神秘印记的铜币悄然离开了这条老街。

写于2014年夏

第二辑

空椅子

三个人，公务员、电子商务师、东先生，他们坐在同一间酒吧，品尝的是同一种牌子的啤酒，谈论的是同一个话题：女人。我们都知道，从亚当与夏娃谈恋爱以来，女人是一个永远绕不过去的话题。

公务员喝了两瓶啤酒之后，就表明自己已经深深地厌恶这种酒精的气味了。他最痛恨酒的时候，大约也是最爱酒的。公务员长着一副扑克脸，虽然酒气有点上来了，脸色却没有因之而活泛起来。坐在对面的电子商务师显得猥琐而又憔悴，他有一个北方情人，刚刚分手，他有点离不开她。他喝酒的时候目光里总是汪着一团接近液态的忧伤。他抚摸着一张永远摸不到的脸，而那张脸仿佛就在酒沫中泛起，沿着杯口流溢，然后消失。东先生，一位哲学老师（自称是“爱智慧的愚人”），手中夹着一根烟，面对一个空杯子，品味着虚无：他需要的不是满溢的酒，而是空杯子的安宁。因此，与其说他是来喝酒的，不如说是来抽烟、发呆、高谈阔论的。东先生说话时，喜欢轮流使用左手和右手打手势,那样子像是坐在车上打方向盘。他总是牢牢地控制着一个话题的走向。

你可以跟我们谈谈那个女人吗?东先生对电子商务师说,我们都很好奇,是怎样一个女人让你变得这样失魂落魄。

电子商务师讲到他跟那个女人初遇的情景时并没有交代具体的时间,但可以确定,那是一个凉爽的夜晚,而地点是在一个名叫布尔津的北疆县城。那里有一条穿城而过的额尔齐斯河,河堤上散落着一些夜市小摊。人们散步至此,喝一杯俄罗斯的卡瓦斯,吃几口羊肉串或烤狗鱼什么的,是常有的事,他也不例外。在凉风的吹拂中,他一边啜饮,一边摇着手机,很快就摇到了一个陌生人的微信号,对方离他只有五米远。他下意识地环顾四周,恰好看到一个穿灰色茧形上衣的陌生女人朝这边投来目光,只是浅浅一触,便挪开,像是不经意的一瞥。这样的目光他曾碰过无数次,在脑子里过一下就可以快捷删除。但这个女人的目光不一样,它是有话要说的。不多久,他就看到手机屏幕上跳出一行字:今晚看到月亮就想哭,也不知道为什么。他抬起头来,猛然看见空中浮荡着一枚月亮。月亮很圆,河流很长,冷水鱼不腥,羊肉不膻,这样的夜晚还有什么可抱怨的?他跟她在手机上聊了片刻,就坐到了一起,继续聊。女人说,她小时候是在江边长大的,每逢月圆之夜,泪水分泌就会比平时多些,想来是跟潮汐什么的有点关系。他们聊的话题不算深入,但也算开心。女人提议喝点酒,他也乐得对饮。喝的是一种酒精含量不低的果酒。知道今晚的月亮为什么这么美？她自言自语地说，因为今晚是七月半。他吞下一口酒，打了个寒战。女人的一只眼睛被酒红色头发半遮着，另一只眼睛透着一股冷光。这样的夜晚，她说，她特别渴望得到一个男人实实在在的拥抱。他的手臂虽然不够粗壮，但布尔津的酒、月亮与河流足以给他们带来一个美妙而疯狂的夜晚。跟一个陌生女人躺在床上，他有一种去远方旅行的感觉——这是他第一回体味到一夜情的滋味。第二天早晨醒来之际，女人已经不告而别，也没有留下只言片语。发微信，才发现微信号也被对方一并删除了。窗外的额尔齐斯河流向北冰洋，那个谜一样的女人却不知去向。他为此而有了几分莫名的伤感。若干年过去了，他有时候还会想起她。想起她那酒红色头发，想起她唇角的酒味、眼睛里流露出的夜晚的迷惘。有一天，他跟一名网店代理商在一座南方小县城的酒吧小坐闲聊时，无意间看到有一个女人的侧脸跟布尔津遇到的陌生女人十分相似，于是就试探着走上去，跟她搭讪。果然是她。这一回，她的梨花头虽然染成了栗色，但她脸上的倦意和眼中的迷惘跟多年前是一样的。我真想哭。她碰到他的第一句话还是多年前说过的。那一晚，他记得，恰好也是一个月圆之夜。我们都知道，从亚当与夏娃生儿育女至今，已经有一千亿人（这个数目也许并不精确）在这世上存活过了，一个男人跟一个原本不相干的女人两度在不同的城市相遇，这样的概率相当于一条额尔齐斯河的鱼跟北冰洋的鱼分别在不同的水域遇见两次。他认为这就是命中注定属于他的缘分。那阵子，为了可以跟她生活在一起，他把一笔线上与线下的业务转移到那座小县城来做，有时候也帮她一起打理一家兼卖工艺品的画廊。他们可以像别的情侣那样，每隔两三天就见一次面。在她面前，他呈现的是一个好男人的标准形象：衬衫总是一尘不染，裤线总是与地面垂直，会赚钱，脾气不错，对感情专一，喜欢正常体位，几乎没有什么不良嗜好。这一切，她都看到了。直到有一天，他跟她谈到结婚的想法时，她却显得有些惶然。那一晚她独坐一隅抹着总是掉不完的眼泪。我就是想哭，也不知道为什么。她这样解释说。过了些日子，他发现她性情大变。她开始说一些自轻自贱的话。她说自己当过坐台小姐，他说他不介意。她说自己脾气有点坏，他说他也不介意。一切都会慢慢好起来的，他这样安慰她说。他疑心她身上分别有一个天使和一个魔鬼，互不相让。更多的时候，是不讲理的魔鬼占了上风——除了在手机短信里莫名其妙地说些刻薄的话，她居然还会当着他的面在电话里跟别的男人打情骂俏。不可思议的是，有一天深夜，他醒来的时候，看见她正坐在一边剪他的内裤，那种咔嚓咔嚓的声音让他禁不住打了一个深重的寒噤。他见识过这样一类男女：爱到极致时，会把伤害自己或对方的变态行为当作一种异常快乐的感官体验。显然，她也有这种倾向。除此之外，她还有一些让人不可理喻的嗜好：比如喜欢闻森林里面的霉菌气味，喜欢喝一种掺了咖啡因的啤酒，喜欢在悲伤的时刻做一件堪称放浪的事。他虽然不能理解这个女人究竟想干什么，但他毕竟经历过几次恋爱，对人情机微也略有洞察。他知道他们之间的关系不会维系太久，只是希望这一切不要来得太快。有一阵子，他独自一人回到省城去住，她又有些不舍，深夜时分突然哭着鼻子给他打来电话，说无论如何他得过来一趟。他狠了狠心，决意不见。在这种胶着状态中，彼此冷却一下也未尝不是一件好事，他认为。一个礼拜后，女人又打来电话，说她像吸血鬼渴望吸血那样渴望见他一面。他故意延宕了一晚，第二天处理了一应杂事才开车来到她租住的公寓。推门进去的时候，他看到她正仰面横躺在床上，一头长发从床沿垂挂下来，双腿曲弓，微微向两边张开，再细看，两腿之间有一个大秃瓢。他咳嗽了一声，两人突然惊坐起来。他听到女人嘴里发出一声短促的讪笑时，握紧的拳头突然松开了，而眉头也只是微微颤动了一下。他很有礼貌地说了声"抱歉"，就掩上门，走开了。貌似路过。什么事都没发生。他怀着异乎寻常的平静心情走到外面的大街上，吃了一份牛排，理了个头发，然后又回到之前租住的工作室，看了一场欧洲杯足球赛。他喜欢的那支球队在最后的点球大赛中落败，球员们带着落寞的背影向场外走去时，他也决定离开了。那座小县城里除了她之外，他几乎没有别的什么可以谈谈心的朋友，自然也就没有人相送。早晨的天空看起来没有像往日那样明亮，他在淡薄的晨雾里漫无目的地开着车。车子拐上一条通往邻县的省道时，他从后视镜里瞥见了一支长长的送葬队伍。衣冠是白的，树叶是黄的。那一刻，天地间忽然有了一股肃杀之气。他感觉这些人是来送他的，但他不知道自己应该去哪里。

直到现在，电子商务师说，我有时候手握着方向盘，却不知道自己应该去哪里。

爱情这东西常常会让人迷失方向。不过，东先生说，照我来看，这个女人并非什么尤物，你犯不着为她这样意乱情迷。

有很多次我曾试着从她身上发现坏的一面，但结果是我反而更加迷恋她那种与生俱来的坏女人的魅力。很奇怪，跟她分手之后，也没有一个女人可以取代她在我脑子里的位置。

突然上来的爱情不过是一种性冲动，而持久的性冲动却是一种爱情。可爱情这东西，说穿了就是性冲动的别名，结局嘛，终归是圆满的破碎，顺理成章的混乱。

东先生像依旧坐在讲台上那样，一边打着手势，一边用略显费解的一通话给电子商务师的一段恋情做了概括，然后就像沉浸在自己的语调所营造的氛围中一般，深深地吸一口烟，对那位长着一副扑克脸的公务员吐出这样一句话：我之所以把他请过来，就是让你看看被人抛弃的痛苦。接着又转过头来，对电子商务师说：我请他过来，也是让你看看，想要抛弃别人同样也是一件痛苦的事。而你们最大的不同之处在于：一个知道自己痛苦的原因，另一个却不知道。

是的，我就是感到痛苦。长着一副扑克脸的公务员皱着眉头说。

可你能否告诉我你痛苦的真正原因?

公务员没有做出回答。

东先生摸着修剪齐整的胡子——无聊的时候他就喜欢这样漫不经心地摸着。他看起来有点迷恋自己的胡子。这样的胡子如果短了一公分,他的魅力恐怕就会减少一分。

你想知道我痛苦的原因?公务员猛地抬起头来说,我可以告诉你,可你不许笑。

当然。

我发现自己不会笑了。

笑是人有别于动物的特点之一,东先生打了个表示无奈的手势说,一个人不会笑,的确是一件痛苦的事。

公务员沉默有顷,又接着说,自从进了县府机关之后,他就发现自己变得越来越沉默了。之前他跟同事或熟人见面,彼此都要点点头然后微微一笑。后来,他渐渐觉得嘴角的肌肉绷得越来越紧,一收一放之间,仿佛有什么胶水粘着。于是他开始走到镜子前或陌生人中间练习微笑:随着嘴角那条弧线的延展,他意识到自己的颧骨也微微耸动了一下,努力形成一种被人们称为微笑的表情。这样做,仅仅是为了证明自己的脸部肌肉并没有跟微笑脱离关系。然而,糟糕的是,有一天,妻子看见他冲着自己微笑时,突然流露出惊恐的表情。

那一刻,我感觉自己蒙受了巨大的羞辱,公务员说。

你的性格适合做一位诗人，可你却偏偏做了公务员，东先生分析说。

你也知道，我早年也是偶尔写过几首诗的。可是我现在脑子里没有一点诗意的东西了，工作像一件不合身但又无法脱掉的外套。

公务员谈到诗，就像是偶尔跟人提起自己的初恋情人，眼睛里忽然泛出了微光。在写诗的年头，他曾梦想着有一天能跟北岛们坐在一起谈诗饮酒，但生活迫使他低下头来，老老实实地写那种迟早要变成废纸一堆的工作报告。经过多年的磨炼，他好歹也成了此中老手（比如，每隔两三页就会在报告中出现一两个专供领导订正的病句或错别字）。除了写材料，他也兼做一些行政方面的杂事。久而久之，一种公务员的形象就在他身上凝固起来了：世故，谨慎，刻板，缺乏必要的激情。在单位里要保差事，他向来不敢胡乱说话，也不苟言笑。笑这东西，一天天离他远去了。他坐在一个朝北的终年不见阳光的办公室里。没有阳光照到，脸上的阴影就多了一些。也许阴影还投到了心里，像落叶一样，一层又一层地厚积起来。

我现在连笑一下都无能为力。这是不是很糟糕？

你已经有多少年不曾笑过了？

我也记不清确切的时间了。但有一回，我却在不该笑的时候笑了。

不妨说说。

公务员指着电子商务师说，刚才他谈到自己在大街上遇见了一支送葬的队伍，让我不禁想起多年前的一场葬礼。我忘了是哪一年，反正是一个大冷天，我的一位同事死于心肌梗死。在追悼会上，我受死者家属委托，作为同辈朋友代表发言。他们之所以选中我，无非是因为我跟他住在同一个小区，而且又在同一单位工作。一句话，我们身上的确有不少相似之处。

公务员的同事当然也是公务员。我们不妨把那个已经死去的公务员称为公务员甲，把那个依然活着的公务员称为公务员乙。公务员甲喜欢喝酒，公务员乙也喜欢喝酒。公务员甲有一个笃信基督教的妻子，每次丈夫在外头喝到烂醉之后，她都能凭借神的指引找到那张埋在灯红酒绿间的猪肝脸；而公务员乙的妻子不管丈夫在外头喝得有多醉，她都置之不顾，她总是这样嚷着：让他喝死算了，让他喝死算了。公务员乙羡慕公务员甲有一个温柔解人的贤妻，而公务员甲却说，这些年来，他一直很想跟妻子离婚，不过，想到自己再找一个女人结婚实在没多大劲时，也就懒得提“离婚”这个词了。反过来，公务员甲则羡慕公务员乙可以每天坐在空调房里写点材料，不必像他那样三天两头外出执行公务，而公务员乙却说，他其实很想辞职，但想到自己再找一份工作或许同样没劲时，也就把辞职报告压到抽屉里去了。总体来说，喜欢喝酒的人多少会有一些相似之处。比如，他们外出喝酒时，往往不会带上手机或手表之类的东西。又比如，他们喜欢在下雨天喝酒，喜欢在雨声里长久地沉默着。通常情况下，他们会把自己喝到舌头失灵，肢体麻木，脑子断片。然后死而复活，又回到正常的工作状态。有一回，公务员甲喝着喝着，突然用低沉的语调说，在酒杯边倒下，是最好的死法。公务员乙认为，这话听起来像一句诗，而且还是押韵的。就此记下了。

没承想，一语成谶。

对公务员乙来说，公务员甲的死，让他突然觉出一个凡事都按规矩来的公务员的悲哀。在追悼会上，半是因为天气寒冷，半是因为内心悲痛或紧张，他居然把一段文字念得七零八碎。念着念着，公务员乙猛然想起公务员甲当年在婚礼现场被众人喝哭的情景，最要命的是，公务员乙的嘴角竟不经意地滑出了笑声。他想努力忍住不笑，可他还是笑了，而且笑得连自己都觉得有些过分。那时他真想抽自己两耳光。他还没念完，耳朵里已经响起了一阵阵表示不满的嘟囔声，他一直不敢抬头观望底下那些哀悼者。他忘了自己最后是否念完稿子，也忘了自己从台上下来时是否向死者鞠过躬。他所知道的情况是，从此以后，单位同事就用异样的目光看着他。

你们也许不相信，公务员说，那一回我虽然笑得不合时宜，但毕竟是我唯一一次笑，真的，后来我就再没有发现自己笑过了。

你看看我的脸，现在还能找到一丝微笑？电子商务师也凑过脸说。

电子商务师脸上有两道极深的法令纹，一颗黑痣就长在左边一道法令纹上，仿佛在那里打了一个死结。他说话的时候，常常会无意识地伸出舌头，似乎要舔一下那颗痣，但每回都差那么一点，舌尖即刻缩回，又像是有点不甘。这是一张带着苦相的脸，公务员从他那双眼睛里仿佛看到了自己越发黯淡的影子。

我们都是病人。公务员咕咚一下喝掉一杯酒。

说穿了，我也是一个病人，东先生说，三年前，我做了汉弥尔顿心理测试，最终被诊断为重度焦虑症患者。

你……怎么可能……电子商务师和公务员几乎是异口同声地说出这句话。

东先生面色红润，脸上时常挂着微笑，看不出一丝忧虑的神情。不过，像他这样的人向来把自己藏得很深。即便是暮色般浓重的焦虑笼罩着内心，他脸上还是保留着一抹晨光。

东先生说，这些年，他坚持长跑，为的就是缓解焦虑症所带来的身心方面的痛苦。每天，当他感觉哪里不对劲的时候，第一个反应就是跑步。他总想让自己跑得更久一些、更快一些，好像只有这样才可以把所有的痛苦都远远地甩到身后。起初，东先生只是很散漫地跑，不拘快慢，也不计里程。但自从结识了几位马拉松发烧友之后，他才发现，跑步并不是一种简单的双腿交替运动。他开始像那些跑友那样戴上运动手表，从距离练习中掌握了匀速跑步的技能。东先生中学时期是一名长跑运动员，尽管其间二十多年里没有再跑过，但他仍然可以从五公里的迷你马拉松起步，然后是十公里，几个月后，他就能试着跑起“半马”了。他之所以没有跑“全马”，是因为他认为半程马拉松足以让他获得双倍乐趣。东先生说到底只是一个“半马”爱好者。

马拉松跑一半，饭吃半饱，花看半开，也是人生的一桩乐事，你们说是不是？东先生从“半马”，谈到了人生的某种境界，脸上露出朗润的微笑。你太优雅了，公务员说，你他妈的能不能俗一点，给我把半瓶酒干掉？说着就把一瓶啤酒往东先生跟前一推。东先生也不推辞，倒了半瓶酒，一饮而尽。电子商务师也掺进来，非要跟东先生再干上一杯。东先生照例干掉剩余的半瓶啤酒。饮毕，东先生把杯子反扣在桌上说，我下周要参加“半马”比赛，饮食上必须以清淡为主，酒是真的不能多喝的。他又接着补充解释说，有一次，他喝了点葡萄酒，第二天在跑友的陪伴下跑“半马”时，身体出现了不适，先是胸闷，于是停下来，根据自己掌握的一些常识试着压压左胸，但还是感觉输送到肌肉的能量和氧气已经越来越少。这样的事，东先生说，至今幸好只遇过一回。

公务员伸了个懒腰说，我每次早上起来都想跑步，但出了门，就立马改为散步。跑步这样一件简单的事，抬起脚来就可以办得到，我却只是想想而已。

东先生说，对我来说，脑袋里的焦虑已经缓缓下移，只要我感到双腿按捺不住，就会想着迈出门去。好像只要我愿意跑，前面就是一条无穷无尽的跑道。

跑步果真能治愈你的焦虑症?

是的,东先生说,当我一次又一次满有把握地跑完“半马”之后,我发现自己已经把焦虑症慢慢甩开了。打个比方吧,就像当年我试着从一个又一个女人身上甩掉初恋女友给我带来的痛苦。

这么说,你现在是以跑步代替做爱,也要试着甩掉一些什么。

也不全然是这样子的。对我来说,跑步就是一种宗教仪式。只不过,我是用双腿代替舌头做祈祷。直到有一天,我的焦虑却在睡梦中出现了。

现实中的焦虑转移到梦里去,也许就是焦虑症的另一种表现。

也许是焦虑症的后遗症吧,我对此也没有深究。确切地说,我是常常为一个同样的梦境所苦恼。

梦见什么?

梦见自己在跑“全马”,跑呀跑的,却怎么也跑不到终点。好像我白天跑不够,夜里还得继续跑完剩下的路程。每次做完这样的梦,我都是大汗淋漓。我把这个梦告诉我的跑友之后,他根据配速计算,认为我可以试着去跑“全马”。事实上,我是一点儿都不想跑“全马”的。

有人说,跑“全马”才是真正意义上的马拉松。

中年男人可以把玩的东西已经不多了,跑“全马”对我的体能是一种极大的挑战。我明明知道,跑“全马”没有给我带来任何乐趣,可我还是硬着头皮跑。好在我的跑友是世界上最好的跑友,他愿意陪跑,我就没有什么后顾之忧了。一路上,他就像我的影子,一会儿在前,一会儿在后。

东先生的跑友曾经是一名飞行员,肌肉壮实,蓄着两撇自然下垂的八字胡(其理由据说是没有胡子,说话无味)。跑步之前,他也会跟东先生聊一些发生在天上的趣闻。东先生曾经问过这位跑友为什么会迷上长跑。因为孤独,跑友说,从小到大,他的亲人们像是受了什么诅咒似的,一个个离他而去。年纪越来越大了,人就渐渐有了一种“西出阳关无故人”的感觉。他是一个不太合群的人,可他又不想一个人老是在家中待着,于是就莫名其妙地选择了长跑。起初,他在奔跑中总是有意无意地跟所有的人保持一种若即若离的关系。这样跑了一阵子,他就结识了一些朋友。只有跟大家在一起奔跑的时候,他才会感觉自己不致太孤独。有时候,一种慢慢到来的疲倦还会引发一种幻觉:某一瞬间,死去的亲人仿佛又回到了他身边,他可以一个个追上他们。东先生听了,觉得有些不可思议。但后来回想,他的跑友的确是把长跑当作一种非同寻常的享受。有好多次,跑友明明可以跑得更快,但他还是慢下来,陪着东先生慢慢跑。

人的一生就像一次长跑,能跟你一起跑的人并不多。东先生顿了一下,又接着说,跟我的跑友略有不同的是,他总像是在追寻什么,而我总像是在摆脱什么。

那么,你有没有在奔跑中出现幻觉?公务员问。

我第一次跑出三十公里的路程时,全身虚脱。跑友发觉我有点不太对劲,就指着前方的行人问,前面有几个人?我说,三个。跑友点了点头。过了一会儿,跑友又问,前面有几个人?我已经不能出声,只是举起五根手指。跑友说,不对,明明只有四个。于是我们就停了下来。经过三个多月的距离练习,我决定冒一次险,跟我的跑友一起报名跑一次“全马”。结果,一件不幸的事发生了。

一件不幸的事?

嗯,的确是一件非常不幸的事。那天,我和我的跑友一起参加“全马”比赛。他明明可以跑得比我快,但他还是不紧不慢地跑在我前头。经过一段柏油马路时,不知为什么,他突然栽倒了。我停下来,问他状态怎样。他坐在地上,说不碍事,让我继续跑。随后就有人用担架把他抬走,那时候我竟然不知道他在半路上就断了气。而我还在惯性的驱动下,依旧向前跑着,有一阵子甚至感觉我的跑友又回到我身边,似乎还能听得到他嘴里发出粗重的喘息声。那天阳光充足,我的双腿比平时更加有力。渐渐地,我追上了一群人,加入了他们的行列,向终点跑去。现在想来,那支长长的队伍,又何尝不是一支奔跑着的送葬队伍?

东先生说完这句话后,公务员和电子商务师突然都变得沉默了,仿佛他们也是那支长长的送葬队伍中的一员。

东先生瞄了一眼手表说，时间已经不早了，我们什么时候结束？公务员说，每回我喝酒时听到有人说时间已经不早了，我就很沮丧。时间已经不早了时间已经不早了，为什么你们总是说时间已经不早了？公务员的脚下已经排起了六个空酒瓶。在灯光下，他的眼睛变得越来越细，像一只正午的猫。时间已经不早了，公务员又咕哝了一句。

你家住在哪里？趁你还没烂醉的时候可以把地址告诉我。东先生带着关切的口吻问。

不必，公务员挥挥手说，我喝酒就是为了找不到家。

看样子，你在家里很压抑。

在单位里也同样压抑。

据公务员描述，他家住城东，单位在城西，相隔不算太远。从东边步行至西边，也就半个多小时的路程，直来直去，方便得很。不过，每天去上班的时候，他走的是直线；下班的时候走的却是曲线。这是他多年来养成的习惯。他总想去哪儿绕上一圈再回到家中。只是转一个弯，这一天就好像有那么一点点不一样了。他对那个称之为“家”的地方怀有一种说不出的厌憎。周末的时候，他通常会找个热闹或不热闹的去处，独自斟酌。喝完了酒，就不知道自己应该去哪儿，仿佛眼前就是世界的尽头。那一刻，他会问自己：我在哪儿？我要去哪儿？而内心做出的回答是：去哪儿都行，就是不想回家。于是，他就像流浪狗那样在街头晃荡着。

你看上去很平静，而事实上一直处于晃荡的状态。东先生接着分析说。

公务员抬起一只手说，我坐在办公室里写材料或是坐在餐厅里吃饭的时候，目光常常会落在自己手上，就那样一直看着，渐渐地就会觉得这只手是另一个人的。有一次，我把这只手放在一个陌生女人的乳房上，突然感觉它跟我好像没有什么关系。我的手在抚摸着一个肉质的球状物，而我的灵魂好像在另一个地方飘浮着。直到事情结束后，我把手放在自己的口袋里，才确证它就是我的手。自始至终，除了抚摸女人的身体，我什么也没有做。

你知道性冷淡是什么意思？

不，我觉得非要给自己找一种病名，那就是，冷漠症。

冷漠症？

是的，冷漠症。心太冷，我就得把酒浇下去，让它燃烧起来。

没有一个女人能让你的心燃烧起来？

没有，以后也许不会再有了。从前没有一个女人这日子就没法过，现在跟自家女人天天在一起这日子同样没法过。有一次，我跟她站在一个山崖上，我对她说——呃，别说女人了，话题绕了半天，还是绕到女人身上。公务员这样说着，不耐烦地把杯子往边上一推。哐啷一下，杯子落地。一名服务生闻声过来，没问什么，就俯下身来小心翼翼地收拾着玻璃残片。

公务员向后一靠，拍拍自己的肚皮说，你们瞧瞧，我身上装了太多的酒，总有一天会像一艘破船那样慢慢沉下去的。

沉到哪里？电子商务师眼睛一转问。

沉到地底。公务员跺了跺脚，好像地底会有什么声音做出回应。

东先生把两只手搭在他们的肩膀上说，今晚我让你们坐到一起，就是让你们从一杯酒开始，彼此认识。你们如果喝嗨了，我不反对。我可以负责送你们回家，或者把你们拉到宾馆也行。

公务员与电子商务师碰了碰杯，各自咕咚一声饮下。东先生说他有点疲倦，想要一杯咖啡。公务员突然指着对面墙壁上一行被醉眼般的灯光照亮的中文花体字，发出了嘘的一声。东先生眯缝着眼念道，我是卖酒的，不跟你谈咖啡。

东先生笑了。然后就是沉默。

已过零点。窗外是一片黑暗。落地玻璃窗上爬满了凌乱的雨线。坐在酒吧里的人们依旧用酒浇灌着舌头。在水彩般厚涂或薄染的灯光里，那些面孔模糊不清，如同漂浮着的水母。

东先生穿过酒气弥漫的吧台，拐了个小弯，走进洗手间，看见公务员和几个饮酒者并排站在尿池边。他们的立足点是一块高出平地的台阶，瓷砖表面布满了尿液和痰迹。有人从台阶上摇摇欲坠般地下来后，另一个人又跟着上来，公务员却迟迟没有下来。东先生走过去，站在尿池边，两根手指十分优雅地夹着那根玩意儿，就像是夹着那种他喜欢抽的雪茄。

公务员忽然转过头问，怎么，像你这样优雅的人还要做这种俗事？

当我站在这里，拉开裤裆的拉链，你就应该知道，“优雅”这个词放在我身上是很不得体的。

这么说，我跟你是没什么区别的。

我们之间本来就没什么区别。

公务员站在尿池前面，一只手撑着墙，另一只手捂着腹部。哇的一声，他发出了一阵干呕。又是哇的一声。他的手指索性伸进嘴里使劲挖。还是不管用。东先生上前拍拍他的后背，跟他开了一个轻松的玩笑，试图减轻他的内在压力。公务员猛地转过身来，恶狠狠地回了一声，滚开。然后又继续干呕起来。东先生露出了表示理解的笑容，并且退到了门口，不慌不忙地点燃一支烟，对着公务员的后背说，男人流泪、排泄或呕吐，都需要背对别人。可是，痛苦是要面对朋友的，尤其是像我这样的朋友。相信我，我能解决你的痛苦。

我是卖酒的，不跟你谈咖啡。公务员重复了一句酒吧里的广告语，转过身来，径直走向水龙头，漱了漱口，洗了一把脸。他望着镜中的自己，眼中布满了像是沿着血管爬上来的血丝。

你可以试着哭出来，东先生说。

我哭不出来。

也许是你憋得太久了。

我既哭不出来，也笑不出来。

过了许久，公务员才转过身来，向东先生要了一支烟，跟他聊开了。有一次，他用低沉的声音描述道，我跟妻子站在一个山崖上，我对她说，我没有勇气跳下去，你来推我一把，让我们彻底结束两个人的生活。她不敢，她也没有这份勇气。你不知道我有多可怜，其实我并不是想要摆脱她，而是想摆脱眼下这种糟糕的处境。可我觉得自己很软弱，我一直无法摆脱她。

我明白了，东先生进一步分析说，你并不是要抛弃她，而是要抛弃你自己。

公务员什么也没说，只是用手指做枪状，顶住自己的胸口。

公务员仍然什么也没有说。

东先生说，有时候表达自己内心某种想法的，不是一句话，而是一个手势。一个手势就够了。这样说着，他也用手指做枪状，顶着自己的胸口，然后重重地打了一个酒嗝。

然后，他们就像受伤的士兵那样搭着肩膀一摇一晃地回到原来的位置。低语般的酒吧音乐尚未息止，浓烈的酒气尚未飘散，灯光还是那样倦怠。

三个人，公务员、东先生、电子商务师，他们围着一张小桌子，继续品尝着同一种牌子的啤酒。电子商务师依旧跟东先生谈论着那个北方情人，东先生依旧摸着修剪齐整的胡子，而公务员像是沉浸在梦里，别人的话语他都似听非听，偶尔掺和几句，也像梦呓。夜已深，酒吧里的灯光越发幽暗了，酒客也渐渐少了。窗外隐隐约约传来告别的语声和汽车引擎发动的声音。再见，再见，明天见。他们不知道此刻就是“明天”，依旧挥手喊着，明天见，明天见。是谁在跟我说话？公务员突然打了个激灵，扳直身板，茫然地望着前方。没有人跟你说话，东先生说。公务员眼珠子一转，放出一道浮光来，仿佛一栋漆黑的大楼里突然亮起了两盏灯。没有人？公务员惊讶地问，你们三人还要喝？东先生咧嘴一笑说，我们总共只有三人，怎么还平白多出一人？公务员徐徐抬起手臂说，我眼前的确坐着三个人。一、二、三。是的，就三个。

东先生和电子商务师顺着他的手指看向那张空椅子，仿佛真的看到了什么……

2016 年仲秋稿讫

不知所终

今晚，我要远离故土，亲近阿姆斯特丹的月亮。姐姐上飞机之前，给我发了这样一条诗意浓郁的短信。姐姐远赴异国定居，有点像是与过去的自己诀别，兴奋固然有之，伤感也不能免除。姐姐走了，就把城里的一套小房子留给我，同时也把一盆兰花和一只狸花猫留给我来照拂。我喜欢静的东西，不喜欢动的东西。回到家中，看着兰花，心气就会慢慢地沉静下来，但每每看到那只狸花猫在眼前晃来晃去，还时不时地叫上几声，我心里就烦了。看在姐姐的分上，我每天给它适量的吃食。除此之外，我跟它之间很少交流，甚至觉得这样的交流是可有可无的。渐渐地，我就发现这只猫有点不太对劲：一俟夜晚，也不知怎么回事，老是在叫，一叫就是没完没了。请来兽医诊断，说是怀春，得给它找只壮实的公猫来治一治。没过几天，兽医果然抱来一只公猫，站在门口，像个皮条客似的露出一脸坏笑。我问，能行吗？兽医说，把它放进去你就晓得行不行了。公猫进了房间，与母猫单独相处了片刻，就迫不及待地跳过去。但我家的母猫看见陌生的公猫非但没有投怀送抱，还躲得远远的，目光漠然，嘴里持续发出的低吼声隐含着尖锐的敌意。我把它们关进厨房，透过玻璃门观望。公猫意欲上身，母猫却不俯就，反倒伸出利爪，猛扑过去，直戳公猫的眼睛。公猫四脚朝天，发出嗷嗷的呼叫声。兽医赶紧打开门，抱起那只吓成一团的公猫，带着歉意跟我说，这次看来不行，你不妨再观察几天，也许过一阵子这猫的情绪就能平静下来。

再过几天，兽医来电，问我家这只母猫的近况。我说，它现在不仅晚上叫，白天也叫，一声比一声凄凉。兽医说，我认识一位动物沟通师，也许能帮得上忙。过不了多久，兽医就带来了一位陌生女子。在我印象中动物沟通师大约就是那种兽医与巫师的混合体，身上既带几分巫气，也少不了动物皮毛的古怪气味。但见了面之后，才发觉动物沟通师满不是我想象的那个样子，她看上去很年轻，染成金黄色的头发所洋溢的温暖情调与目光里透露的冷寂意味适成映照，让人觉出一种有别于这个职业的气质。

动物沟通师只是跟我闲话几句，就径直走到猫跟前，面朝我这个方向，盘腿坐下。她没有伸手去碰触猫的身体，而是跟它对视着，有节奏地眨动着眼睛。不过片刻，猫经历了一阵小小的慌乱之后就安静下来，尾巴不再摇晃了，目光中流露的敌意也随之消失了。我不知道她们之间有过怎样微妙的、不为人知的交流，这也是我所见过的“不可知的事情”中的一种。我向动物沟通师问起小猫哀叫的原因,她解释说,它刚才告诉我,它在想念一个人,我不知道那人是谁,但可以肯定是一个女主人。自从女主人离开后,它一直感觉不安。我说,那个女主人是我姐姐,前阵子出国留学去了。不过,我很奇怪,你是怎么跟它沟通的?你有超能力吗?动物沟通师说,猫有一种与生俱来的通灵能力,这个时候你跟它用言语沟通未必行得通,但一个眼神也许就能让它知道你的心意。我又接着问,你是靠什么读懂这只猫的心意?动物沟通师说,靠的是一种直觉力。这样说着,猫已来到我身边,轻擦着我的小腿。她提醒我说,它这是在向你乞食呢。接着,她就示意我把一个盛有稀粥的食盘挪到光线较暗的角落,招呼猫过去吃晚饭。

次日傍晚,家里的母猫又间歇性地闹过一次,依旧是声音高扬而情绪低落。不得已,我又打电话请来动物沟通师。她来了,打开窗子,让月光照射进来,猫突然间就安静下来了。我不知道猫跟这个女人和月亮之间究竟有什么隐秘的联系。她坐在这只母猫面前,好像是在做一些冥想练习。地板上的月光安静得让人不想多说话了。我的手机提醒铃声每隔一阵子就响一次,但我一直没有伸手去接。

这以后,家中的猫是安静下来了,但我的心里却开始有点闹了。我想起了那个动物沟通师。我想找她谈点心事。在她面前,我愿意装成一只病猫,接受她的审视和抚慰。起初,我们在网上打过一次照面,她仅仅是出于礼貌回复了一句,后来就杳无音信。有好几回，我在她的博客上发纸条，在微博上留言，都没见回复。

奇怪的是，有一天，她主动找到了我。我们一起看了一场电影，吃了一顿烧烤，其间还喝了两瓶啤酒。送她回家的路上，她向我借了个火，点燃之后，她把烟徐徐喷到我脸上。她说她有点喜欢我，喜欢烟雾后面那一脸的虚无和苍白。那一刻，在打火机和香烟之间，在她的目光和我的脸之间，似乎发生了什么奇妙的化学反应。她问我，你可以列出几样嘴巴的功能？我说，抽烟、说话、唱歌、吃喝、呕吐。她说，还有接吻。这样说着，她的嘴突然凑过来，含住了我的嘴唇，然后是舌头，一股浓烈的烟味混合着欲望直透肺腑。我想触摸一下她的身体，但一阵冷风吹走了我身上的欲望，我忽然感到双手不知所措，就像内心迷茫的人，不知道该把目光安放在哪里。

第二天晚上，我从单位回来，在喧哗的人群中游荡着，从未感到自己那么孤单。我犹豫了许久，给她发了一条略显肉麻的短信。很快，她就过来了。她问我去哪里。我说，上我家，去看看我家那只猫，它近来又变得有些古怪了。她用疑惑的目光看着我，直截了当地问，你要骗我上床吗？我的脸一下子就红了。一个男人想干点什么坏事的心思是很容易被女人察觉的。更何况，她还是一名直觉力极强的动物沟通师。

有了这么一个男女单独相处的机会，通常都要经历一种“不知道该干点什么”的尴尬。我们也不外如此。话题中断的间歇，她打开了我的电脑，问我是否有过网恋。我说没有，从来没有。这是真的，我跟其他一些异性网友在网上聊得也算投机，但从未想过要见上一面。不怕不见面，只怕见了面之后会有一种不如不见的感觉。她也跟我坦言，自己一直以来不太喜欢跟人（无论同性、异性）在网上聊天。她说她喜欢跟家里那两只小猫聊天。她养了两只暹罗猫：一只黑猫，一只白猫。黑猫叫知白，白猫叫守黑。知白和守黑是一对孪生姐妹。对于她的家庭成员，我的了解仅限于此。随着谈话的深入，我们便自然而然地把身体搁到了床上，暂时忘却了各自内心的苦闷，不能免俗地说了一些甜得发腻的情话。猫伸过头来，似乎要偷听我们之间的谈话。她从我身上腾出一只手来，把猫的脑袋按下去，一直按到床下。

对于一个孤独太久的人来说，他喜欢的也许不是异性的身体，而是身体带来的异乎寻常的温度。跟她之间的亲热消除了我对自身的陌生感——从她身上我发现了一个遥远的我，未知的我——也许这就是我乐于跟她在一起的原因。我们带着兴奋过后的疲倦沉沉睡去，又带着饱满的欲望醒来。看到身边凭空多出了一个人，我突然觉得：现在的我与从前的我有点不一样了。对着镜子刮胡子的时候，我似乎并未察觉自己有什么异样。尽管如此，我还是在镜子前把自己长时间地打量了一番。我想我是真的发现了身上未知的一部分。

第二次约会之后，我去了她租住的公寓，顺便问候一下那两只让她爱念不已的小猫。开了门，两只小猫乍然见到陌生人，都不约而同地往后退缩了；及至见到了女主人，就兴奋地蹿到她身上，互相争宠。从那亲热的程度来看，它们仿佛不仅仅是她生活的一部分，还是她身体的一部分。她指着黑猫告诉我，这就是知白；又指着白猫告诉我，这就是守黑。我在知白和守黑身上摸了摸，它们便倏地弓起背来，然后又趴在床上，舔了舔刚刚被我触摸过的皮毛。她微笑着告诉我，姐妹俩已经记住了你的气味。

那晚，我们除了坦陈情史，还互赠信物。她赠我一只手表，我赠她一对玉制耳环。我亲手给她戴上耳环的那一刻，发现她耳后根有一颗闪亮的黑痣，居然兴奋得像是天文学家发现了一颗尚未命名的小行星。她说，一颗痣，再平常不过了，你以后还会从我身上发现更多的秘密。我说，你的秘密以后就变成了我的秘密。不，她说，我会把秘密藏得很深，让你永远找不到。我听了这话，就不依不饶地把嘴唇凑过去，开始在她身上寻找秘密。第二天是周末，我们都没上班，就赖在床上，早餐也不吃，一直睡到中午。两只小猫朝慵午倦，也是懒洋洋地趴在那里睡，一点也不闹。

我们结婚吧。在一个阴冷的岁末的夜晚，她躺在我怀里冷不丁地向我提出了这个要求。我说，好吧，但在结婚之前我要见一见你的父母。她突然推开我，把头转向一隅，用低沉的声音说，我妈妈早就不在人世了。爸爸呢？跟另外一个女人走了，再也没有消息。我不知道该说什么。窗外静着的天空突然有了响动，几朵烟花绽开来，又无声地散落。我是一个孤儿，她说，我小时候常常哭着要去找妈妈，可外公告诉我，妈妈去了很远很远的地方。等我长大了，就可以去找妈妈。记得小时候，老师让我在课堂上朗读《小蝌蚪找妈妈》的文章，我读着读着就哭了。同学们不知道我没有妈妈，都哄堂大笑起来，他们还给我取了一个外号叫“小蝌蚪”。

小蝌蚪打七岁开始就跟外公生活在一起。外公是个老式文人，晚年乐趣不多，喜欢写点诗，喝点酒，抱守那么一点残存的薄福。有一回，外公让小蝌蚪上街去打酒（黄酒）。小蝌蚪拎着一个空瓶子沿路晃荡时，看见有个妇人长得很像她妈妈，于是就紧紧尾随着，拐进一条巷子。那个妇人进了一座四合院，折进厨房。门没关上，小蝌蚪就站在院子里呆呆地看着。没过多久，屋子里就飘出了刚刚烤熟的麦饼的香味。小蝌蚪感觉那股香味就像妈妈的手，把她一步步牵引到屋子里。她的手伸向那个盘子里的麦饼，如在梦里。突然，有一只大手伸过来，打开她的手，接着又给了她一记耳光。小蝌蚪如梦初醒般地抬起头来，看到那个酷似妈妈的妇人，一手抱着一个孩子，一手拧住她的脸，凶巴巴地问，哪里冒出来的野孩子，敢偷吃我家的东西?！小蝌蚪被那个妇人推出门之后，天色就在脚后跟黑了下来。那一晚之后，她就再也记不起妈妈的样子了。年复一年，小蝌蚪长大了，外公老了。外公每每看到身边的老友一个接一个地走掉，便有了一种极不情愿老去的伤感，于是，又多喝了几杯酒。小蝌蚪十五岁的时候，外公死于酒精中毒。

她给我讲小蝌蚪的故事时，目光是当事人的，但那口吻就像是在讲一个别人的故事。窗外的烟花比之前更繁密了，但在我眼中，这只是一些刺眼的火光。我拥她入怀，轻轻地拍打着她的脊背。她把嘴唇贴在我的嘴唇上，但我分明感觉有一声叹息落进我嘴里，化成一股冷冽的味道。

就这样，我们悄无声息地结了婚，没有告知任何一位朋友，也没有分发一颗喜糖。她的嫁妆很简单，拢共也就一个帆布包、一只手提箱，附带两只暹罗猫。知白和守黑很快就跟姐姐那只狸花猫打成一片，但她们都依例固守自己的食盘，不容侵犯。我虽然是个好静厌喧的人，但一点儿都不嫌憎那几只调皮捣蛋的小猫。我身上总是保留着她的气味，而她身上也总是一如既往地保留着猫的气味。她和我以及三只猫之间构成了一个美好的整体。婚后没几天，姐姐突然从阿姆斯特丹坐飞机回来，要抱走那只曾经跟她朝夕相处的狸花猫。在交谈中我才得知，姐姐进入阿姆斯特丹的一家医学院工作不出一个月就跟男友（也就是以前的大学同学）分手了，她现在唯一要做的事就是把这只猫带到异国他乡。阿姆斯特丹的猫，姐姐说，就像阿姆斯特丹的月亮，怎么也无法抚慰她的孤独。

之前，跟所有新婚夫妇一样，我们躺在床上的时间要比床下多。即使睡觉的时候我们也是十指相扣，像是在海边漫步，身体被清风托举着。但这样的甜蜜日子并没有持续太久。有一天，我们忽然听到了一个令人意想不到的消息:隔壁那座平房要拆建,加高楼层。不出两三个月,一堵砖墙便矗然屹立,正好把我们家卧室的窗户给遮住了,风透不进,阳光也照不进。这以后,我们在家中就仿佛从来没有见过什么白昼了,仿佛白昼是属于外面这个世界的。

我们的房间就像一间停尸房,没有一丁点生气。她说这话的时候,我们就那样直挺挺地躺着。

有窗户却不能采光,这算什么窗户?于是,她买了一块三合板,把窗户封了个严实。第二天回家时,我惊讶地发现,她亲手在三合板上画了一扇窗户,然后又在“窗”外画了一棵树。这棵树画得有几分夸张、变形,树干粗壮、果实肥硕、叶子细长(一直伸展至天花板)。她告诉我,这就是非洲大草原上的猴面包树。她打开一个开关,“树”上一盏果绿色吸顶灯的光柱便斜斜地投射下来,打开了屋子里令人沉闷的黑暗。为什么是猴面包树,而不是别的什么树呢?

她时常会忽发奇想,做一些“不可知的事情”。有一天,她突然告诉我,她把守黑送人了。她没有告诉我那人是谁,这反而让我倍觉好奇。守黑和知白都是她的至爱,她不会轻易送人。既然把守黑送去了,那么,那人在她心目中的分量自然是非同寻常。我几番向她探询守黑的去向,她都闭口不说。自此之后,她每次从外面回来,便一直低着头,沉浸在自己的心事里。

我疑心她有了外遇。当然，怀疑别人总是从怀疑自己开始——有时候我又怀疑自己患有精神分裂症。我极力说服自己不要敏感多疑，但脑子里还是不可避免地浮现出让我心生不快的场景。

你心里好像装着一个人，我把双手搭在她瘦弱的肩膀上问，你是不是喜欢上一个人了？

我心里只装着一个死人。她说着，又把头低下来，好像只有这样才能让脑袋离心更近一些。

我承认我生性多疑，但我并不是一个内心阴暗的人。那天下午，我仅仅是因为碰巧看到她的身影从一个凸显于街腰、门面并不算大的渔具店晃出来，才陡然生出一种好奇心，想探究她手中那袋东西到底派什么用场。就我所知，她从未提起自己有什么钓鱼的嗜好。至于拿东西送人，看上去好像不无可能。接下来，她的行走路线刚好与回家的路线相反，从那条陌生的路线，我的脑子里延伸出一种不安的想法。我被这个想法牵引着，继续向前走去。她穿过一片露天饮食摊，拐过一栋废弃的烂尾楼，市声就甩在身后了。我尾随其后，沿着雨伞厂和木器厂之间一条晒白的马路，来到了一片开阔的地方，在那里，可以感受到河风若有似无的吹拂。前面就是一条古老的塘河，两岸榕树成荫，杂草丛生。除了对岸一座老码头的坦道上尚有些许老人在散步、下棋、遛狗，这一带几无人迹。当她越过灌木丛，沿着一片向下倾斜的草地走向河堤时，一只小白猫突然跑了出来，我没看错，它就是我们家那只送人的守黑。守黑见了旧主人，显得异常兴奋，一下子就蹿到她的身上，拿鼻子不停地蹭着她的手臂。她亲了几口守黑，就放它下来。守黑又迅速朝河边树荫下一位头戴鸭舌帽、手持钓竿的老人跑去，欢快地晃动着尾巴。从守黑的亲昵举动可以看得出，那个老人和她是早已熟识的。老人听到身后的脚步声，就转过头来，瞥上一眼，嘴角露出一抹淡然的微笑。她把手中的尼龙袋撂在老人身边，老人点点头，示意她坐下，但她似乎不大理会，只是绕到他右手的一竿之地拣了一块石头坐下。他们之间一直不说话，只有河水在静静地流淌。从我这个角度，只能看到两人被水光照亮的侧面，就在他们同时微笑的一瞬间，我就明白他们之间的关系了。阳光一寸寸短少了，树影却一寸寸地拉长了。她捋了捋被风吹乱的发绺，站起来，也没跟老人打一声招呼，就转身走了。

等她的身影消失之后，我便向那个戴鸭舌帽的老人身边走去。夕阳的余晖投在略显发黑的河面上，照亮了水中几片模糊不清的漂浮物。我在老人身边的石头上坐下时，守黑就爬上了我的膝盖。老人转过头来说，你好像跟这只猫有着特殊的缘分。是的，我说，我不仅认识这只猫，还认识它的旧主人。老人带着一脸的愕然问，这么说来，你也是认识我的？我说，我之前从未见过你，但我知道你是谁。老人摸了摸我怀中那只小猫的脑袋说，现在我也知道你是谁了。

天空中有一块铅灰色的云团缓缓向西北方向飘移，浓重的阴影投射在对面的山脊上。我注视着钢板般闪烁幽光的河面问,河水都脏成这个样子了,你为什么还要在这里钓鱼?

老人说,你看到的是现在的河流,我看到的却是过去的河流。

这话说得未免有些深奥了,但我似乎明白了他与我一样,都是百无聊赖的人。

老人也没有拿我当外人,很快就跟我聊起了自己的垂钓之乐。他说自己每天下午四点之后就会来这里钓鱼,已经钓了二十多年的鱼了。他很讲究钓具:钓竿是苇制的,丝是野蚕丝制的,浮子是雁翎制的。但鱼呢?他说,一年到头,他很少钓到一条像样的鱼。

河风吹来,温热的石头慢慢变凉。我起身告辞时,太阳就要落山了。我向那片斜坡缓缓走去,回头看,老人的身影已在草木的暗影间一点点矮了下去,直至陷入那一条河流的深邃的寂寞。

今晚心情不错,我亲自下厨做了几道拿手好菜。蟹黄鱼白,椒红葱绿,照我喜欢的样式在餐桌上摆开来。她问我,今天是什么日子?我说,只是平常的日子,不过,今晚我的心情不错。她突然举起杯子说,祝贺你。我愣了一下。她接着说,祝贺你,计谋得逞。我说,我不知道你在说什么。她冷不丁地问道,今天下午,你是否一直在跟踪我?我轻轻地嗯了一声,问道,你是怎么知道的?她冷笑一声说,凭我的直觉力。我想说什么时,她却摺下杯子，冷冷地丢下了一句话，有时候我觉得你很陌生。说话的声音十分轻细，落进我的耳朵时，却一下子让我变得沉重起来。我以为，自己在那一刻已把一个女人的里里外外都摸透了。事实上，女人是永远捉摸不透的。我甚至觉得女人跟男人不是同一个种类，而是另一种奇怪的动物。面对着面，看着那双大而清澈的眼睛，我也着实感觉自己与她之间变得有些陌生了（也许，我要站在足够远的地方才能看清她）。

自此之后，我不再跟她提起那个钓鱼的老人，与之有关的敏感话题一旦触及，便适可而止，或是沉默，或是以淡然的微笑稍抚内心的不安。有时候，我们也能谈点往事，表示彼此不忘初心。我期待着我们之间能发生一件什么事，但这么长时间以来，我们之间什么事都没有发生。问题就在这里，什么事都没有发生。

我们生个孩子吧。我说。

你不是上帝，说要有孩子，就会有孩子。她说。

要有光。我摁下床头的开关，于是就有了光。我说完了这句话之后就觉得自己很无聊。于是又躺了下来。她也跟我背对背睡下了。隔在我们中间的究竟是什么？除了虚空，还是虚空。我们曾经以身体填补彼此之间的虚空，而现在却以虚空填补彼此的身体。

我说过我是一个厌倦白天的人，但我未必就会因此而像蝙蝠那样恋慕黑暗。当我们在冰冷的黑暗中并排躺着，我总想干点什么。而她缺乏这方面的激情，总是一如既往地背对着我。一名动物沟通师可以与动物之间做心电感应式交流，却无法（或者是有意拒绝）与他人之间做深入的沟通。有时候，通灵者不通人情，也是不无可能的事。在她和我之间是徘徊不去的婚姻生活的阴影：我们的婚姻眼看着就要走到尽头，可我们不知道如何结束。男人跟女人之间的事，总是前易后难。难的是如何结束，找到一个虽然谈不上完美但彼此也乐意接受的结局。我做不到这一点，总觉得我们之间发生的一切并不像我想象的那样。所谓爱的真相，我们都不甚了然，似乎也没兴趣去谈论或思考。

我的生活就是这个样子，而不是我所希望的那个样子。有很多事，我无法改变，也无力改变。已经发生的事，还会发生；不该发生的事，即将发生。有一天，她突然跟我说，她要带着知白出去走走。多久？我问。也许几天，她说，也许几个月。她这么说，无疑是向我暗示：她没有理由和勇气跟我提出分手，她想借助时间来淡化我们之间的关系。好吧，我说，这是我们所能接受的一种并不算坏的方式。翌日清晨，她提着行李走了，就像那只用肉垫走路的小猫一样悄无声息。从表面上看，我们之间已经安安静静地结束了。

然后是，我的工作也就此宣告结束了。我上班的时候，常常要问自己：我已经干了什么？我正在干什么？我接下来要干什么？而现在，我不必再拿这些问题来为难自己了，因为我们的公司正如大家所预料的那样，已经无可挽回地破产了。我们的老板在众人面前虚晃一枪之后便负债跑路，拖欠我们的工资自然也就讨不回来了，因此，每个人都抱着一捆领带回家去了。我没有径直回家，而是坐车去稍稍远一点、没有熟人可以打招呼的地方逛了一圈。但我到底还是要回家的，尽管这个所谓的家已少了往日的生气。屋子里依旧黑黑的，像一口棺材。人进去，砰的一声关上门，一股凉气就从脚底蹿上来。开灯。关灯。开灯。关灯。这屋子日复一日地荒凉下去了，她离开之后，这张床也就日复一日地荒凉下去了。

午夜醒来，感觉内心的某道缝隙间有风吹过，眼前黑影幢幢。坐起来，打开灯，猛然看到镜中的自己——就像夜深人静的时候，一个人走着走着，忽然，就在拐角处的路灯下跟另一个酷似自己的人迎面撞上了——要说是他从我的梦境里跑出来，或者说是我跑进他的梦境，就不免令人疑惑了。这阵子一直无梦，哪怕连噩梦都没有。之于我，失眠，居然变成了梦的替代物。一个人处于一种失眠的状态，就像是在梦里，偶尔也会浮现她的身影；奇怪的是，之后进入短暂的睡眠，却了无一梦，怎么也梦不见她。我疑心自己的梦已被人盗走了。关掉灯，周身笼罩着柔和的，但也并不纯全的黑暗。在镜子里，我看到了隐藏更深的黑暗和黑暗中栖身的陌生人。很长一段时间，我就这样跟他面对面坐着。有时候，我真想让自己在镜中隐藏起来，或者是让镜子里面的黑暗吞没我，溶解我，让我消失。

谁都不会知道这栋楼里有一个失业的男人，谁都不会去关注一个失业的男人像自闭症患者那样每天把自己关在没有窗户的屋子里，睡复醒，醒复睡。没有梦。口袋里的钱所剩不多。胡子有很多天没刮了。说起来也不怕别人笑话，我常常会在自己的房间里迷路，满脑子都是没出息的想头。一个礼拜后，我从手机新闻上看到了这么一则消息：我们领带厂那位模样长得很像忧郁诗人的老板在老情人的房间里用一根领带上吊了。老板待我不薄，我没有理由不过去跟他道别。那天上午的葬礼上，我系的是黑色的领带。当晚，我还参加了一位老同事的生日聚会，我系的是一条红色的领带。

她又出现了，在我差不多要忘掉她的时候，她又出现了。那天晚上，我收到了她的短信，告诉我她这个月去了一趟非洲，总算看了一眼让自己神往已久的猴面包树。非洲的猴面包树跟阿姆斯特丹的月亮也许都是同一种东西，不远万里跑过去看了一眼，事后大概感觉也不过如此吧。这种想法，我自然没有跟她说，否则她又会说我这人单调无趣，缺乏浪漫情怀。眼下，她已经下榻北京，决定明天午时坐动车回家。具体抵达时间没有告知，只是嘱托我不要在房门上加一道内锁。当晚我就失眠了，不是出于兴奋，而是对往后的日子怀有莫名的忧虑。

第二天晚上，我做好了两个人的饭菜，在厨房兼餐厅里静静地等待着。此时空气低垂，乌云越积越厚，仿佛要变成石头掉下来。不多时，一场暴雨倾盆而下。忽地又刮起一阵大风，雨雾飘动，如同黑压压一片兽群在喷气刨土。我坐下来，呷了一口酒，又站起来，随即又坐下，但我仍然安坐不住，又站了起来，返室取了一片安眠药，正要和水服下时，眼前突然闪过一道白光，一个巨雷随即在空中炸响。那一瞬间，我感觉雷的余音伴随着那枚白色药片已经从我喉咙间滚了下去，在我胃里产生轻微的震荡。

次日醒来，我看了看客厅，仍未见她回来过的迹象。打开手机，也未收到未接来电，但信息栏里却收到了一则手机新闻：昨晚八点半左右，北京至福州的一列动车跟杭州至福州的另一列动车发生了追尾事故。我浏览了一遍新闻，就进洗手间洗漱。刷牙的时候我突然感到哪里有点不太对劲，吐掉嘴里的泡沫，我疾步来到客厅，却想不起自己要做什么，只是不停地转圈。我想把那个不对劲的地方找出来。转着转着，我就转到了屋外，转到了手机新闻中提到的那家离我家不远的医院。一些穿白大褂的人在走廊上来回走动。还有一些人跟我一样，面带焦虑，在那里转圈。我走遍了所有的病房，都没有找到她的影子。这一路上，我不停地拨打她的手机，但音信全无。无奈，又给事故寻亲热线打了一个电话。对方核查之后，很抱歉地告诉我，你可以去殡仪馆看一下，那里还有十具尸体至今无人认领。我从医院出来准备打车时，才发现自己仍然穿着睡衣，身无分文。有位出租车司机听说我要去殡仪馆，就免费让我搭乘。殡仪馆大院里挤满了死者亲属，我尚未进门，就听到一片杂乱的哭声，让人感觉他们的泪水是同阴郁天气里的黄泥、雨水凝混在一起的。一时间我有点手足无措，很想快点从这些人当中抽身出来。在一名殡仪馆工作人员的带领下，我逐一查看了所有无人认领的尸体，都没有发现她的身影，心里一阵释然，但有人带着善意提醒我：我要找的人也许就在那些没有记录在案的无名者当中。我的心又陡地一下沉了下来，那一刻，我只想拔步离开，我的悲伤不能与身边那片海水般汹涌而至的巨大的悲伤混同起来。

晚些时候，我从电视直播节目中看到这样一个场景：就在官方宣布事故车厢残骸中断无生命体征时，几名当地的救援人员居然从车厢的行李架间找到了一名年仅两岁的小女孩。我不知道冥冥之中有怎么样一种奇妙的力量让她存活下来，直至被人发现。这个消息让我为之一震，我还没来得及坐下来用干毛巾擦掉头发间凝结的一大片汗水，就匆匆跑到动车事故发生现场。从警戒线望过去，那里已经变成了一座工地，吊车、工程指挥车、挖土机、切割机纷纷进场。一个大坑已经挖好了，先埋车头还是车厢只是个程序问题。这意味着，我已经无法进入车厢寻找残骸。站在警戒线外面，我不知道那些指挥人员在谈论些什么，只是觉得有什么东西在空气里嗡嗡作响。一辆铲车毫不留情地敲碎一个车头时，有几个老人跪了下来，请求现场指挥人员停止掩埋。事实上，这点请求一点儿也不算过分，但现场指挥人员的表情跟铲车一样冷漠、决绝，仿佛有着不可更改的铁的意志。老人们见哀求无效，就转而面对另外几节车厢残骸，跪了下来，似乎正在向上天默默祈祷着什么。围观人群中还有一名左手缠裹绷带、神情木然的幸存者，我来之前他就一直站在这里。有位记者问他，你重返事故现场有什么感想？那里，他指着一节变形的车厢说，我感觉自己仍然躺在那里。听那口吻，昨晚那场事故已经把他分成两半，一半已经死了，另一半还活着。正如边上搀扶着他的那个女人所说的，他的魂都吓散了。他来这里，就是要找回那个吓散了的魂。虽然天色已晚，但警戒线以外肃立着的死者亲属依然没有散去。有位老妈妈说，她们这次跑过来，原本是要把一名遇难孩子的书包找出来带回去的，看情形已是不可能的了。接着，我就听到了四周顿然响起一片呜呜的哭声。置身于巨大的悲伤之中，我的眼眶里居然没有一滴泪水，只是觉出长夏的苦热带来眼角的干涩。然而，当我离开事故现场数百米远，就在我突然转身之际，一股悲恸却涌上了心头。离事故现场越远，这种悲恸反倒越发强烈。那时，我是单独面对一个人的死亡，我已经把她的死亡与别人的死亡分离开来了。

我拖着一身疲倦走上一条闹哄哄的大马路，感觉自己刚刚从死人堆里爬出来——是的，还有一些人，没有死亡，而是消失，他们在生与死之间悄无声息地消失掉了。人们所了解的死亡仅仅是一个在电视新闻中滚动出现的可疑的数字，而消失意味着那些人既不在生者中间，也没有被列入死者的名单。那么，他们到底去了哪里？无人可以奉告。

坐在家里，我怎么也无法静定下来。每隔几分钟，我就给她拨打一个电话,但对方一直处于关机状态。打开电视,每个电视台的新闻节目几乎都在报道动车事故。我想从现场画面中寻找她的身影,但我知道,这是徒劳的。电视新闻里有位专家分析说,动车事故跟昨晚那次雷击不无关系。哦,这是天意。人们也许会这么想。天意如此,死者已矣,生者也只好耸耸肩膀、叹息一声,表示无奈。我也不得不这么想:动车即便没有在这里出事,也有可能在那里出事,就像包裹里的炸弹,即便不在这一刻引爆,也有可能在下一刻引爆。

关掉了灯,黑暗又一层层地向我包围过来。屋外的雨声如退潮般消失。恍惚间,我听到了一种间歇均匀的嘀嗒声。与其说是听到,不如说是感觉到。这不是檐雨滴落的声音,而是指针走动的声音。那天清晨,我听到她轻轻地把门带上,并在门把手上习惯性地摁了一下之后,我就决意将那块当初作为定情信物的手表扔到床底下——她离开之后,时间对我来说已经没有意义了。

但现在,时间仿佛又开始流动了。时间是逆流的,在我脑子里,指针也应该是逆向走动的。嘀嗒嘀嗒嘀嗒——时针和分针一刻不停地绞着我的听觉。我爬到床底下,把手表找出来,拭掉灰尘,才知道指针已经指向凌晨三点。差不多就在那个时辰,大门外有一阵近乎凄厉的猫叫的声音划过暗默的夜空。我没有多想,就掀开被子,跑了出来,打开客厅里的铁门,一看,原来是小猫知白。它蹲在我面前,尾巴直直地拖在地上,尖瘦颜面上那双宝石蓝色的眼睛在昏暗的灯光下瞪着我。它没有发出一点声音，与我对视片刻，才缓缓张开嘴巴，我知道，这是一种基于信任的表示。我抱着知白，久久不愿松手，仿佛她的灵魂已经跑到这只猫身上了。

知白从哪里来，显然也是一件“不可知的事情”。黑暗中，它依旧瞪着圆而有神的双眼。让人感觉，它的眼睛能赋予灵魂以某种形式。我不是动物沟通师，无法像她那样可以与之做心电感应式的交流。但我还是模仿她的样子，盘腿坐在小猫面前，有节奏地眨动着眼睛。我的眼睛教导我的手，可以通过触摸，确立与一只猫对话的关系；或者无须通过触摸，只要动用几个简单的手势，就能让它明白自己的心意。我放慢了呼吸，想象自己就是动物沟通师。

她曾经跟我讲述过这样一件奇妙的事：有一次，她跟一只猫在沉默间对话时，忽然看到那位已故的旧主人的灵魂蹲在它的头顶，就像一只鸟蹲在枝头。灵魂，她说，就是一团隐约可见却不可捉摸的气息。因此，我总是固执地相信，一个被身体抛弃的灵魂和一个被灵魂抛弃的身体，会通过这只猫在黑暗中相遇。

我说，知白，你听着，如果她还活着，你就叫三声。

知白没有吭声。从它的眼睛里，我捕捉不到一丝一毫有关她的讯息，只是隐约看到了守黑的影子。也许在守黑的眼睛里，也能看到知白的影子。可我就是看不到她的影子。

我再一次坐到了她曾经坐过的镜子前：一个半透明的我，仿佛就坐在时间的另一端凝视着我，也不知道他是多年以前的我，还是多年以后的我。镜中人一脸迷茫，就像是在哪里迷了路。在镜子前坐久了，人就会无端生出了种种错觉，比如，镜中人真的是我吗？还有，她在我的生活中真的存在过吗？也许她仅仅是我所读过的某部小说里的某个人物，也许呢，她压根就是我自己想象出来的。

我在黑暗中沉沉睡去。梦依旧没有眷顾我。身体翻转时，我忽然感觉左臂似乎压着一样东西，伸手一摸，毛茸茸的一团，抽搐般地动了一下，然后伸展开来，喵呜喵呜喵呜，它接连叫了三声。

我说，知白，我已经知道了，她还活着。

没过多久，我就在迷迷糊糊中听到了铃声，拿起床头手机接听，居然没有声音，一看，屏幕上也没有任何来电显示。铃声继续在响。我凝神细听，才确认声音来自那个弃置一隅的座机。很长一段时间，这个座机形同虚设，以致铃声响起时我也未能及时反应过来。我下了床，伸手接了电话，一听，竟是她的声音，感觉自己一下子又被什么东西拉回到梦中去了。她问我，你好吗？我说，我还好，你是在天堂还是地狱给我打电话？她说，我还在人间。我说，我找你找了好久，生不见人，死不见尸。她说，事发那天，我跟一对情侣换了车票，坐到了另外一节车厢，谢天谢地，这一次我跟死亡仅隔一个车厢。我问，既然你没死，为什么不出来见我？她迟疑半晌说，我想见你，可我后来又觉得没有这个必要。对我们来说，见与不见，都是一个样。既然彼此之间早前都没有勇气宣布结束，那就借这次动车事故，给我们做个彻底的了结。你就权当我已经在事故中丧生，从此以后，两不相欠，不是更好？我拿着手中的电话筒，久久无语。我们之间的关系居然是以这种方式结束了：没有爱憎，也没有悲喜。

我闷闷地抽了一根烟，又躺在床上睡着了。中间居然还做了个梦。醒来后，已是下午三点。洗漱之后，我就开始出门去闲逛了。大街上热气未消，那些在阴影和阳光中走动的人显得有些不太真实。我疑心黎明时分接到她的电话仅仅是一个梦，因此，我又用手机给她拨打了一个电话，奇怪的是，对方依旧关机。

经过菜场，我顺便买了五条鲜活的小鲫鱼，用装满水的白色塑料袋拎着。途中碰到一位邻居，问我买这么多鱼做什么。我说，放生。他指着菜场附近的一条河问，放进这条河里？这不就等于是让它们慢性中毒？我说，我如果买回去蒸了吃，不过是让它们死得更快一点。

傍晚时分，我带着知白来到塘河边。河面笼罩着一层浅淡的暮烟，水跟油似的，凝然不动。那个戴鸭舌帽的老人依旧坐在那株树下垂钓，树的影子和人的影子投在草地上，也是纹丝不动。老人身边蜷缩着那只名叫守黑的白猫，仿佛在安静地等待着主人赐给它一条鱼作为晚餐。守黑听到我们的脚步声，就十分警觉地回过头来，见到知白来了，兴奋得几欲跃起，喵呜一声，倏地跑过去，跟它在草地上滚作了一团，然后分开，像平素一样各自咬着尾巴玩耍。

没有河风。他的目光跟那根钓竿呈一条直线。我坐下来，递给他一根烟,他暂且把烟搁在耳郭上。你看,他指着那个木桶说,我原本以为这条河流已经没有鱼了,可我今天居然钓到了一条鲫鱼。

那么,你打算怎样处理？要喂小猫？

当然不是,他说,我要把它放在水库里,让它活得更长久一些。

我没有告诉他这条鱼的来头。是的,我并不觉得此举可以称为“放生”,我只是为了让这个落寞的老人稍感一丝意外的欣喜。或者是让他觉得,漫长的等待是有必要的。我们静静地坐在河边。落日的余光在河面铺得很大,有那么一瞬间,仿佛要燃烧起来;不远处,被树荫遮住的河面泛起了一层如油光的东西。再坐一会儿吧,他注视着西边的天空说,太阳还没有落山呢。于是,我又点燃了一根烟,静静地坐了一会儿。天空的平静在水面呈现,也在他的脸上呈现。看起来,我们都喜欢黄昏的落日。

写于2013年榴夏

说说这些年我们都干了些什么

我必须孤独

早晨十分钟

晚上十分钟

——无所作为

——托马斯·特朗斯特罗姆

我是来应聘的，不是专程来送水的。她把一桶纯净水放在门角，直起腰说，我妈妈说了，大热天，多喝水可以减轻压力。我说，我们这里平常都喝散装的矿泉水，没安装饮水机，因此不需要这么一大桶水。她揩掉脸上的汗珠说，没事，桶装的水倒进开水壶里烧，更受用。没等我说“请进”，她已经脱掉一双白色凉鞋，换上拖鞋进来了；还没等我说“请坐”，她已坐下。她是一个大大咧咧的女孩子：胳膊和大腿有点粗，但肤色不算黑，气质也不俗。屋内的空调吹着冷风，她坐在风口，双手做扇状使劲地挥动,好像要把所有的冷风都灌到自己身体里面。她跟我面对面坐着,身体保持一种稍稍前倾的姿势,双乳失重般地垂挂下来,显得益发饱满、圆润。我一时间不知道该说什么好。房子里并不安静,空调年久失修,发出一种让人心烦意乱的噪音(有时候我得拍几下才能让它暂时安静一会儿);窗外的锌皮上传来间隔均匀的嘀嗒声,听上去仿佛老式闹钟走动时发出的声音。这儿的办公环境真是不错,她说,还有空调可以享受。我从办公桌上拿来本子和笔,说,既然你是来应聘的,我们就言归正传吧。她听了,立马并拢双脚,扳直身子。我问,你是大专学历吗?不是,她递上自己的一份简历说,我是硕士学历。我放下手中的笔,抬起头来,又打量了她一眼。她似乎生怕我对她的学历有所置疑,就接着补充说,我是在老家河南读大学,后来又跑到上海读哲学硕士。你也知道,这个专业不怎么吃香,在找工作方面有点困难。我最近找了一份临时工,那里居然连空调都没有,办公室里闷得要死,只能凑合着过日子。我说,你想跳槽?她说,不是,我想找份兼职工作。我说,你兼着两份工作,不会觉着累?不会,她说,我跟妈妈一样,从早干到晚,怎么也累不坏,就怕手头闲着。我们盘算好了,在上海赚一笔钱之后再回老家干点自己想干的事。我说,这也是我的一个想法。但我没有告诉她,在上海赚钱有多艰难。上海是搬不动的,现实同样是一座无法动摇的冰山。

聊了一会儿,她突然做了个饮水的动作问,你这里有水?我说，当然有。弯腰，从茶几底下取出一瓶矿泉水，递上。她毫不客气地接过来，咕咚一下就喝下一大口水，然后清了清嗓门说，大热天，我离不开水，我妈妈说，我一天喝掉的水可以淹死一只骆驼。她说着，就发出爽朗的笑声，胸前的两坨肥肉也跟着颤动。

咖啡煮开了，从厨房里飘出一股令人兴奋的苦香。你要一杯咖啡？我问。她点了点头。我把一杯咖啡端到她面前，她试了一口，有点烫，又放下了。你要赚多少钱才会打算回老家？我问。

这个问题我没想过。她略微皱着眉头回答。

人不能仅靠面包活着。我莫名其妙说出了这句话。

如果我记的没错，这是耶稣回答魔鬼的一句话。

不愧是哲学硕士，我随口说一句你就晓得这话的出处。

在这座城市里，很多人仅仅是为了面包，甚至面包屑，不得不把自己的尊严和梦想放在冰箱里冷藏起来。我妈妈说，在上海这个地方，哲学硕士算不了什么，你得收起自己那一套清高的臭架子，脚踏实地做事情。

哲学家，别光顾着说话，喝杯咖啡吧。

说话间，她咕咚一下，就把那杯咖啡喝掉了。

她吹着凉风，说了一些带哲学气息的话。生活之恶、之不胜烦愁，仿佛都可以用哲学的方式来解决，以致我觉得，她不是来应聘的，而是要找一个人跟她聊哲学。她喝掉了两杯咖啡之后，我们的谈话也就结束了。临走时，我让她把那桶纯净水扛回去。她伸手拒绝说，我今天扛着一桶纯净水来找工作，就是为了有一天不会扛着一桶泪水回老家。

这也是你妈妈说的？

是的。

你妈妈应该是哲学博士吧？

不，她仅仅是个卖水的。

我把她送出门，附赠一本插架岁久、从未翻阅过的书。

从此以后，我决定每周打一次电话给哲学硕士的妈妈，让她派人送来一桶纯净水。因为我也确曾在报纸上看过专家的一种说法：认为现代都市人工作繁忙，压力荷尔蒙的分泌也随之加速了，多喝水，喝好水，可以释放一部分压力。不管这话是否可信，喝水总不会是一件坏事吧。

坐在我面前的是一名少妇。长得并不漂亮，但气质不错。头发飘逸，风一吹就给人一种流淌的感觉。你喝咖啡吗？我问。她点了点头。给应聘者端上一杯咖啡是我一贯的待客之道。

你今年多大了？

34。

34？我皱了下眉头。我不喜欢数字4，倒不是因为它跟“死”谐音，而是无端觉得它的形状太丑陋。凡是与4有关的东西，我都不喜欢。一本书翻到第4页，我就会跳过去，每月或每周第4天我就莫名地忧郁起来。之于我，4像一只粘在镜片上、令人讨厌的苍蝇。

因此，当这个女人说自己今年34时，我就莫名其妙地丧失了跟她深谈下去的兴致。我盯着她脸上那几颗淡淡的妊娠斑，不知道我们之间是怎么结束谈话的。她肯定有些不悦。出门时，她连声“再见”也没说。

美国有个具有超常记忆力的自闭症患者曾在电视节目中说，数字在他脑子里是有形状、颜色和质地的：6没有什么特别之处，宛若一个“缩小的虚无”，而9则是庞然大物，法相庄严。坦率地说，我看到数字8，就会想起眼镜和手铐，偶尔也会想起女人的胸罩。这个数字，谈不上喜欢或不喜欢。前阵子，我读到一本新书，书名有点意思，叫《“6”字倒过来》。这个数字在我脑子里颠来倒去，又是意淫了一番。

我不喜欢礼拜四。这是真的。屋外的雾霾有点重。对面的玻璃房看上去像是一个巨大的烟灰缸。我走到一堵蓝色的墙壁前，撕掉了今天的日历，以确证明天是存在的。

礼拜五，居然没有雾霾，从落地长窗望出去，视野了然。无论阴晴，对面这栋楼总是漠然耸立着。午后的阳光照在玻璃幕墙上，泛起一片毛茸茸的白光。这夏日的坚冰，看样子是不会轻易融化的。在这燠热的天气里，又有一名大学毕业生过来面试了。茶几上，搁着一本我还没来得及读完的书。两杯咖啡隔着这本书摆放，在那一刻的清寂里弥散开来的苦香如老上海熟腻的调子，让人突然有了某种安闲的感觉。

你在大学里读的是什么专业？我问。法语，她说，也懂一点西班牙语。去过西班牙或法国？我又问。没去过，她说。除了会几门外语，你还有什么特长？我接着问。她站起来，做了一个舞蹈中的摆荡动作。她说，小时候练过现代舞，练到 13 岁就中断了。随即从自己的手机里挑选了一支舞曲，用欣赏的目光看着我说，感觉你身上有一种老克腊的派头，你会跳老上海的狐步舞？我说，只是听说，压根没有跳过。记忆中，好像读过一篇小说，叫《上海的狐步舞》。其实狐步舞很简单，她拉着我的手说，来吧，我带着你一起跳一支。她的裙子如同撑开的雨伞那样，在那一瞬间旋转起来，音乐的雨滴从粉红色裙裾的边缘飞溅开来。我没有理由拒绝她的邀请。在一支轻快的舞曲中，我们踩着音乐的节奏，从客厅的这一头转到了那一头。午后的疲乏和空虚在涡流般旋转的舞步中转瞬即逝，代之以身体的充盈和感官的激荡。跳着跳着，我们的身体就贴在一起了，感觉有两股热流在我们的搂抱中汇合。我们看起来不像是跳舞，而是要通过一种被称之为“舞蹈”的秘密仪式交换身体的某一部分。因为贴近她的脸，我可以看到她的头发上撒了一些蓬松粉。当我的手放在不该放的位置时，她出于一种自我保护的本能十分巧妙地用手臂隔挡开了；但另一面，她以一种庄重的轻佻姿态诱使我斗胆犯忌。我们跳得正忘情时，手机铃声响了。她停下来，转身从茶几上拿起手机，三言两语之后，脸上的笑意倏地荡漾开来，显然，她接到了一个让她惊喜的电话，说话间连声音都随之颤抖起来。她没有跟我说明对方是谁，但我可以猜想得到，她已经找到工作了。她拿起小挎包，戴上薄荷绿色边框太阳镜，乐颠颠地走到门口，穿上那双粉红色高跟鞋，一扭一扭地走了。没有回头。

她是艺术系毕业生，有一个好看的鼻子（从侧面来看，那个鼻子长在她脸上是恰如其分的）。鼻子两边的颧骨上有几颗淡褐色小雀斑，给她平添了几分妩媚。她的半截手臂从黑白色字母衫的袖筒里露出来，手指显得十分纤长、白皙，看起来好像更适合握一根箫管之类的乐器。但现在，她的手指间夹着的是两份资料：一份求职简介，一份就业协议书。我们之间的谈话还没正式开始之前，她就直截了当地说，不管她最终是否被聘用，都要恳求我在那份就业协议书上签字盖章，以便带回去上交校方备案。我知道，很多大学之所以这么做，无非是为了显示毕业生就业率高。而毕业生为了尽快办理离校手续，即便找不到工作，也不得不弄虚作假，把学校这一关应付过去。不过，对这种惠而不费的事，我当然会乐意帮忙的。

你身高多少？我问。一米六八。她说。三围？我又微笑着问。她似乎丝毫不觉得这个问题有什么唐突，十分坦率地报出一个让我微觉惊讶的数目。然后，我又问了一些酒量有多高、一天要抽多少支烟等诸如此类的问题。她一一作答之后，顿了一下,问我,你为什么总要问我一些与数字有关的问题?我说,我喜欢跟数字打交道,我能从一些数字里面捕捉到各种我想要了解的信息。我还说,作为一家礼仪公司的老板,我对中国古代的礼乐制度很感兴趣。在古代的日常生活中,人们对很多东西的尺寸都是很有讲究的。比如筷子的长度为什么是七寸六分,古琴的长度为什么是三尺六寸五分,一间屋子的宽度为什么是一丈六尺八,等等。你如果不懂,怎么行?她一边转动着左腕的水晶手绳,一边漫不经心地打量着四周说,看样子,你是一个文化人。一进门,看见你书橱里面摆着那么多书,我就知道你一定读过很多书。说句实话,我对文化人,既害怕,又崇拜。我问,你害怕什么?她说,害怕那种挑剔的目光。文化人嘛,大都有着古怪的想法。当然,我指的不是你,你跟那些戴上眼镜就以为自己博学多闻的家伙不一样。

喝咖啡的间歇,她的目光越过我头顶打量着我身后的两幅油画:一幅画的是手搭利箭的爱神丘比特,一幅是被乱箭射死的圣徒。她说,你把这两幅画放在一起,有点怪怪的。我说,你也可以这么理解:爱神丘比特乱放箭,结果把一个圣徒干掉了。不过,我忘掉了这圣徒叫什么名字。她转了一下杯子说,如果我猜的没错,你的情感生活有过多次挫折。我没有回答她的话,只是缓缓地站起来,从油画布的一角找到了这幅画的名字。我告诉她,那个被乱箭射死的人叫塞巴斯蒂安。一个圣徒。

那台老式空调发出粗重的鼾声。我走过去，拍了拍机身，它居然就不再出声。仿佛打鼾者被人推了一下，转个身，继续酣睡。没过多久，鼾声如故。我正打算修理空调时，一名三天前来我这里应聘的女士突然打来电话，我没接。她继而发来短信，问我有没有打算招聘她进公司。我回了两个字：开会。她的短信像一只苍蝇那样，消失了一会儿，又飞了回来，问我：会议结束了？我回了四个字：晚上再聊。苍蝇在我耳边嗡嗡叫了几声，又飞到眼皮底下：晚上我过来好吗？我回了九个字：晚上有饭局，明天回复。我带着一种无以名之的厌恶心情，把手机撂到一边（这种轻微的厌恶里面也许混合了夏日午后积聚起来的疲倦）。到了深夜，那只苍蝇仍然没有放过我，继续在我耳边盘旋。我不得不把手机调至静音。第二天清晨起来，我打开手机，才发现自己的微信像粘苍蝇的糖纸一样，里面爬满了密密麻麻的文字。这些文字归结起来，就是两个字：寂寞。寂寞啊，寂寞啊，这娘们整夜都哼唱着寂寞啊，寂寞啊。你说，寂寞这东西会杀死人吗？

我常常告诫自己：不要轻易跟女人上床。见了女人，我仍有些心猿意马。但这“心猿”是睡猿，“意马”是老马，只是懒洋洋地动了一下。我总能找些理由，推迟那些令人不安的事件在不该发生的时候发生。晚上就寝前，我收到一条短信。是那位哲学硕士发来的。她说，我已经把简历以及不该告诉别人的个人信息都告诉你了，你对我应该有一个大致的了解吧。但是，我很想知道，你到底是干什么的？

我到底是干什么的？这些年，我都干了些什么？

没错，这两年经营书铺，不仅做了亏本生意，还交了霉运（至于是什么霉运，我都耻于跟朋友提及了）。我原本可以卖掉积压的旧书，卷起铺盖回老家的，但后来一打听，老家也回不去了。老家在浙南沿海，造船业兴起之后，几个村庄被迫整体拆迁，原来那一片良田不久之后就要变成造船厂了。父亲拿到了一笔拆赔费，便租住镇上的廉租房，平日里弄点酒食，倒也自在。父亲时常在电话中冲着我吼道，你别给我回来，就是烂在外面，也别给我回来。生活的无聊与空虚，我也算是一一领教了。有什么法子呢？只好留在上海，另谋活路。我饿不死，在情理之中。不过，考虑到节省开支，我还是退了原来租住的那套面朝黄浦江、宽敞舒适的房子，另租虹口区一套价钱便宜近半的房子。高中时期读过郁达夫的一篇小说《春风沉醉的晚上》，感觉自己仿佛也是从外白渡桥北岸的邓脱路贫民窟跑出来的——我跟那个无名文士一样，有事没事，也喜欢外出闲荡。还记得里面有这么一句话：大约春光已经老透了吧。我喜欢小说中这种颓废的、略带酸味的文人腔调。不过，我算不得什么文人，顶多是个书贩子，而且，还是一个失败的书贩子。我的生活中少不了两个词：失败和女人。我的事业失败了，自然与女人无关；不过很奇怪，每每失败之后，我的生活中就莫名其妙地出现了女人。有时候，失败和女人会同时找上门来。

就在我生活无着的时候，惠姐打来电话，告诉我，她要出国做生意，有一套一百六十八平方的工作室托我看管。不过，她有一个附带条件：一是绝不允许转租给任何人；二是每周雇钟点工打扫卫生。我知道，惠姐有洁癖。

我认识惠姐已有多年，只知道她是一家礼仪公司的总经理，但不知道她到底在做些什么，也从未帮过她一个指头的忙。直到有一回，惠姐接到了一桩不大不小的生意，忙不过来，就让我过去帮衬。我们进场彩排的时候，过来几个领导模样的人。走在最前头的，是个胖子，脖子很粗，喉结像青蛙的肚子那样鼓凸出来，让人感觉他的嗓门应该是很大的。我把麦克风递上去，请领导说几句。领导说了些什么，我一点也没听进去。但他一开口，我就知道他要说些什么，我对领导的讲话一点儿也不反感。只是觉着他把嗓门调得太高，以致那声音听起来十分刺耳。领导讲话甫毕，惠姐拍了拍手，从屋子里随即走出一排穿旗袍的礼仪小姐，个个身材高挑，容貌姣好，她们的年龄大都在二十刚出头，个个能说会道，嘴唇训练得像男人的肱二头肌一样发达。她们走起路来跟别的女人就是不一样：在一般人看来，双腿仅仅是用来走路的，可她们看重的不是它的行走功能，而是姿势；正如领导们不仅仅看重语言的传达功能，还有调门。彩排结束之后，有个礼仪小姐突然捂着嘴嘤嘤哭着。惠姐问她哭什么。身边的礼仪小姐噘着嘴说，刚才有个领导摸了她屁股。惠姐冷笑一声说，摸了也就摸了。说着就掏出几张百元大钞，放在她手上。从这些细节可以看得出，惠姐虽然是个女强人，但混得也不太容易。惠姐出国之后，这些礼仪小姐就不知去向了。

欧氏礼仪公司，当然是我给自己的工作室所起的名字。在这座城市，每一座高楼都是一座山，我们占有一座山的一角，并生活其间：吃饭、睡觉、制造废话和垃圾。我一直过着隐秘的生活，跟上下楼之间几乎从不往来。我的工作室虽然只有一百六十八平方，但对我来说，它是一个独立的王国：有时显得很喧闹，有时又变得空荡荡的。事实上，这里通常只有我一人。我穿上鞋子的时候，就意味着开始上班；脱掉鞋子的时候，就意味着下班。我有一双纤尘不染的皮鞋。我常常是一边擦着皮鞋，一边发呆（从前，我除了偶尔发呆，大部分时间都是用来工作，而现在我除了偶尔工作，大部分时间都是用来发呆）。当然，我也会出去转一圈，带晚餐和女人回来。

她还在门外时，我就闻到了她身上的一股香水味。我故意延迟开门的时间，以便想象她究竟是怎么样的。一种淡淡的肉欲的想象。门开了，一个穿果绿色旗袍的女人走了进来。她的长相尽管让我有些失望，但也不至于大失所望。

坐定后，她环顾四周问，这里没有其他人？我说，怎么？你害怕跟我独处？不，不，她说，这样我说起话来可以更放松。我打开本子，在她前面坐下。我们相视几秒钟，就正式进入话题了。我大约找不出一个比“庸俗”更糟糕的词来描述这个女人，但我就是喜欢上海的庸脂俗粉。除了工作上的事，我们还聊了一些日常生活中的庸俗话题。

她说，我跟你聊天的感觉像是在相亲。

我说，你说的没错，干我们这一行，就像是相亲。

她抿着嘴笑起来，在这里，喝着咖啡，我好像又找到了一种谈恋爱的感觉。

的确，那一刻，我也模模糊糊地产生一种异样的、类似恋爱的感觉。恋爱时，人的十二个大脑区域会同时打开，分泌出一种令人心神愉悦的激素，这里面包括肾上腺素、加压素和多巴胺。这是一个性学专家说的。在我这个年龄，对专家的话，自然是觉着可信而无须深信的。

她突然问我，你参加过相亲节目？我摇摇头。她接着说，那天我参加相亲节目就是穿着这身旗袍。因此，我跟你谈话时，感觉自己又上了这档节目。她这么一说，我的目光就自然而然地落在那身果绿色旗袍上。领口下面叉开一个橄榄形口子，可以瞥见乳沟上端那一颗红痣。当她发现我的目光叮蜇着那颗红痣时，嘴角浮起一抹不易察觉的微笑。

我穿旗袍的样子好看吗？

你不穿旗袍的样子会更好看。

我觉得我们都进入了调情的状态。

我说，电视上那些相亲节目很无聊，如果让那些职场男女都像亚当夏娃那样坦诚相见，保证可以让收视率暴升。

之前，我读过英人莫尔的《乌托邦》，觉得其中描述的择偶方式很有点意思。莫尔说，乌托邦人谈婚论嫁之前须是裸身相见：女方不管是处女或孀妇，都得由一位有德的妇人带到求婚男子面前，宽衣验明正身；同样，男方也是由一位有德男子相陪，在女方面前脱得精光，任由目光挑剔。莫尔的理由是：看女人不能只看一手之宽的那一部分（即露出的头脸）；看男人，当然也如此。这样，日后圆房时不致发生不愉快的事。想着莫尔的话，看着眼前的女人，我忽然想笑，但又忍住了。

我们聊起最近电视上一档非常火爆的相亲节目时，她带着鄙夷的口吻说，那个节目的确很无聊，男女之间像演员似的，只是配合主持人走了个过场，下台后就不了了之了。她说她这辈子没遇见过什么好男人，也没遇见过什么大恶人。不过，男人有点小坏，在她看来也无不可。她这样说时，放下手中那杯咖啡说，我可以参观一下你的工作室？我站起来说，当然可以。她晃荡了一圈，突然定住，对我说，其实我在这里上过几个月的班，我的老板就是惠姐。你不会不认识惠姐吧？我抬起头，目光落在她脸上，静静地看了几秒钟说，当然认识，惠姐是我的好朋友。她听了，发出一声短促的冷笑，随即将目光迎上来，并没有避开的意思。在平静的对视中，我渐渐感到她的目光变得有内容了。过了许久，她指着浴室里那个多功能浴缸说，有一天，大概也是这个点上，我过来取一份文件时，无意间发现惠姐跟一个男人就在这儿，对，在这儿做爱。房门虚掩着，我虽然看不分明，但听得清那个男人说话的声音。说到这里，她又意味深长地问，你想知道那个男人是谁？我摇了摇头。她突然把身体贴了过来说，是我老公，一个英国佬。她这样说着，就把手指伸到我腰间的皮带扣上。我推开她的手，退了一步，并且努力说服自己：现在我正处于工作状态，说几句调情的话倒也没什么，但我不至于会在顷刻间把持不住，打乱我们之间的正常关系。我知道什么叫适可而止。

这一晚，我喝了点酒，努力让自己忘掉惠姐。

我的生活中并不缺少女人。这个周末的夜晚也不例外。我刚吃完饭，正打算看一部美剧时，她敲开了我的门。她穿着一件米色半透明长裙，即便腰系束带，腰线也欠分明。我跟她是在什么时候认识的，现在已经记不清楚了。我只记得她曾经来我这里应聘过，当然，没有任何结果是可想而知的（我似乎还提醒过她，以后出去面试不要穿太暴露的高腰短裤）。这一回，她特意换上了一件得体的长裙再次造访，对我来说并没有感到有什么意外。我原本没有打算把她留下来，但她告诉我，她已经找到了一份工作，她来找我的目的仅仅是想跟我聊天。她这么说，意味着我们之间可以不带负重地交往，如果有一天彼此厌倦，可以平静地宣告结束，甚至无须宣告就可以结束。不过，在那个想象得到的结局尚未来临之前我们还是要做一番酣畅淋漓的表白。她把手放在我的手掌里面，说了一些她以为很重要的话。我隐约觉得，我们之间的情感至少可以持续到天明。

我们喝了点红酒，让久违的激情在皮肤底下慢慢地流动起来。我把手伸到她腰际的束带上，轻轻一拉，它就松开了。我打趣地说，你的腰带有点松。她噘起嘴说，男人不都喜欢腰带松的女人？我撩起她的裙子，让身体贴得更近一点。此刻，那架老式空调突然发出一声低吼，一阵凉风吹过来，感觉有如水的抚摸。在这个孤寂的雨夜，我们迫切需要通过舌头与舌头、手与手、身体与身体来交流。我们什么都没说，各自脱掉了衣服，这样做好像仅仅是为了让内心的真实想法更充分地裸露出来。

我们做爱的时候，惠姐打来了电话。惠姐在电话那头哭得很悲伤。惠姐说，她漂洋过海去了地球的另一边，但这么长时间过去了，她发现自己身上还有我的气味。而我呢？不能说我已经忘掉她了。但我一直把她留在那个黑白世界里，被古老的时间浸润，就像梦境所见的样子。

身下那个女人拿眼睛瞪着我，好像是在质问我在跟谁说话。我冲着她嘘了一声，她就不再吱声了。惠姐一直在电话里絮叨着自己这两年的离奇遭遇。我一边听着，一边做自己手头的事。她想从我身体下面溜出去，但我还是用一股蛮力钳住了她的腰。我说话的时候脑子里浮现的是惠姐的面影；而我俯临那个女人时，惠姐的面影倏然消失，呈现在眼前的是一张被汗水浸泡、泛着潮红的脸，感觉这一切就像是电影里的视觉暂留现象。

做爱之后，我让身体慢慢收缩到柔软的虚无里面。忽然觉着肉身可厌。也没对她多看一眼。她转过身，盖上了被子。惠姐的电话还没有挂断。

喂——喂——你为什么不说话?

唔,我突然间不知道该说些什么了……

那就谈谈这些年你都干了些什么……

写于2014年夏

《纺伯记》第廿四章十八节

一条被太阳暴晒的柏油路变得黏糊糊的，阳光和灰尘裹挟着热气扑到脸上，跟汗水搅和在一起，垂注到脖子间，仿佛一下子就把他的脑袋与躯体浇铸成一块，不能灵活自如地转动。他注视着远处的某个点，直至一小束白光在临街店铺的玻璃门前拖曳着一闪而过。然后就是一阵巨大的重吨货车的轰鸣声从他头顶翻卷过去。在四处飘散的灰尘里，他死死地摁住车铃，脑袋里突然跳出一个狂暴的念头。这一瞬间，他晃荡了一下，从自行车上跳下来，站定，一只手伸进左边裤袋，握住了弹簧刀。一股热气在指缝间迅速凝结。

上午十点，他带上了这把弹簧刀，骑着这辆跛驴似的自行车，来到郊区外塘河边一家电器零部件加工厂。谁都知道，他来这儿就是要"处理一点事情"。传达室的看门人每回见到他都会摇摇头，轻叹一声，偶或从窗口探出头说，这阵子，老板是铁定不会回来的。而他只是冷冷地瞥了一眼，自顾自头也不回地穿过铁栅门。这家老厂多次易主，现在已归到私人名下。厂区面积并不大，造型简陋的灰色楼群，东一处，西一处，在肿胀的云团下，呈散乱的分布形状；墙面石灰剥落，钢铁组件生锈，厂房与厂房之间的那块草坪，常年不见青草生长，整个工厂散发着衰败的气息，但仍然有什么东西从无形中给它支撑，以致它没有迅速垮掉。热风吹拂，石头干硬，玻璃反光，这一切都让他变得晕乎乎的，像喝醉了酒。进了厂区，他照例要到质检科、销售科、成品库、提货处、计量室、工程开发部、财务科、行政办、总经理办公室、卫生间以及每个生产车间转一遍。经过财务科门口时，他发现十余名工人代表正堵在门口，要求补发上个月拖欠的工资。而财务科科长摊开双手做出一副无奈的样子说，老板不在，他们也不敢擅做主张。他要找的那个人就是这儿的老板。这阵子，老板一直在躲避着他，把偌大一个厂子撂给了几个表亲来管。到发工资的时候，工人们都要到财务科闹一场。其中几个车床工平日里在车床的轰隆声中习惯了大声嚷嚷，因此跟财务科科长说话时也是用那副大嗓门，以致科长认为他们是在威胁他。科长是一个长得颇为秀气的年轻人，平时习惯小声说话，一下子把嗓门提高，声音就有些变调了，好像把一条弹簧拉长之后，它就突然变形了。科长的声音被众多的声音包围，他的声音一点点矮下去，矮下去，似乎恨不得从大伙的裤裆间溜走。可声音除了咽回到肚子里，它是无论怎么也无法突破重围的。科长意识到自己的声音不够高，就把手高高扬起，朝里头那几名老会计挥了挥，似乎希望他们能过来替他解围。

他来了，那些闹事的工人便一齐转过头来，用异样的目光注视着他，好像是他拖欠了他们的工资。他昔日的工友说了几句劝慰他离开的话，这表明：他现在到这儿找老板算账是不合时宜的。他转过身，向对面的生产车间走去。在一车间，他看见一名骨架粗壮的车间女主管正在为推杆断裂的事冲几名女工大发雷霆，嗓门稍大一点，脸上便有些残粉往下掉。她出门的时候似乎还不够解气，用鞋跟踢了一下流水线旁散乱摆放的纸板箱，数落她们没有把物件堆放整齐。三个月前，他妹妹尚属这个车间的装配工，编号 009。工友们都很喜欢他妹妹，那是一个风一吹面颊就微微发红的乡下姑娘。某个周末夜晚，老板带她去喝酒唱歌，后来就不见踪影了。再后来，连老板也跟着销声匿迹了。他在本城和邻县到处张贴寻人启事，但一直没有妹妹的消息。他已经想到了最坏的结局，转而去求告山里面的一位高人。高人收了钱，照例念经祈福，说一些“若得生路，托梦令知”之类的话。后来，他果然梦见了妹妹。只是，妹妹跟他相见时没有说一句话，眼睛里满是无声的悲叹。

妹妹待过的车间他是无论如何都无法长久面对的。何况，编号 009 的位置已经被一个陌生女子取代。他隔着窗户投以一瞥，随即转身离开。隔壁的二车间是预制板盖成的简易房，里面传来用硫酸涮洗铜件的声音，有几个员工正在放肆地谈论老板的风流韵事，他们见他过来就转移话题，谈论起昨晚的牌局。的确，他来了，整个车间的气氛就骤然变得凝重起来。他们都隐约知道他口袋里装着什么，一股看不见的杀气正悄然传递给露在外面的双手（确切地说，是九个手指）。他们甚至想象：这一刻，如果有谁上来说几句不够恭敬的话，他就有可能拔刀相向。这情形，有人说，就像是在寂静的雪山中，你只需稍稍打一个喷嚏，就有可能引发一场巨大的雪崩；或是在一个弥漫着液化气的房间里，你只需让鞋底下的一枚铁钉稍稍摩擦一下地面，就有可能引发一场大火。他们不知道他会在什么时候出手。但他们知道他迟早会出手。

他没有跟他们打招呼。天热，舌头干燥，他一点都不想开口说话。从二车间转到三车间，仅隔一个停放自行车的简易棚。这里是他从前工作过的地方，二十多架重吨车床像一群狮子那样，发出连续不断的吼叫声。他看见那些浸透了机油的手指在模具头与铜件之间一伸一缩：随着咔嗒一声，模具头像一只粗暴的铁靴踩在铜皮上，然后抠出一个个有规则的铜件。他们的手指头稍一不慎，就会被截成两段，那时当事人总是不敢相信眼皮底下发生的事实，他们像拾起铜件那样拾起了活蹦乱跳的断指。在这种噪音笼罩的场合即使发出一声惨叫，也不会被人一下子听到，好像这样的痛苦是微不足道的。三年前，他的食指就是在这儿被活生生截断的。那根食指作为他身体的一部分被提前埋进了泥土。车床的轰隆声裹挟着积蓄多年的愤怒滚滚而来，他突然朝着一架恐龙般的机器吼叫了一声。假如换一个环境，他的声音或许会被隔壁反弹回来，形成强有力的回声，可现在它却被机器的轰鸣层层覆盖了。好像他的声音渗透到背景噪音之后就被一点点分解了:把尖锐的部分磨平,把粗糙的部分磨细,最后成为噪音的一部分。旁边的人用惊愕的目光看着他张大的嘴巴。他怔怔地站在那儿,不知道自己刚才为什么会吼叫。

他不闹事,也没有人以蛮横的态度支遣他。来这儿走完一圈,也像是完成了一桩什么事似的,然后,他就回到大门口,摊开一张报纸,盘腿坐了下来。烈日下,一块写着厂名的白色石头宛如冷漠的冰块。他的右手紧紧握住口袋里的那把弹簧刀。热气拍打在脸上,似乎也会噼啪作响。炎热在皮肉上留下的麻感大概类似于仇恨在牙齿间产生的痒感。他觉着这样也很过瘾。那些从大门口经过的人,看了看他那张布满黑气的脸,摇摇头,走开了。有人建议他去树荫那边凉快去,因为他们担心正午的阳光会把他引爆。就让他这样坐着吧,看门人手搭凉棚望了一眼太阳说,这样的天气除了能教人发疯,还能干什么?到了饭点,看门人提着两个铝制饭盒去食堂那边打饭去了。工厂里的机器也都停止了运转,四周静息下来,马路对面树丛间的蝉鸣清晰可闻。他注视着地上的影子,有一种痛苦突然被凝固在那里的感觉。

因为热气弥漫,他觉着那一刻的寂静也是另一种喧闹,耳朵里先是一阵嗡嗡声,然后就从传达室里隐约传来一个苍老而嘶哑的声音。他走了进去。眼前一阵暗黑之后,也就渐渐适应了屋内的幽暗光线。传达室里面还有一个小房间，那里安放着两张床，用一块淡蓝色布幔隔开。里面那张床上躺着一个老太太，青白色的脸和银灰色的头发被一层浅淡的光晕笼罩着；双颊微微有些凹陷，目光散漫而浑浊。她听到脚步声，只是十分吃力地吐出两个字：药，水。他一声不吭，把小木桌上的一杯水移到她伸手可及的床头柜上。老太太一边转动着鱼肚白的眼睛，一边伸手在空中胡乱摸索了一阵子。他又不慌不忙地把杯子递了过去，老太太颤抖着接住，喝了一大口水，喉咙间含混地咕噜了一声，好像有一股痰气突然化掉了。她一手端着杯子，一手抓住他的手说，我还以为是我儿子回来了。唔，我刚才把两颗药掉地上了，你能否帮我找一下？他弯下腰来，扫了一眼，把地上两颗白色药片捡起来。她又颤抖着接过去，立马塞进嘴里，连喝了几口水。他好像听到自己的肚子里也发出咕咚一声。眼前陡地暗了一下。他按住左边口袋，背光站着，依旧不出声。此刻，对于一个口袋里装满仇恨的人来说，他随时都有可能抽出刀来——出于一种对直线的偏好，让刀子对准某个部位，轻而易举地前进十公分。

呃——呃——老太太打了两个逆嗝之后，像是慢慢缓过劲来，呼吸也变得平缓了。谢谢，她说，刚才如果没有你及时进来帮忙，我可能就要背过气了。他没有应声，只是朝窗外瞥上一眼。那一瞬间，他有一种奇怪的感觉：外面的阳光越是明亮，内心的阴影就越发深黑；外面越热，内心就越冷。他的手仍然放在口袋里，紧紧地握住那把弹簧刀。骨缝里吹着冷飕飕的风。他想赶紧离开。你能不能帮我拿一下桌子上的一本书？老太太抬起一只干枯的手臂，指着一张铺着灰色台布的桌子。从窗口照进来的凌乱光线照亮了那里的一本书（正好摊开，中间是一根红线）和一个搪瓷碗（碗里一个干冷的馒头上停歇着一只呆滞的苍蝇，前脚收缩起来，正挠首做思索状）。你看得见？他问。我看得见，她说，我只要把这本书捧在手里，就什么都能看得见。她这样说着，就翻开书，抚摸着书上的一个个字，嘴里念念有词。能借我看一眼？他好奇地问。当然可以，呃，你坐下来，老太太把手上那本厚重的书递过去说，如果可以的话，你就给我念一段书上的经文好吗？他低下头，双手捧着书，就着一缕微光，逐字逐句地念了起来。这是一段经文。他对这些文字似懂非懂。但他读着读着，就感觉有一双无形的大手抚摸着自己的前额。慢着，老太太说，你刚才念漏了一句经文。他立马停住，把上下文重新打量了一眼，果真发现自己把一节经文忽略掉了。老太太虽然什么也看不见，但她眼中仿佛有一道光，可以让书上的每一个字都映射到自己心底里去。喏，这里，是不是这一句？他照着老太太的意思念了一段，老太太露出欣慰的笑容说，是的，是的。唔，听声音，你年纪好像也不大。年轻人，你信这个？他摇了摇头。她沉默了片刻说，你没回答，我就知道你是不信这个的。可我是个有信靠的人。我有六个儿女，先后走了五个，现在只剩下这么一个。这一辈子，我要是没守住这部书，恐怕早就撑不住了。说到这里，她抬起头来面对着天花板，好像有什么东西正从高处俯视着她。缓了缓气，她又接着说，不管怎么说，你刚才救了我一命，我一个穷老太婆，没有什么可以报答的，就送你一个从老家烟台带来的苹果吧。她伸手从床头柜里掏出一个又红又大的苹果，放在他手里。

他掏出了口袋里的弹簧刀。刀刃是亮白的，有着清晨的光晕。他把苹果放在刀下，轻轻地转动起来。如果没有这个苹果，他还真不知道这把刀会派其他什么用场。很奇怪地，苹果与刀放在一起，刀的杀气就一点点消失了，仿佛已经融化到苹果中去了。他的目光也随之变得柔和起来。他削完了半边苹果，又切成对半。削好的一半放在床头柜上，另一半就塞进自己的裤袋。然后，他收起了弹簧刀，走出屋子。

左边的裤袋里是一把弹簧刀，右边的裤袋里是半个苹果（暖烘烘的，像块石头）。那时他就这么想，这世界好像什么事都已被上帝安置好了：你有一把刀，上帝未必就会把仇人送到你跟前；相反，有时候为了求得某种平衡，上帝不无讽刺地塞给你一个苹果，为一把刀子找到了合理的用途。这就有意思了。他对自己说，这就有意思了。阳光下晃动的树影让他变得有些迷茫。一时间，他不知道自己要去哪里。他感觉自己只是被两个轮子带动，顺应着某种惯性向前走——这样，他看上去既像是寻找什么，又像是逃避什么。

在夏日的热浪中，一个骑自行车的人和他的影子像水母那样漂浮着。三个支撑点形成一个平面维持着整个身体的平衡；双脚有规律地踩动脚镫，膝关节一曲一伸；他的动作幅度很小，好像他身上有一根轴，无论双腿怎么转动，都不会离开那根轴心。在骑行中，自行车的链条跟齿轮摩擦时发出轧轧的声音，十分刺耳。他用右脚踢了一下不锈钢制的链条板，轧轧声就中断了，但没过多久，声音又响了起来。日光下的平淡街景在他身边缓缓流动，这说明车速十分均匀。从前他骑车从城东到城西只需要十几分钟，可现在这个城市的直径已增加了两倍，也就是说，他至少需要花半个钟头才能到达另一端，可中间有些路段时常拥塞着车辆和行人，显然会使骑车的时间受到延宕。根据专家分析：新居民增加的速度比城市直径增加的速度还要快。他骑车穿越这座城市时就已经意识到这一点了。自行车发出的轧轧声已被各种喧嚣的声音所湮没，显得十分微弱。因此，他不必再用脚踢链条板了。到了城西（这里是旧城区），他在一家“俄罗斯之冬”冷饮店买了一瓶冰镇矿泉水，一边喝水，一边在临街的垂柳下倚车观望：正午的阳光穿过楼房与楼房之间的狭长凹面，不时卷起一些溷浊的悬浮颗粒；一条老街被几辆卡车拖曳着，笔直地延伸到远处隐隐浮动的灰土；街上的行人都变成了趋阴避光的动物，他们走在阴影偏多的一侧，神思模糊，仿佛就要走进梦境里去；一个扛梯子的人从眼前走过，走着走着，便竖起了梯子，抬头望着一朵白云出神……渐渐地，他就有了一种梦游的感觉。

他重新骑上了那辆略嫌迟钝的自行车，从城西绕到城南，从城南绕到城北，然后依次绕回到东环路和西环路。在这个城市的平面上，他将作为一个定点，以一定点为中心，以一定长为距离做一次圆周运动。这条线路不能显示任何一种意义，他这样做，好像只是为了让无聊的生活能够持续下去。

扑哧——

自行车的后轮突然瘪了下去。他又跳下来，吐了一口唾沫抹在气嘴头上，查看是不是内胎漏气。还好，内胎没轧破，他打算找一家自行车修理店给轮胎打打气。

一件事就在他推车的途中发生了。

那时，他远远看见一辆失控的摩托车冲自己这边撞过来，他身体中麻木的部分突然变得机警起来，随即撇开自行车，闪避到一旁。摩托车快要接近自行车时，车主及时地控制了余势，但他的身体却向右前方扑了出去。车主似乎并无大碍，从地上爬起来，拍拍身上的灰土，弯腰扶起了那辆摩托车，跨上车后，他连踩了几下油门，都没有发动马达。他觉得，那人至少应该向他道一声歉，而不是像现在这样一声不响就想溜走。他走了过去，把手搭在车主的肩膀上，他的手能感觉到那块厚实的肌肉。慢着，他说。车主没有理会，仍然在一个劲地踩动油门（在这个间歇里，车主瞄了一眼手表，显得十分焦急。事实上，他并不是想一走了之，而是正急着要去办件什么事，他似乎不希望事情因此而被耽搁）。车主连踩了十几下，马达终于启动了，正要转动握手柄时，他及时地抓住了车主的后领，猛地发出一声怒吼，然后，朝围观人群扫视一圈。他要看看他们对自己刚才怒吼一声所做出的反应。

他们把目光转向了那个车主，似乎期待他能做出什么反应。他们就这样注视着他，分明就是怂恿他下车干一场。他们的希望并没有落空，那车主终于下来了，身材比他足足高出了半截。因此，对方完全有理由俯视着他。车主说，你把刚才的话再说一遍试试看。围观的人又把目光转向他，好像也在怂恿他再说一遍。于是他又重复了一遍刚才那句粗话，后半部分明显缺乏力量，尾音甚至有些颤抖。他应该让声音更大一些，至少也得保持原来的音量。意识到这一点时，声音早已脱离自己的喉咙，在空气中扩散开来，无法再收回来了。他没有把整句话首尾连成一气，这让那个车主很快就识破了他的底气。车主用眼睛瞪着他，大约持续了三秒钟。

他做了一下深呼吸，试图让内在的力量再度提升起来，可另一句话只在喉咙间形成一股微弱的气流，这股气流被下颌顶住，转变为一声含糊不清的咕哝，他甚至不明白自己刚才要说些什么。显然，炎热的天气削弱了他的语言表达能力。那个车主用低沉而底气十足的声音问，你刚才在骂我什么？他立马辩解，我刚才只是清了清嗓门，没有骂你什么。他说话时，语调过于平静，缺少火气，让人以为他有点胆怯；再说，他的目光总是掠向一边，好像不敢直视对方。那个车主在气势上显然已经压住了他，此刻提高了嗓门说，你去问大伙，你刚才有没有骂过我。他把目光转向围观的人群，他们也在看着他，好像在说，骂都骂了，为什么不敢承认？他跟大伙解释了半天，我可以赌咒发誓，我刚才并没有骂过你。这句话出口之后，围观的人群立马就大失所望，有几个人摇了摇头，也有几个人转身离开。人们终于明白，这家伙原来只是个懦夫。

大概是刚好有一阵凉风吹了过来，他开始对车主说一些息事宁人的话。可结果更糟糕，车主根本不吃这一套。群众的力量明显已转移到车主那一边去了，而他的表现未能让大伙满意，他为此感到小小的歉意。可是，我刚才真的没有骂过你，他再一次向车主解释。但车主跟他争辩时嗓门越来越大，他好像不在乎自己的理由是否充分，而只在乎自己的嗓门是否足够高，随着说话频率的加快，脖子上的青筋不停地跳动。他抓住一位持论平和的老人，问他自己刚才是否骂过那位车主。老人挥了挥手，表明他不想被人扯进这件事，其余的人都用讥诮的目光望着他，这使他感到自己已经处于一种劣势，拿不出硬一点的姿态。他垂下头对车主说，好吧，我承认，我刚才骂过你。这句话刚说完，他就听到车主的拳头在他的脸颊上发出沉重的声音。那个滚圆的拳头触及他皮肉以下的骨头时，似乎是有弹性的，立即弹了回去。车主右边的肩膀耸了一下，显然要出第二拳，第二拳带有可想而知的威力。那一瞬间，他感到整个天空环绕着自己的脑袋旋转了一圈，他想稳住双脚，但身体已向后倒下，柏油路蒸发的热气让他头晕目眩。右边口袋里的半个苹果被挤压成饼状，流淌出浊黄的汁液。而在另一个口袋里，弹簧刀似乎变得有些不安分起来，他用手按住它，不动。

过了一会儿，他的右手支撑着柏油路面，挣扎着爬起来，但手掌上所有的力量似乎都被乌黑的柏油吸走了，他的手指甚至无法握成一个拳头。他好不容易才摇摇晃晃地站起来，想挥动几下拳头，但估计了一下力量对比之后，就自动放弃了。他感到嘴角渗出了一股略带咸腥的东西，就用手指揩了揩。围观的人群突然莫名其妙地笑起来，那个车主也跟着大伙一起讪笑。他没有勇气把那柄弹簧刀扔向街头，用沉默堵住他们的嘴巴。那时他脑子里只有一个念头：宁可让那车主补上一拳，也不愿意成为一个让人耻笑的对象。他走到那个车主跟前说，你打吧，你打吧，有种的你再打我一拳。可是对方交叉着双臂，似乎不屑于再打他一拳。车主跨上了摩托车，踩了一下油门，排气管里喷出一股蓝烟，呛得他眼睛发酸，他又抹了抹眼睛。这时，大伙笑得更厉害了。他觉着自己简直就是在扮演一个怯懦而愚蠢的小丑。一路上人们心照不宣地对着他笑，好像天底下的人都知道他是个懦夫。他害怕有人盯着自己看，可是别人偏偏要盯着看，而且还在偷偷发笑，他想走过去请求他们不要用那样的目光盯着他，可他没有。尤其让人气愤的是，一个傻乎乎的、嘴里流淌着口涎的小男孩居然也对着他笑。经过的路人似乎已经明白了这个小男孩在笑什么，因为他们也跟着冲他发笑。

在这个炎热天气里仿佛什么事都有可能发生。然而，终究是什么事也没发生。他替自己松了口气。尽管如此，他推着自行车往回走时，整个人依旧沉浸在一种巨大的不安中。他不晓得自己身上究竟出了什么可笑的毛病。他推着车来到单元房楼下的天井，发现邻居也在窃笑，出于礼貌，他用一只手遮掩着嘴。他想问邻居为什么发笑，邻居已匆匆忙忙地走开了。一条老土狗半蹲在树荫下，下午的天气十分闷热，这条狗吐出长长的舌头，呼哧呼哧地喘气（狗没有汗腺，因此只能靠大口呼吸来排解体内的热气），它听到脚步声，抬起眼皮，看了他一眼，没有摆出嘲笑的嘴脸。他感到欣慰。

走进房间，他拖着疲惫的双腿经过全身镜前时，无意中发现镜中那人也在冲着自己发笑。他现在已经看到了自己脸上乌七八糟的沥青和变干的血迹，浮肿覆盖了右边半个脸颊。他估计那个车主的拳头要比常人大一倍，因为从创面来看，他的脸像是挨了两拳。他用手指戳了戳肿块，居然像石头一样僵硬，它的存在使自己脸上的耻辱更加突出。他开始用轻蔑的目光注视自己的脸。他听到有人在哭泣，时断时续，好像有人一下子拧住水龙头开关，一下子又把它打开，这哭泣的声音刚开始还很洪亮、尖锐，接着就变得沙哑、低沉了。他摸了摸双颊，全部都是柔软而模糊的一片。他发现这哭声来自自己的喉咙。

巷子里,卖凉粉的吆喝声又响起来了。他打开了一扇窗子,从左边口袋里掏出那把弹簧刀,扔进了窗外的河流。午后的河流是安静的,像一只思睡的猫。

写于2015年仲春

我不知道她的名字

点亮床头灯，点亮房间里所有可以点亮的灯，他仍然不知道此刻是夜晚还是白天。他注视着自己刚刚醒来犹带几分慵懒的身体，恶狠狠地骂了一句：一块臭肉。而这块臭肉就躲在身体的某个角落里。在灯光的映照下，他突然对自己的身体和身体有关的一切感到无比厌憎。眼眵。鼻屎。汗垢。牙垢。内裤上的精斑。以及臭肉。

这辈子最让他羞愧的一件事就是，身无分文地回到故乡。回乡的车票还是堂哥帮他买的。这一回，他断然没有颜面去见村中父老，下车之后就在县城里歇一下脚，等着堂哥的召唤。突然置身于车来车往带来的阵阵热浪里，他说不清眼前这地方应该称之为故乡，还是异乡。说故乡，是因为父母已故，田地被征了，老宅也被他卖掉了，回到村中终归是没有一张安稳的老木床等着他了；说异乡，是因为他一直在异地读大学，反倒觉着一切陌生的渐渐变得熟悉，一切熟悉的突然变得陌生。县城变化不大，从前在太阳底下闪闪发光的东西仍在发光，从前在马路上飘扬的灰尘还在飘扬。到了晚上，他跟堂哥见了一面。堂哥在村里有个绰号，叫扁头三。这人头也不扁，可人们就是喜欢叫他扁头三。叫着叫着，他的头好像也就真的扁了。堂哥请他吃饭的地方是一家高档会所。他看着眼前这一番排场，又看着穿戴光鲜、留着莫西干头的堂哥，便可以断定堂哥这些年混得有出息了。

你这些年准是发大财了，看你的气质跟以前大不一样了。他说这话的时候，注意到堂哥的脖子间还系着一条粉红色的领带。大热天还系领带，在本城是很少见的。堂哥递给他一根烟说，我只是做了点小本生意，谈不上发大财。他拿起桌上的打火机，先给堂哥点燃了烟，然后又给自己那根捏在拇指和食指间的烟点上，深深地吸了一口，默然看着另一只手的灰指甲。堂哥说，你夹烟的姿势很像你爹，三五口就能抽到头，样子闷闷的。他瞥了一眼堂哥，立马更换了抽烟的手势。堂哥说，这年头，你一定要学会优雅。

在吞云吐雾间，堂哥接了一个电话。他跟电话里面的人（可以肯定是一个女人）说完话后，另一只手从口袋里掏出一瓶物什，往胳肢窝里嘶嘶喷了几下，身上随即弥散开一股浓重而又怪异的香水味。冷菜上了，热菜迟迟未上。他问，还要等谁？堂哥跷起兰花指，抖落烟灰说，我们还要等两个合伙人。合伙人？他问，看样子你今晚又要接一笔单子了。在他眼里，堂哥是越来越有老板派头了，腔调也足，一点儿也不像昔日的扁头三。

堂哥一边抚摸着红木手串，一边漫不经心地问，这些年在外面念书都搞过几个女人了？他依旧低头看着另一只手的灰指甲说，没有，一个都没有。堂哥突然笑了，你不老实。不过，等一会儿，你喝了点酒，就会老实交代的。他是一个有香气的男人，真是一点儿也不像昔日的扁头三了。

空调冷气调得很低，但堂哥依旧嫌热，他把那条领带往下拽了拽说，在我们那个村子里，论长相嘛，我没你三哥英俊，论手艺嘛，我学不会大哥那种做细木的绝活，论学历嘛，我没你高。你们是正派人，说话有分寸，做事讲规矩，而我呢？人家没有的坏习惯我都能沾点边，我刁我懒我贪吃我好色我下流，可是，你晓得不，那些娘儿们就是看中了我这一点。告诉你吧，那些骚娘儿们最讨厌的就是那种装腔作势的男人。堂哥说得一点儿也不假，早些年，他在女人堆里总能玩得转。堂哥平日里喜欢听篱察壁，上一刻在东边打听到的新鲜事，下一刻就在西边抖出来。所以背地里有鬼的女人大都有些怕他，她们知道怎样堵住他的嘴不让他说出去。这么多年来，堂哥的身边从来不会缺少女人，每到晚上，他就会带着自备的草纸去拜访某位女士。她们说扁头三这人性子好，从来不会挑肥拣瘦，就像村上那个高度近视的风流寡妇，从来不会去评说哪个男人俊哪个男人丑。堂哥是在女人堆里滚摸爬打过来的，却从来不谈“爱情”二字；而他懂得爱情的真谛，却从未真正碰过一个女人。在这一点，他认为自己还得向堂哥请教。

拉胡吃？堂哥拿起菜单指着“海鲜大咖”一栏问，这物什可以壮阳的。

堂哥所说的“拉胡”，就是城里人所说的跳鱼，但在本地，它又分多种。菜单上这种拉胡，他知道，确切地说叫“花篮”，是最难钓到手的那一类，因为可以补肾壮阳，价格便抬得有些高。他瞥了一眼说，吃了也白吃，我没女人。

我说你这大学四年是怎么过来的？堂哥又把那条领带往下拽了拽，带着责备的口吻问。

包厢里只有空调发出的嘶嘶响，他默默地吸着烟，暂时忘却了屋外的热浪。

大学期间，他是谈过恋爱的，因为半途而废，所以充其量只能算半次。之后就是靠自渎过来的——在黑夜里或睡梦中，他的手常常尽可能快地处理掉一件脑袋无法完成的事情。然而，欲望这种东西毕竟不是纽扣，有时候仅仅靠自己的双手是不能解决的。他感觉自己的身体里蹲伏着一头不讲道理的野兽。不设防的时候，它就会跑出来。他痛恨这只野兽，却拿它一点法子都没有。不过，他这番回老家，不是为了找女人解决性欲问题，而是为了找份体面的工作(不然的话，进入社会早点工作的念头怎么会比进入女人体内的欲望还要强烈?)。

他隐约记得，昨天跟他一起喝酒的，除了堂哥，还有两个中年妇女，一胖一瘦。她们的面容在他记忆里早已模糊，就像搅浑的水面呈现的面影。他还记得胖的那一个化了浓妆，白里透红红里透黑的一张脸(一进来她就抱怨天气热,皮肤老出油)。她看起来四十五六的光景,说话的时候嘴角就露出法令纹,笑起来的时候眼角就露出鱼尾纹。从一胖一瘦两个妇人的谈话间,他大致可以断定她们都是本城的富婆。她们对穿着是有讲究的,对天气是不满意的,对食物是挑剔的。她们谈得最多的话题居然是吃什么、怎么吃。胖女人说,这家会所的粤菜做得很地道,就是油放多了点。扁头三接过话说,女人到了这个年纪,下面干涩,多吃点油有好处。果然是口舌贱毒,胖女人用筷子的另一头轻轻地敲了一下扁头三的脑袋说,怎么可以在小孩子面前乱说这种话?转而就把手搭在他肩膀上轻声细气地问,我这年纪,都可以做你妈了,是不是?他没响,只是微微一笑。那五根肉乎乎的手指,让他突然想起小白虫来。

她们吃得不多,但吃相很优雅。她们像电影里面的贵夫人那样,用三根手指捏着高脚酒杯的细腿,用两根手指夹着女士烟。而堂哥挥杯的动作还是那样潇洒,就像一只水鸟掠过水面。酒喝多了,她们就开始跟堂哥说一些粗俗的话了。他先是喝啤酒,后来就跟红酒混着喝。脑袋里满是液体晃荡的声音,胃里和膀胱里也满是液体晃荡的声音。坐在对面的堂哥仿佛隔着一层什么。有那么一阵子,他只听到堂哥说话的声音,却看不清他的脸。突然,堂哥从烟雾里把脑袋凑了过来,对他说了几句什么。他被一股烟味呛得喉咙发痒,下意识地挥了挥手;烟雾散开,他看见堂哥嘴里正叼着两根烟,仿佛两根直戳戳的象牙。那两个中年妇女跟堂哥搂抱在一起，她们身上也喷着一阵又一阵烟，仿佛要着火了。

烟熏酒泡中，记忆出现了断片。他不记得自己是怎样从会所出来的。外面的风是热的。车厢内塞满了滚烫的欲望的气息。霓虹灯下流淌着夜晚的声色和一些凌乱的线条。梦游般的，他跟随那个胖女人来到一家灯光明亮的酒店。跌跌撞撞进门，一张床迫不及待地朝他扑来。风吹来树叶哗啦哗啦作响的声音。窗外那一排排树像是伸手可及的。他把脸贴在胖女人的双乳间，感觉那棵树就在女人体内哗啦作响。胖女人，是的，就是那个胖女人满怀爱怜地抚摸着他的身体。十根小白虫在他身上蠕动着。他越是恐惧，身体越是膨胀得厉害。

这是他第一次肉贴肉地体味到性事的疯狂与美妙。之前，他在大二期间有过一次不能称之为"第一次"的"第一次"。他"碰"过的第一个女人就是大学里一个比他低一年级的外语系女生，他们是在一个微信群里认识的。因为聊得来，他们就常常一起逛公园、压马路、吃路边摊、看电影。那是五月的某一天，他们肩膀挨着肩膀坐在公园长椅上互发微信图片。他在微信中说，她身上有一股栀子花的清香。她说，栀子花就是在五月绽放的。他又紧跟着发了一条消息：愿意跟我一起滚？滚，就是"滚床单"的省略语，同学微信圈里的高频词，她自然是明白的。不过，她看起来显得比他老练许多，起身时直截了当地问他平常喜欢哪个牌子的安全套。他说他还是童男子，没做过，随便。她抿嘴一笑，就朝公园大门走去。那天下午，他用自己的身份证第一次在学校附近的小宾馆开了一间房。她躺在床上，他像在梦里那样用手抚摸着她身上的每一寸肌肤。她不算漂亮，但皮肤白得像是可以看到纯净的灵魂。在床上，她像个老师，而他像个笨手笨脚的学生。他把手交给她，一寸寸地深入她的身体。他的一只手不小心打翻一杯水的那一瞬间，另一只手猝然触摸到了一指深的欲望。他迎着滚滚而来的欲望，抱着她在床上翻滚着，仿佛随时都有可能被欲望的波浪淹没。一个浪头接一个浪头涌过来，但船上的桅杆始终没有竖起来。他叹息了一声。她也叹息了一声。一件原本美妙的事就在两声叹息的间隔里草草结束了。把男人身体里面的某一部分放进女人体内，这不是什么高难度动作，他却怎么也办不到。他感觉自己出尽了洋相。颓然坐着。女友一边抚摸着他瘦削的脊背，一边说着安慰的话。从宾馆出来后，他去医院做过检查，医生认为他这是心理紧张所致。为什么会是心理问题？他后来细想，自己喜欢的也许不是女友的身体，而是她的一头秀发，也不是一头秀发，而是一头秀发的式样。这种发式，曾经让他想到母亲。他把自己的头埋在她发间的瞬间，确乎有一阵无名的哀感突然涌了上来。过了一个礼拜，他鼓足勇气再次去找那个女友时，却发现她身边已站着一个高大英俊的男生，她装作没看见他，跟身边的男友搂抱在一起，争舔着一个棉花糖。那一刻，他突然想起父亲说过的一句话：这世上的事总是这样，当你想打开那个箱子，手头却没有钥匙；当你找到了那枚钥匙，却丢失了那个需要开启的箱子。好吧，一切就这样结束了，他对自己说，什么都没干成，也可以称之为“爱情”了。他跟那些失恋者一样把这段情感经历埋在心底，供自己默默咀嚼着。之后两年，他没有找过她，也没有找过别的女人。

大概是酒劲上来的缘故，他眼前黑了一下，又黑了一下。他在那个妇人肥胖多汁的身体里沉浸着，不知不觉就呼呼睡去了。居然，又梦见了母亲。还是那座低矮的楼房，还是那张顺着瓦椽摆放的八仙桌。母亲说，如果有一天你在外面混不下去了，什么都没有了，你就回到我身边，我会给你留一双筷子。事实上，他读初中二年级时，母亲就走了。

母亲走了，他就没有故乡了。这一天，在地球的某个角落，他醒来，在一张陌生的床上。眼前刚打开的灯光让他有些不太适应，他像畏光动物那样，合上眼皮，心思倏地往里收束了一下。母亲的面容和往事的碎影在脑子里再次浮现出来。因为内心久久无法平静，他就没再继续往下想。脑子清醒的时刻，他总是害怕自己被突如其来的忧伤灌醉。

那个胖女人究竟去了哪里？四顾无人。那一切也许并没有真正发生，只是一个略显荒唐的春梦罢了。斜对面墙上的挂钟不知道指向几点，看上去像一个白痴的眼睛。他仍然分不清这是黑夜还是白天。他戴上眼镜，总算是看清了那个挂钟（指针正指向下午两点零六）。时间好像只是从钟表里偷偷溜掉，在外面闲逛了一会儿，然后沿着原路返回。

床头响起了短促的嘀嘀声。他拿起手机，看到堂哥发来的一条短信：实习第一天，老板娘对你这块小鲜肉很满意，特付一千块破处费，放你口袋里，笑纳吧。他一骨碌坐起来，翻了翻裤兜，摸出一个信封。里面果然有一千块钱。他突然有一种不小心吞下一只蟑螂的感觉。没有人不喜欢钱，但这笔钱在这个地方出现，还是让他难以接受。昨晚那一件可称得上舒服的事在那一刻突然变得让他很不舒服。

那个胖女人不仅留下了一股浓重而又怪异的香水味，还在床头柜上留下了一个润滑油瓶子，上面写着几行花体英文字母。他近乎鄙夷地朝裤裆里看了一眼。这块臭肉，曾经在润滑油里面浸泡过一阵子。他觉得有些恶心，就下床来到洗手间，涂上沐浴液，把它搓了又搓。出来时，指针已指向下午三点。

透过茶色的贴膜玻璃，他看到外面的景色蒙上了一层灰黄、凝滞的色彩。远处的树木、建筑物以及水泥路都泛着沉闷的光晕。一缕阳光凝固在眼球上，他的目光是呆滞的。整个下午他的目光一直都是这么呆滞的。天气闷热的时候，他的眼球就会变得异常迟钝、麻木，它们在眼眶里，被纤细的血丝捆绑着，不能动弹，像两只落入蛛网的小青虫。父亲说，人活着就是为了一口气，这口气不能松。有时候，你长长地叹一口气，再好的事也可能变糟糕；有时候，你深深地吸一口气，再坏的事也可能会慢慢变好。他转过身，注视着那个信封。接受吧，他深深地吸了一口气对自己说，就像接受一记耳光那样接受这笔肮脏的钱。

然后他就出去了。这笔不属于他的钱还在口袋里，这个不属于他的城市就在太阳底下。而不属于他的太阳照着那些不属于他的女人。这里或那里，到处都是干燥而单调的声音。他在街上晃荡着，竭力忘掉昨晚发生的事，以及这件事带来的不快。阳光晒得皮肉发烫，那里，有虫子般的汗珠正缓缓爬出来。他感觉自己就是一具行尸走肉。

他在一家牛排馆吃了一份牛排，花掉了九十多块。出门拐一个弯，就是一条分布着好几家洗头房的巷子。这时候，他突然想找个地方乘凉。透过玻璃门，可以看见屋子里散坐着一些带着倦意的女人。他知道，这些女人的工作无非是偶尔张开一下双腿（就像鸟张开翅膀）。那些在夏天打着领带的人是不屑于进这种小店的。因为热，太阳照在身上是毛茸茸的。空气里发出一种仿佛有什么东西正在融化的沙沙响，他抽了抽鼻子，打了一个响亮的喷嚏。有几个涂着猩红色口红的女人向他招着手，嘴里还嚼着泡泡糖。这年头，你一不小心就会堕落的。这是父亲早些年对他说的。父亲已经死去好多年了。

他不想再走下去，就在一家同样没有人洗头的洗头房前停下。屋里的沙发上横躺着一个女人，电风扇撩动着她的裙子和头发。要做按摩？她欠了欠身问。他低头看着她敞开的领口，点了点头。隔着一块布他也能闻到另一个男人在她身上留下的气味。她略显慵懒地站起来，把头发拢了拢说，随我来吧。他跟在她身后,穿过后面一扇窄门,走进一座小院。一个细瘦的木匠正在用锯子咔哧咔哧地锯一根木料。女人不知道跟他说了句什么。他们操持的都是外地口音。

父亲也是个木匠。他这辈子只会做那种直来直去的家什,略微转个弯,他就不会了。他的手艺活是早年在部队里学的,还没学全,就被拉去打仗了,一条腿还结结实实地挨过一颗子弹,以后每逢阴雨天就会隐隐作痛。这个有点病痛从不哼一声的硬汉,脾气十分暴烈,教育孩子的方式除了喝骂就是动粗,抄起什么物什就打,从不手软。他读小学三年级的时候,一门功课挂红灯,父亲二话不说,就将他噼里啪啦暴打一通。他退缩到窗口威胁说,你再打,我就跳楼了。父亲冷笑一声说,你有种就跳给我看。他自然是不敢跳。父亲走到他跟前,伸出双手说,如果你想跳的话,我可以把你抱上窗台。他一下子就蔫在那里了。在家里,他跟父亲几乎不说话。他之所以能考上大学,就是想离父亲远一点。越远越好。

父亲教会他的,不是怎样爱这个世界,而是恨,赤裸裸地恨,没理由地恨。他不知道父亲为什么会如此仇恨世界——他连吐一口痰都是夹带仇恨的。

他看了看那个木匠,目光里略带一丝轻蔑。

锯木头的节奏突然慢了下来。他感觉那个男人的目光像木屑一样黏在自己脖子后面。他跟女人穿过陡直木梯上了二楼。房间里散发着清漆的气味,里面只有一床一凳,别无陈设。女人径直走到窗口，关上窗户，合拢百叶窗，继而打开灯和空调。清漆的味道一下子就在昏暗的灯光里弥漫开来。

她十分利索地脱掉衣服。她很白，像四月的栀子花。他们之间没有多余的话。他进入的那一刻，突然感觉自己被什么东西狠狠地插了一下——他仿佛听到了咔嚓一声——这种被插的感觉随即带来的是体内的异物感。

你叫什么名字？

你为什么要问我的名字？

买一种没吃过的水果时总要先问一下这种水果叫什么吧。

知不知道我的名字又有什么意义呢？

我就是想知道而已。

你就叫我坏女人吧。

坏女人，好吧，我就叫你坏女人。

他把女人的大腿抬起来，放在自己的肩膀上。他觉得这样做可以看到坏女人的面孔。

小时候，他有一次去邻居家找伙伴玩时，推门进去，竟看到小伙伴的妈妈的双腿挂在一个陌生男人的肩膀上，像钳子那样紧紧夹住对方的脖子。男人喘着粗气，一副呼吸困难的样子。过了一会儿，小伙伴的妈妈坐起来，骑在男人身上，一边用双手抽打着他的胸脯，一边用硕大的臀部一下一下地撞击着男人的腹部。他第一次发现邻居的妈妈竟是如此凶狠。后来，听大人们说，她是个坏女人。他居然就相信了。

坏女人，坏女人。他从此知道坏女人是什么样子了。他像一块沉甸甸的石头那样把女人压在身体下面的时候，又听到外面传来拉锯的声音。咔哧咔哧咔哧咔哧。他可以想象那个细瘦的木匠锯木头的样子：勾着头，弓着腰，一手持锯，一手摁住切口，左脚踩着板凳上的木板，随着右手拉动木锯，右脚跟弹簧似的，一耸一耸。如果从后面看，他会像一名马背上的骑手，正在风中跌宕起伏。

木匠的女人只有两种：圣女或婊子。

婊子就是坏女人。他嘴里喊着坏女人坏女人坏女人时，身体下面的女人忽然用胯部做出了有力的回应。咔哧咔哧咔哧咔哧。他感觉自己变成了那把锯子，咬进木头里，一上一下地拉动（这年头，你一不小心就会堕落的）。粗重的鼻息喷到他脸上，带着一股烟味。随后，一股热流从脚趾头泛起，直贯脑门。他张大了嘴。女人十分平静地躺着，身上泛着薄薄的汗光。他轻轻地退了出来，昨晚带来的全部羞辱仿佛就在那一刻抵消了。

女人从纸巾盒里抽了几张草纸，递给他。他从床上下来，那块臭肉，无力地垂挂在两腿之间。他觉得自己有点脏。

窗外忽然响起了一个妇人诅咒的声音。在他听来，这好像是冲着自己来的。他欣然领受了那个妇人的无名的诅咒。嘎的一声，一辆车停下，外面好像出现了一阵小小的骚动。他出于好奇，拉开百叶窗，朝外瞥上一眼。

没什么好看的，那是个疯女人。

那个疯女人究竟在诅咒什么？

她在诅咒汽车。

她为什么诅咒汽车？

因为她仇恨汽车。

她为什么会无缘无故地仇恨汽车？

因为她的儿子就是在这里被车辗死的。每天这个时辰，她就会坚持站在烈日或暴雨中，对每一辆经过的汽车下咒。

嗯，她仇恨汽车，就是仇恨每一个开车的人。

那一刻，他胸中那一团仇恨的火焰也仿佛被点燃了。有那么一阵子，他莫名其妙地觉着，有一个让人恨得牙痒痒的仇人也是一件挺过瘾的事。想到这里，一个仇人的面影就在他脑海中浮现了。在他的想象中，这个仇人的面貌没有特征，易于混淆，他有着阴鸷的目光，他会在雨夜里磨刀，等待着一场痛快淋漓的搏杀。他不知道他是谁，只能称他为“这个人”。他必须通过对“这个人”的歪曲想象，才能达到那种无以复加的仇恨；他还必须把“这个人”想象得十分残忍、强大，才能显示出他作为强者的超乎寻常的力量——他的肌肉应该比现实中更发达，他的双手也应该更强有力。

他回过头来，看到女人已把弄皱的床单铺平。地上的橡胶套，仿佛一枚遗弃的蝉蜕。女人抽了一张纸巾，弯腰去捡，只穿着一条肉色内裤的臀部高高翘着，显得越发浑圆、饱满。那一瞬间，阳光透过百叶窗的缝隙，让条纹状的阴影投在她身上，使她看起来仿佛一只斑斓的母斑马。没法子，那头叫作欲望的野兽又要跑出来了，他想按也按不住了。他什么也没说，突然像一只公豹那样十分迅捷地扑过去，从背后搂住她的腰，把她摁倒在地上。先生你真坏，女人说，你是不是还要来一次？是的，他扼住她的手腕说，再来一次，钱我另付。女人没说什么，就起身关掉百叶窗，打开灯。他趴在她身上，几乎是带着一股子仇恨咬住了她的乳头。

你把我咬疼了，女人推开他，突然惊叫起来，但随即又发出爽朗的笑声说，我儿子饿慌了，下嘴也是这么狠的。他不理会女人的感受，一直埋着头，好像什么都不管不顾了。他听到了骨头碰响骨头的声响，听到了肉拍打肉的声响（我的小鲜肉哎，快把你的手交给我）。此刻，出现在他身上的仇恨和快感一样，叫人一点儿也没法控制。重要的是，它会让他想起来十分过瘾。

先生，你能不能快点结束？

我已经够快了，这可是每小时两百码的速度。

现在，他有点气喘吁吁了，好像要把一具沉重的肉身推到很远很远的地方。他还要把自己推到很远很远的地方。女人缩成一团，发出了急促的呻吟。他分不清这是出于痛苦还是舒服。也许连女人自己也说不清楚。他听着女人近乎无助的呻吟，心底里的仇恨仿佛一点点淡灭了。

慢慢地，他发现她的脸变得有些苍白，五官扭曲成一团，嘴角还吐出了米粒般大小的口沫。你疼？他贴着她的耳朵问。她咬着牙说，不疼。

门外忽然响起了笃笃笃的敲门声。

是谁？难道是警察?!

是我家男人。

你怎么知道是你家男人？

他从来只敲三声门。

他为什么敲门？

他见我迟迟不出来，怕我出事。

可我们还没完事呢。

门外又响起了重重的咳嗽声。他的身体突然不动了。女人朝门外回应了一声，知道啦。那人轻轻地嗯了一声就走掉了。过道里响起的脚步声，在他脑袋里发出了回响。女人见他神思涣散，便十分利索地骑到他身上。她晃动的样子像是坐在一艘颠簸的船上。他感到自己变成了一艘可以载人的船，桅杆高高耸立着。好了吗好了吗好了吗？这女人好像要急着靠岸了。

咚咚咚咚咚。外面又传来了男人下楼梯的声音。他出神地瞪着天花板上的灯泡，那一刻，它仿佛变成了一只仇视的眼睛。他们在做的时候，那只眼睛一直在空中瞪着他。他翻过身来，把女人压在身下（你怎么啦刚才还好好的这玩意儿怎么见光就死？不不你是可以的我相信你是很棒的你是嫌弃我乳房小还是嫌弃我不是处女?)。他急吼吼地向前拱着，仿佛在追赶着什么，或者像是被什么追赶着。

我怎么感觉你好像是用刀子在捅我。

是吗是吗?

是的,一把肉刀。

一种混合着欲望的仇恨不知道从哪里来,又带他去哪里。哐哐哐哐哐。楼下响起了敲击木头的声音。一种叫人心烦意乱的声音。你的男人又在搞什么鬼?他问。女人说,他在给我儿子做一只摇篮呢。

噢,你又提到你的儿子了。

是呀,我又想起他了。

你的儿子……

死了。

你的儿子?

死了。

死了?

死了。

她的有气无力的声音里夹杂着嘶嘶声,好像随时都有可能昏死过去。哐哐哐哐哐。他猛地低吼了一声,绷紧的身体就松了下来,他重重地呼出一口浊气,喷在她脸上。他从她身体里退出来之后,她好像很害羞似的捂住私处。你把手放开,他说,你为什么这样捂着它?她没有松手。他近乎蛮横地把她的手拿开,发现她的下体出了点血。她立马用纸巾拭掉,说,一点血丝,不碍事的。真的不碍事的。

他把九张钞票递到女人手中，在她紫黑色的乳头上亲了一口。女人在那一瞬间战栗了一下。不用这么多钱，她把三张钞票递还给他说，说好了，两次六百块就够了。她站起来，戴上了胸罩。他从身后搂住了她的腰，把钞票轻轻地塞进她的胸罩，再一次咬着她的耳朵说，我手头还剩下三百块钱，我还要再来一次。女人没有反抗。也无力反抗。他把她推到窗口，抬起她的一条腿，十分轻捷地推了进去。而她像一只被逼到墙角、走投无路的老鼠，任由他在摆布（这年头，你一不小心就会堕落的）。哐哐哐哐哐。他的动作幅度尽管并不大，女人还是有些暗暗吃力。他在她身上慢慢地消受着。好了吗好了吗先生好了吗？他没吭声。女人抽搐了一下，突然像树枝折断了一般，跪倒在地上，双手紧紧地捂住嘴。

门外又响起了笃笃笃的敲门声。声音有点急骤，外面的人好像随时都有可能破门而入。女人赶紧坐起来，穿上衣服，走到门外。在门外的过道里，她跟那个男人不知道嘀咕了几句什么。不过一会儿，她又进来了，再次把门反锁。这一回，她手上多了两根烟。她把一根烟叼在嘴里，另一根烟递给他说，没事，我家男人怕我出意外，问了几句话，我跟他解释过了。他说自己刚才有点鲁莽，所以让我敬你一根烟。他接过烟，放在鼻子下闻了闻，仿佛还能闻到一股木屑味。女人恭恭敬敬地给他点上烟。他用堂哥教他的夹烟姿势抽了一口，然后不缓不急地吐出一个优雅的烟圈。

他照例付了钱。女人关掉了空调。百叶窗打开了，然后是窗户。太阳已经西斜，朝即将告别的事物投去了温热的一瞥。我能在这里再躺片刻？他问。女人点了点头。他感到有一种疲倦自顶至踵湮没了自己。

一阵风把他吹弯了。风是慢慢地吹着，他也是慢慢地弯下腰来。女人离开后，他依旧躺着，等待下一阵风吹走他身上的记忆。

写于2016年仲春

徒然先生穿过北冰洋

一

不久前搬进一间半新不旧的单元房。房间很小。小而空旷。我和我的影子都住在这间小而空旷的房间里。为了排遣寂寞我养了一条带黑色斑点的小母狗。我叫它拉拉是因为世界上失去了一个名叫拉拉的女人。有关这条狗的命名我没有跟邻居们解释。拉拉有一双黑溜溜的大眼睛它也有一双黑溜溜的大眼睛因此母狗就叫拉拉。这样解释起来的确有点费劲。我不喜欢狗。但我需要一条名叫拉拉的狗。我喊了一声拉拉过来。母狗就过来了。拉拉你跪下。母狗就跪下了。拉拉滚蛋吧。母狗就滚得远远的。但母狗拉拉还是会乖乖回来的。它把前腿搭在我的膝上仰着头看我。我没有理由不伸手去抚摸它的小脑袋。我一边抚摸一边反复念叨着拉拉这个名字。拉拉拉拉拉拉。我的另一只手竟抚摸到了满脸的泪水。冰凉的。还带着两粒从眼角冲刷出来的眼眵。这些柔软的东西让我觉得哭泣是一件甚为可耻的事。

当人们发现我每天打扮得很体面时我其实已经失业了。但这没什么大不了的。经书里面是怎么说来着？我见日光之下所做的一切事都是虚空都是捕风。对我来说这没什么大不了的。对一个老是说受够了受够了的中年男人来说这没什么大不了的。我每天保持生活中某些牢不可破的基本规律。每天照例在上班时间出门。每次出门手头照例拎着一个本可不必的公文包。就这样在空气里进进出出。

上午路过菜场。拐了进去。准备给自己和拉拉买些吃食。但我站在菜场里不晓得应该买些什么。跟拉拉在一起那阵子我们总是为吃什么而闹情绪。她吃完了早餐抹了抹嘴就问我中午想吃什么我说中午再说吧她说不行你得想想然后再告诉我。我肚子已经饱了不想再为下一顿饭动脑筋了于是我就对她说随便吧。她说她不会做那种叫作随便的饭你得说出个名目来。我不知道我对她说我不知道。中午我们吃完了早上吃过的那种饭然后她又问我晚上吃什么。我的回答还是跟上午一样然后我就走开了。

地球还是像先前那样子在我脚下平稳地转动。而我还是像先前那样子在这座城里漫不经心地转着。就那么一转又转回了家门口。一个头发花白的瞎子正坐在台阶上调试他的破胡琴。咿咿呀呀。咿咿呀呀。这声音跟瞎子拄着拐杖走路还真有几分相似呢。在巷子里左绕一个弯右绕一个弯。一路磕磕碰碰，但终究还是绕出来了。咿咿呀呀。那条过道的尽头全是黑暗。猛回头。再次瞥见那张被夜气浸透了的冷白的脸。回屋子时眼睛还是难以适应幽暗的光线。使劲眯了一会儿。张开。正面对着墙角那一排溜搁放的空酒瓶。想到酒肺腑就舒张开来了。牙齿对准啤酒瓶盖的齿状边缘向上轻轻撬了一下。盖子打开。吐掉。啤酒的泡沫在那一瞬间哧的一声冒出来。张嘴。露出舌头。猛吸一口。就这样一瓶接一瓶地打开。一瓶接一瓶地喝。脑袋飘浮在泡沫上了。咿咿呀呀。咿咿呀呀。没完没了的咿咿呀呀。

已是午睡时间。哐啷一声。似有什么东西自空中落地。咿咿呀呀的声音中断了。一切都静息了。可听得隔壁那对夫妇发出神经兮兮的笑声。夫妻俩总是抢在孩子上学之后他们快要上班之前干那事。好像那是一件必须争分夺秒的事。隔着一堵砖墙身体的碰撞声传来时有些模糊。感觉他们是在泥土中拱动的爬行动物。出门时偶尔也会碰到这对夫妇。女人三十刚出头。有一张姣好的散缀着数点雀斑的瓜子脸。还有一对饱满的乳房。而这个男人有一张在夏天也不免带些寒冬气息的脸。他不到四十便已谢顶。仿佛水落石出。浑圆而有光。显露的是一种与年龄不太相称的老成。在我的感觉里我的邻居就是住在隔壁的陌生人。平日里我们除了点个头或打声招呼从来不曾交谈过。很想找一个理由跟我的邻居聊一聊的。找来找去却找到了一个不打算跟他聊的理由。我的邻居似乎也无意于跟我聊天。每回下班之后他们就把防盗门关上。我和我的邻居生活在自成一统的世界里。我的邻居看起来还挺实在的。吱嘎吱嘎的声音听起来都是有板有眼的。不晓得是他的身体越来越强壮还是那张床越来越虚弱。床的各个关节部位想必已出现问题了。吱嘎吱嘎。吱嘎吱嘎。那声音听起来就像一个饿得慌的人偷偷躲在角落里咬着菜根。跟他们做邻居也有好几个月了吧。他们都是机关公务员。多年来养成了照章办事的习惯。比如？他们总是在中午这个特定时刻做爱。就像火车总是在特定的时间沿着特定的路线行驶然后在特定的站点停靠。吭哧吭哧。女人的声音像一只汗津津的手那样触摸着我的耳朵。吱嘎吱嘎。地球转动时是否也会发出这种声响？

我的邻居显然不知道自己的举动有失谨慎。他们继续弄出一些声音来。啤酒的泡沫倏地喷涌而出。我已经喝到第五瓶了。有一回我喝得醉醺醺的。推门进屋看到一个男人肥重的身体从我床上一跃而起。我擦了擦眼睛想瞧个真切。我的女人拉拉很快就从相同的方向迎上来挡住了我的视线就像月球突然运行到地球和太阳中间太阳的光线一下子被挡住了。拉拉的头发有点乱。倒数第二个纽扣没扣上。我问拉拉刚才这个男人是谁是谁是谁拉拉就把我推到全身镜前。她用指头戳着我的额头说还不是你这个死鬼吗你看看你这副屄样。我看到的是一张酒鬼的脸。有些地方涨红有些地方发青。我朝左边脸颊抽了一巴掌。略微肿胀的脸部肌肉发出粗钝沉闷的声响。没错。拉拉说得没错。那个男人就是我。我转过身带着歉意对拉拉说屋子里的确没有别的男人我错怪你了我错怪你了。那件事发生在三个月以前。也可能是半年以前或者比那更早。

女人的自控能力似乎已经达到了极限。她的呻吟变成了无意识的低吼。我突然莫名其妙地暴怒起来。我觉得那个女人就是拉拉而那个男人就是我的老板。那笔钱不用还了。有一回他十分客气地拍拍我的肩膀。我的老板说那笔钱不用还了。这算什么呀？我说,老板老板这算什么呀？那时我还捉摸不透那话里面的意思。

吱嘎吱嘎吱嘎。

拉拉拉拉拉拉。

我开始叫唤拉拉的名字了。两只手便无由地搅动着一屋子的寂寞。拉拉那张苍白的脸在我眼前一闪而逝。拉拉。我想冲到隔壁把拉拉从一个男人的身体下面解救出来。抓起空酒瓶时我又突然想到拉拉现在早已压在几块石头下面了。我无法把她从石头中解救出来。我的眼眶有点潮湿了。大热天我喝水时皮肤间时常会溢出大滴大滴的汗珠。现在我喝了点酒眼睛里自然也会溢出大滴大滴的汗珠。我随手抹掉眼角那潮湿的一部分。女人低吼的声音继续渗入木头的纤维和墙壁的缝隙在我的房间内一圈圈荡漾开来。我身上那股小小的冲动如同回涌到沙滩的波浪让我急着想要抓住一点什么但一种莫名的忧伤和啤酒的气味突然从体内涌了上来，我的身体猛地收缩了一下即将以液态形式喷发的欲望也被什么奇怪的东西遣返回了它躲藏在身体中两个隐秘而虚弱的内核。咿咿呀呀。咿咿呀呀。胡琴的声音又响起来了。琴声漆黑一片。如夜晚的雨滴在窗台上在锌篷上在更远的竹林间敲敲打打连绵成一片。是有所思吧。是怀远人吧。这琴声。

第五瓶酒已经喝完了。里面空得一滴不剩。女人的低吼声中有一种野性在扩散（拉拉拉拉拉拉。黑暗中的那张脸恰似煤烟里的白蝴蝶）。她似乎渴望自己能快点达到兴奋的巅峰因此相应地加快了低吼的频率，而男人的嘴里已经发出呼哧呼哧的喘息声说不清是疲倦还是兴奋。有什么东西已在我骨节僵硬的手上一点点积聚。我隐隐觉着这就是愤怒了。那是身体中封闭的欲望以另一种形式突然打开了。它迫使我迅速张开五指抓住了一个空酒瓶。高高扬起的手松开时空酒瓶在空际划出一道抛物线撞击在墙上发出碎裂的声音与我的内心发出的声音形成了对应。而那个女人的低吼变成了一声惊叫。好像我的酒瓶击中了她。依稀可以听见她放低声音跟男人议论刚才发生的事。声音含混。不知道他们在低语些什么。过了一会儿就听到了拖鞋踢里踏啦的声音小便器打开的声音小便的声音使劲扳动冲水柄的声音打开水龙头冲洗的声音打开一扇松脱的柜门又使劲关上的声音整理物件的声音询问时间的声音穿鞋的声音关上铁门的声音。整件事就在砰的一声中结束了。

每天下午从一点至一点半钟整幢楼的过道上便会接二连三响起一片关门声。然后就剩下一片寂静向四周逐渐蔓延。所有的墙都消失了。突然置身旷野。风吹草长。孤魂游荡。我有点坐不住了。过分的孤独是叫人羞愧的。

二

为什么你做爱时总是闭着眼睛?

因为我从你的眼睛里看到了自己的丑相。

胡说吧。你沉浸在快感里面的样子很美呀真的很美呀。

真的吗?我老公说我高潮时瞪大的眼睛让他想到了临终的目光。

嗯这才叫欲仙欲死。我都想死在你的怀里呢。

我谈到我老公你不会生气吧?

我生什么气?

你不生气我就生气了。

为什么?

说明你不在乎我。

我不在乎你的过去我只在乎你的现在。至少你现在此刻这一秒钟是属于我的。嗯。你老公出差要多久?他不会这个时候又杀回来吧?

你放心吧。这次他是跟单位领导一起出去的。我跟他领导打过电话确认过这事的。

你做事真老到。

你别这样看着我好吗？你那样子好像要吃掉我。

如果你害怕你就继续闭上你的眼睛。

我闭上眼睛之后还是感觉你在上面用吃人般的眼睛看着我。

如果你是可以吃的我真的想把你一口吃掉。

你对我的好总是那样恶狠狠的。嗯。你可不可以温柔点？

好吧我会轻一点。

不。你再重一点。

你睁开了眼睛。你想看我的丑相？

我忍不住想睁开眼睛看你一眼。

你好像有感觉了。你的眼睛都潮湿了。

你在看着我看着你的样子有什么感觉？

真的像是临别时那一眼呢。

这么说来每一次高潮来临对我来说都是一次小小的死亡。

这话听起来好像是一句诗。

跟诗人在一起我也变成了诗人嘛。

咿呀咿呀。你说楼下那个瞎子整天都在拉些什么破曲子？

我也不晓得哩。

这曲子倒是有点耳熟呢。

是《何日君再来》吧。

也许是吧。

他怎么把这曲子拉得恁凄凉？

三

隔墙听得我的邻居在数落女人（我的邻居是个好男人。可他也有一副坏脾气）。一阵近乎凝固的沉默之后女人突然做出了回应。双方的嗓门一下子就提高了。他们从彼此的话中挑出几个关键词套用在自己的话中但已加了反驳、嘲讽的语气。这些词仿佛水中的漂浮物一下子被浪头淹没一下子又冒了出来。他们让吵架变成了词语的游戏一环扣一环。假如中间出现停顿那是因为他们正在琢磨着如何拿出最尖锐最有效的词语予以狠狠的攻击。他们攻击对方的同时也为自己的话找到了掩体竭力避免给对方留下任何把柄。因此可以判断出他们在吵架方面是训练有素的（不但富于激情还善于运用脑子）。吵架的原因其实很简单。一切都是从一把电动摩托车钥匙开始的。然后涉及的是盘碗铁锅米和蔬菜的价格，后来争吵的话题又涉及工资发廊存折私房钱孩子的学费房屋公积金工会制度国家新颁布的政策。他们在争吵中牵涉到的人物也越来越庞杂。从孩子到其他家族成员机关同事和领导以及一些经常有交往的朋友。对他们来说这些人都是证人都曾为双方提供有利的证词。因此听起来好像有一大群人在争吵。争吵到了最高潮部分就变得没有多少意义。纯粹变成了声音的较量。一种声音推挤着另一种声音。一种声音盖过了另一种声音。女人的声音有时变得像男人一样粗犷而男人的声音有时变得像女人一样尖锐。这些日子各种各样的声音从墙那边传过来。因此他们的生活图景好像就呈现在这堵墙上。听声辨形大致也能想象出他们说话时的各种动作与神态。但猜想是多么不可靠。有时分不清两个人是在厮打还是疯狂地做爱是在小便还是在拧开水龙头是在骂蟑螂还是教训自己的孩子是在拔鹅毛还是惩罚一只老鼠是在砸碎一个廉价的酒杯还是贵重的陶器是男人先抽女人一巴掌还是女人先抽男人一巴掌……这一切都是不确定的。它经过我的猜想与事情的真相已发生了偏差。也许根本就是与事实背道而驰的。

双方触及一件隐私问题时(至少我感觉这是一个严峻的问题)都不约而同地平静下来。我听到那女人大声对孩子说你今晚去姨妈家睡觉。这话是什么意思呢?夫妇俩先前为了求得片刻之欢也是这么对孩子说的。今晚你去姨妈家睡觉。今晚你去姨妈家睡觉。孩子不依。女人就重复说了几句威胁的话。拿好书包快去。女人又接着补充了一句。姨妈已经在楼下等急了。孩子极不情愿地走出门。我的邻居终于开腔了。他也像揭开锅盖一样轻而易举地揭开了女人的隐私。女人哭了起来。有一只碗突然朝我这边墙上砸来。声音清脆。我耸起的耳朵颤抖了一下。好像这碗可以穿透墙壁向我的脑袋砸来。忽然觉得这声音是不久前那个啤酒瓶甩出后发出的回响。生活中总有那么多可怕的对称。在这只碗落地之后我便揣摩着下一个碗将会在什么时辰响起。一秒钟两秒钟三秒钟过去了。随即听到盘子从橱柜里落下的哗啦声。于是觉着他们甩盘碗是代替我宣泄愤怒。就像他们在做爱时同样是代替我宣泄欲望。

一枚挂在半空中的月亮冷漠地燃烧着。看着看着我又想起拉拉了。那样一个寒冷而空虚的大年夜我突然变得像一只发情的种狗。我想马上找一个女人结婚。这念头说来就来了。我立马就去找拉拉(那时我还管她叫苏拉拉)。我躲在电线杆下伸出木僵僵的脖子仰望。她家的窗口还亮着灯。橘黄色的。暖和。像煮热的黄酒呢。我轻轻地叫了一声苏拉拉的名字。窗户打开了。一张脸在半明半暗的窗口闪耀。紧接着另一扇窗户也打开了。有人重重地咳嗽了两声。我哧溜一下钻进树丛。继而听到了狗吠。苏拉拉吓得不敢作声。只是一个劲地挥手让我快回去。我没有回去。我一直待在她只要探出头来就可以看得到的地方。苏拉拉每隔四五分钟就会探出窗口四下里张望一眼。零点过后我发短信对她说狗已经睡熟了。苏拉拉会意后蹑手蹑脚来到院子里打开铁栅门。那时我已经冻得脸色发青浑身颤抖。我说我要暖暖身子于是就搂住了苏拉拉。事情就这么简单。事情没有比这更简单了。我钻进了苏拉拉的被窝我说我要暖暖身子。结婚之后事情就变得复杂了。就像隔壁这对夫妇我们每隔一段时间就要发生一次争吵。刚开始我们甩一些梳子化妆盒杂志之类的小物件（我们的理由是那时生活拮据只能甩些廉价的东西）。后来我们的收入即使没有增加多少也要甩一些体积较大的东西。有时掀掉桌板有时用凳子砸金鱼缸有时用花瓶砸那张二十四寸结婚照镜框。半年过后新居也变得陈旧了。家里的物什跟孩子们的玩具一样总是缺胳膊少腿。那张有裂缝的写字桌是被我砸过的那把弯月形梳子是被我拗断的那盏台灯是她砸掉的那副窗帘也是她撕掉的。那张沙发像老人的双颊那样深深地凹陷下去。客人们开玩笑说我准是常常被老婆赶下床去睡沙发。我只好苦笑着点点头。

狗生的。

隔壁那个女人发出拖腔曳调的尖叫声。

狗生的狗生的狗生的。

拉拉也曾这样骂过我。

她骂我是狗生的。

拉拉骂我是狗生的那么我就是狗生的。“狗生的”这三个粗俗的字眼在我们这一带随处可见。借书不还十代狗生。乱倒垃圾全家狗生。随地小便十八代狗生。骗人就是狗生的……有时候狗生的没有具体指向。它所对应的仅仅是一种强烈不满的情绪。它甚至跟我的天哪阿弥陀佛啊这些词一样变成了一种日常的不经意流露的情绪表达方式。拉拉除了骂我是狗生的有时也骂自己豢养的猫是狗生的骂掉进菜汤里的苍蝇是狗生的骂米缸里的米虫是狗生的。当然她有时看见狗不舒服就骂狗是狗生的。而现在我是多么希望拉拉还能再骂我几句狗生的。

狗生的狗生的狗生的。

那个隔壁的女人还在重复着拉拉骂我的那句话。仿佛是代替拉拉在骂我。

过了许久他们的争吵声终于平息下来了。让我恍惚觉着他们争吵时露出的那副凶神恶煞般的嘴脸也在墙上慢慢消隐了。但墙上的裂缝是不会消失的。我的目光沿着裂缝往下滑。看到了一枚铁钉。上面挂着一串拉拉留给我的钥匙。两把是老家里外两层房门的钥匙另外三把分别是衣柜车库抽屉的钥匙。握柄上扎有蓝色涤纶绳的那把是她办公室的钥匙。至于剩下的那把扎有红色涤纶绳的钥匙我从未见她使用过(也许每个人都有这样一把钥匙它只会在没人注意的时刻打开一个隐秘的锁)。七把钥匙各不相同。钥匙的锯齿像一排参差不齐的狗牙。它们曾在某个锁孔里发出类似于狗咀嚼骨头的声音。后来有一天我在我的老板身上竟发现了一把同样扎着红色涤纶绳的钥匙。这算什么意思?我问自己这算什么意思?

在我脑子里总会冒出一些个疑问。总会有一些个小小的滚动。我站起来把这串钥匙取下扔进抽屉里。可满脑子还是有什么东西在滚动。我像狗一样爬到床上。对于一个孤独的男人,这张床显得过于空旷了。我保持着单身汉的睡姿。身体侧向床边弓起身体。这张床也是从老家那边搬过来的。它没有留下被我们砸过的痕迹。因为所有的事一到床头就自然和解了。在这张床上我们曾经小心翼翼地采用性学专家推荐的避孕方法且总是小声埋怨床不够牢固。吱嘎吱嘎。隔壁那对夫妇也是这样子的。别看他们现在闹得天翻地覆过些日子出来之后依旧是手挽着手保持着五好家庭的风范。

四

你好。

你好。

我是你的邻居。刚才摇手机时竟摇到了你的微信号。

真巧。我也在摇。

我无聊的时候就喜欢摇手机。然后就跟陌生人瞎聊上一阵子。

徒然先生是你的网名?

是的。

上面那张图是北冰洋吧。

是的。我有一个梦想就是有一天能穿过北冰洋。

我必须为你的梦想点一个手工赞(同时发送了一个大拇指)。

不介意跟我聊天吧?

很乐意呢。

不介意的话还可以陪我喝几杯（对方在微信上发送了一个啤酒图案）。

谢谢。我也正在喝酒。

真好。酒逢知己。

隔墙干一杯吧。

昨晚有没有惊扰你？

是的。昨晚听到你们吵架的声音了。

真不好意思。

夫妻之间吵吵闹闹是免不了的。

我一直不承认我们之间有什么夫妻情分。

你是在说气头上的话吧。

我说的是真的。十年前我还是光棍。得了我还是不提这破事吧。

你接着说。

有一天我去讨债。谁知那个皮革加工厂老板欠了一屁股债早已跑路了。我每回去他家碰到的都是他的女人。说实话我一点儿都不恨她。可我后来还是把她给操了。

原来你们是这样认识的。

你看你看我又提这破事啦。

我觉得你是个真诚的人。很想听你继续讲下去。

简单点说吧。一个月后我听说皮革厂老板死在外头了。这女人后来就成了我的女人。

这就算是抵债了。

你这话算是说到了我的痛处。

为什么会说这话?

因为我尝到了苦果。

所有偷吃过禁果的人最终都要尝到苦果。婚姻就是这样一枚苦果。

可我发现我的女人还在跟另外一个男人偷尝禁果。那天我找摩托车钥匙无意间在她口袋里发现了一个不知名的男人写给她的一首极为下流的情诗。

问过对方是谁?

试探性地问过。但她一直咬紧牙关没说出对方的名字。

这么说我就知道你们昨晚吵架的原因了。

这娘们已经不止一次给我戴绿帽了。

这个世界就是这样子啦。被戴绿帽被穿小鞋被掏空被敲诈被算计被围观被强奸被嫖娼被这被那。想开一点就是啦。

可我还是有点想不开。今晚我就坐在窗台上。一边喝酒一边摇手机。结果就跟你搭上了话。很难想象如果没有人跟我聊天我是不是已经躺在下面的马路上了。

你现在就坐在窗台上?不会真的想不开吧?

死是一件很容易的事。就像这一刻我只需要向前鞠一个躬就能干掉自己了。

可以谈谈别的开心的事,比如你的儿子。

谈谈我的儿子?

是的。

你觉得我的儿子像我吗?

看不出来像你。也许跟她更像一点。

从孩子身上我找不到一丁点跟自己相似的影子。

这我可没留意。

我儿子有一个高鼻子而我没有。这是明摆着的嘛。

一个鼻子又能证明什么?楼下那个小杨不仅鼻子比老杨高个子也比老杨高出一大截呢。

老杨和小杨除了鼻子不像其他地方都像是一个模子印出来的。可是你没发现吗?我的儿子一点都不像我。

有些孩子就是照自己的意愿生长的。

可他越来越像一个人。

谁?

那个皮革加工厂老板。

这怎么可能?

事实就是这样。我把他的女人讨过来之后却不晓得她其实已经怀有身孕了。

这么说那人欠了你两笔债。

我现在感觉自己已经从债主变成了债务人。今生要替别人还债。

从前有个木匠得了个儿子却发现儿子不是自己亲生的。这事弄得全世界的人都知道了。而且直到现在还是有人反复强调木匠的儿子跟木匠本人没有任何血缘关系。

他是童女所生。书上是这么说的。

是的。

可我的女人她什么也不是。

想想那个忍气吞声的木匠吧你心里也许会好受些。

可问题就在这里。那个木匠的儿子小时候是否知道自己不是木匠的儿子？还有木匠的儿子如果知道自己的亲生父亲不是那个木匠他会怎样呢？那时候他应该如何称呼木匠呢？他会喊他大叔吗？

你这些问题也许可以请教神学家。

有些问题你不提出来就可以视为不存在。可你一旦提出来它就是一个摆在面前不能回避的问题了。

对。人活着就得面临很多问题。你还坐在窗台上？

我已经回到床上去了。

好好地睡一觉吧。不要多想。

你听听。那根叔又开始拉胡琴了。

呵呵胡琴都已经拉开了。这出戏你也该认真地唱下去了。

真个是人生如戏呀。不晓得明天唱的是哪出戏。

戏还是要唱下去的。

是的。戏还是要唱下去的。

晚安。

晚安。

五

我的邻居没有从窗台上跳下去。我的邻居也没有去找神学家。我的邻居自然也没有去北冰洋。他是一个按部就班的公务员。依旧像从前那样拎着一个包去上班然后又拎着包回来。依旧像从前那样在空气里走进走出。

我的邻居离我很远也很近。有时感觉他仿佛搬到了很远的地方。跟我相隔九座山、一片湖泊和三个村庄。有时又感觉他近在眼前。我的目光可以穿过一道薄墙看着他吃饭睡觉做爱吵架如厕或是干别的什么不为人所知的事。

世界就是这样子啦。我和我的拉拉相安无事。他和他的女人也将重归于好。世界该好的时候就好。该坏掉的时候就坏掉。

我的邻居有一天把孩子唤到跟前。爸爸对你好不好？好。听不听爸爸的话？听。以后爸爸让你做什么你就做什么好不好？好。

于是有一天我就看到了父子俩推着摩托车出门的温馨画面。我的邻居戴着一副眼镜。孩子也戴着一副眼镜。我的邻居穿着海魂衫。孩子也穿着海魂衫。我的邻居穿着一条黑色七分裤。孩子也穿着一条黑色七分裤。我的邻居背着一个蓝色双肩包。孩子则背着蓝色书包。他们都穿着耐克运动鞋。还有白袜子。他们的影子投在地上。一长一短。却是一样的黑。他们俩的确很像。可他们俩到底是一点都不像呀。上摩托车之前我的邻居给孩子戴上了头盔。坐定之后我的邻居又给自己戴上了头盔。

我的邻居经过那个整日里抱着一把破胡琴的瞎子面前。

你说我们父子俩像不像?

像。瞎子如是说。

我的邻居发出了爽朗的笑声。

六

吱嘎吱嘎吱嘎。

我想地球又开始转动了吧。

写于 2015 年春

骰子掷下了

王革命

那扇折叠气门嗞的一声关上了。我看见一条湿漉漉的手臂在窗外左右晃动，仿佛一根雨刮器。但那人还是被甩在后面，过分喧哗的雨声湮没了他的呼喊。

望着前面的投币机，忽然想起自己刚进门时还没投过硬币。我挪了挪身子，打算去补上，但我很快又懒得动了。我总是很容易原谅自己的疏忽。车上坐满了乘客，其中并不排除可疑的人。我压低帽檐，向四周扫视了一圈，唯恐忽略掉一个最不该忽略的。这是我多年来养成的习惯。看，有时是为一个明确的目标而看，有时却是为看而看。

可以确定，那个跟踪我的人已经被这辆车远远甩在后头了。我松了口气（但也只是稍稍松了口气），又开始留意起身边那些乘客。我背后的一对青年男女正在用本地话交谈，他们涉及公共领域的话题时，声调就维持在一定高度，但过了一会儿声调就降低了，也许其中夹杂着某些私人领域的话题。前面两名妇人也正谈得有滋有味。她们的语气是平和的，语速是均匀的，让人感觉不出哪句是重要的，哪句又是次要的，或者哪个时候是兴奋的，哪个时候又是低沉的。她们好像是在交换对家居生活的某些看法。隔着一条过道，跟我坐在同一排的是两个老职员模样的人，一个肥头大耳，一个尖嘴猴腮。后者长着一个锥形的脑袋，紧缩的下巴看上去尖而锐利，因此每点一下头都像是在用锥头敲击什么。他的点头频率也可以表明他与旁边那个人之间具有领属关系，对方说的每一句话似乎都带有某种权威。坐在我身边的，是一名戴眼镜的女生，手中捧着一本书，正津津有味地看着。我猜想那是一本十分轻松有趣的小说，因为她看着看着就情不自禁地流露出会心的微笑。这样，我绷紧的身体在那一刻也就放松了许多。

现在我可以带着愉悦的心情打量那个站在中间过道上的女人了。她的身段着实不错，站立的姿势也很优雅，一只手抓着一根镀镍的横杠上的吊环拉手，露出腋毛刚刚刮过、还泛着淡青色光晕的腋窝。我的目光随风飘落似的往下滑移：她穿着一件吊带衫，弹力超短裙。裙子紧绷着，使她的臀部看起来像是两瓣极富肉感的莲花花瓣；裸露在裙子外面的大腿分布着纤细的静脉，颜色深浅不一，长短也不尽相同，但每条拉到一定长度，就自行中断了。与这样一个女人同车，会让任何一个男人感到旅途愉快。女人前面的大块头下车后，上来的是一个蓄飞机头的年轻人，前额的一撮头发被雨打湿，软蔫蔫地垂挂下来，呈现出遵循地心引力的梳向。飞机头绕到那个女人身后，刚好挡住了我的视线。我闭上了眼，脑中闪现出刘丽亚的身影，好像是从刚才那个女人的身影中分离出来的。这真是一种奇妙的感觉：我从一些酷似她的女人身上常常会想到她，却不会从她身上想到那些酷似她的女人。

我睁开眼时，发现那个飞机头已经绕到女人左侧背后，因此我可以清楚地看到两人之间的距离，以及距离所造成的暧昧氛围。他满可以退到身后更宽敞的过道，却非要挨她那么近。他的身体倾向于与我同排的那个瘦子，从我这边来看，他歪斜的身体刚好与前面那个女人呈锐角（也就是说，现在那个女人的臀部再一次落入了我的视线）；但如果从瘦子那个角度来看，飞机头瘦削的臀部刚好取代了女人那个丰满的臀部，他的左手支着瘦子前面那个座位的椅背，就好像要搂住那个女人的细腰。这辆车经过一条人群拥挤的街道时经常走走停停。每次刹车，飞机头都会趁机向前面那个女人的身体靠一下，而那个女人的身体有时也会向后微微一仰，那时飞机头总是不失时机地做一个扶持的动作。有好几次，前面那个女人都回过头来瞥他一眼，飞机头咧开嘴，露出表示友善的微笑，而那个女人也只是释然一笑，好像经过几次轻微的碰撞，双方都有了默契的感觉。于是，他们之间的距离也相应地发生了微妙的变化。飞机头的手指有点不太安分了，两个手指并拢，在离她臀部只有两三公分的地方游移着。

这时，一起发生在十字街头的交通事故使车上的乘客都为之哗然，他们的目光转向窗外，估量着血迹的长度。飞机头的脑袋也转向了窗外，但他的手在底下仍然保持着动作的连续性。也许他并不满足于那种仅仅能够激发想象力的猥亵，还会进一步缩小自己的活动范围。我这样揣度时，飞机头的两指之间忽然亮出了一个明晃晃的刀片，仿佛是直接从他的手指间延伸出来的。这时我才注意到，那个女人的背后斜挎着一个包，黑色漆皮垂挂下来，遮住了其中微凸的部分。飞机头手中的刀片向她的皮包一点点推进，这就说明他并不是以触摸她的臀部为最终目的。我屏住呼吸，目光在刀片与皮包之间游移，仿佛我也参与了整个行窃活动。随着这辆车猛地颠簸一下，他的两根手指迅速插进了皮包的切口，然后又迅速抽了出来。他的手指没有握成拳，表明里面并没有他想得到的东西（或者只是一些不值钱的东西）。

车到了第三站，飞机头前面那个女人下去了，他身边那个瘦子也下去了。飞机头在瘦子坐过的那个位置坐下，身边就是那个肥头大耳的胖子。到了第四站，飞机头起身准备下车。我重重地咳嗽了一声，飞机头侧过脸，朝我微微一笑，仿佛是在跟自己的同谋打招呼。

这辆区间车并没有开出多远，与我同排的胖子突然站起来，向车上所有的乘客宣布:他遭窃了。他让司机停车,打算回头去追赶那个飞机头。司机望着他肥嘟嘟的身躯说,算了吧,人都跑远了,你还追赶得上吗?但胖子坚持要下车,司机只好把车停下。折叠气门嗞的一声又开了,胖子打了个趔趄,险些从车上滚下去。我想,假如胖子肯舍得花钱去搭一辆出租车,假如今天不穿西装(而是穿一件皱巴巴的夹克衫),假如他的口袋在左边,假如他的右边是一个空位置,假如他在上一站就跟那个瘦子一起下车,假如他不急着回家,或者仍然待在办公室里消磨一段时间,那么,他就不会遭窃了。然而,就有那么一种叫不出名儿来的东西在捉弄着每一个人,上一刻安排一个小偷和你在一起,或者下一刻安排一把刀和你在一起都是不无可能的事。这使我每时每刻都没有放弃警戒。我从车窗里探出头,看见胖子茫然地站在路侧,抱怨、叹气、期待着行人说几句表示同情的话。于是我又想,假如此刻不是他在叹气,将会是另一个人,可能是一个钱包更丰的人,也可能是一个已经改行的小偷,当然,也有可能是我。

郑亮

从车上下来,拍了拍口袋。其实我想拍拍干瘪的肚子。

一直惊讶于自己的直觉。当我的身体告诉大脑:不妙。不妙的事情随后就真的出现了。眼下的情况就是这样。我在大街上闲荡时，双腿突然产生了奔跑的冲动。全身的血液一下子都涌到了两根细瘦的肉腿上。我跑得飞快，风都快长出棱角来了。我在街头奔跑时，后面总会跟随着一伙人。这一次也不例外。我一边奔跑，一边回过头来仔细点数，发现身后总共跟随着七个人，他们也许是互不认识的，仅仅是因为我而使他们临时组成一个运动团体。在我看来，他们只不过是以我为共同的参照物，进行一次非常规的赛跑。跑在最前头的是一名年轻的警察，尽管他远远落在我后面，但奔跑的速度比起上一次，要算进步得多了。多少年来，我一直被人们归类为那种喜欢给警察添点麻烦的人。那个我称之为“父亲”的老家伙，就是一名自以为非常神气的警察，我给他添的麻烦，妈妈说，垛得像柴堆一样高。十多年前，这个穿制服的老家伙追打我时，街坊邻居竟然毫不动情，也不上来劝阻，甚至还夸他是一个好父亲，称职的警察，擒拿功夫了得。在他身上，坏脾气与非比寻常的腕力总是那么相称地体现出来。他终于把儿子像一条野狗那样治住了，有好几年都不敢犯上。可是，自从医生告诉他，他身体里有一块石头，他强壮的身体一下子就蔫掉了，没过多久，我们家后山的几块石头就永久保存了他的身体。他死了，死透了，多年来我对他的恐惧却一直在那些穿制服的家伙身上延续。现在一见到警察，我总想跑几步。我不知道是警察在追赶我，还是我父亲的鬼魂在追赶我。

有一种蓬勃的力量在我双腿之间循环流动。我跑出很长的一段路之后，回过头看，那名年轻的警察已经落在六个人身后；我又继续跑出了一段长路，发现后面只剩下四个，警察已经不见了。那时我几乎忘记了奔跑的目的，开始玩味起整个奔跑过程给我带来的愉悦。我的腿弓间似乎安装了弹簧，一伸一缩，很有规律，一点也没有松弛下来的意思。第四次回头时，我发现后面只剩下一个高个子。我停下来，站在斑马线的另一头，向那人招了招手。中间相隔着来往不断的车流。高个子也停了下来，弯着腰，双手支撑着膝盖，一边张大嘴喘着粗气，一边拿铜铃般的眼睛瞪我，仿佛是在对我说：你小子有种。

我转过身，仍然在大街上奔跑着。我把这一次奔跑当作一次寻常的晨练。

刘丽亚

我拎着两份早餐上楼时，房东老大妈刚好从楼上下来，她告诉我：她那个房间的铁栅门昨晚被人撬了锁，幸好里层还有一扇铁门，三道防盗锁，被打开了一道，小偷没耐性，只好放弃了。苜蓿街一带是杂居区，小偷多，活动频繁。最近警察在这一带加强了警力，也不见得管用。那些小偷，报纸上说，就像皮肤病患者身上的痒，到处都是，即便在这儿抓住一个，那儿很快又会冒出一个。房东老大妈朝我房间里张望了一眼，说，你一个独身女人，可要防着点，他们不但会偷东西，还会偷女人。她跟房间里面的敖姬打了个照面，才算满足了自己的窥探欲望，挎着垃圾袋咚咚地下楼去。

敖姬趴在床上，脊背上是三道不规则的抓痕，昨晚我用红汞给她的伤口消过毒，因此结痂的地方仍然留着红色印记。敖姬对自己受伤的原因一直讳莫如深，我也没有多加盘问。自从离婚后（我甚至不知道她以前的男人是谁），她就学会了抽烟、酗酒、说粗话、用让人舒坦的手法榨取男人的汁液和钱包。男人们喜欢她喝酒后疯疯癫癫的模样，喜欢听她混合着酒精的尖叫。有那么一次，她在酒吧里喝醉了酒，就直接用自己的身体付掉那笔酒资。我劝她说，你这样子会把身子弄垮掉的。敖姬却一脸漠然地说，这没什么，你吐过一次就不会对恶心的男人产生呕吐感了。但是，我对她说，一个女人是经不起那么多次呕吐的。

敖姬坐在床上吃稀粥时，手机的铃声突然响了。她打开手机盖子，里面传来含糊不清的声音。敖姬毕竟是场面上的人，一听声音就能知亲知疏。她说了几句自轻自贱的话之后，又用本地话狠狠地骂了几句。敖姬向我数落她的客人时，常常会夹带几个新鲜而又粗俗的词汇。她说男人不知有多贱，只要让他们图个快活，你说话无论怎么难听他们都不会介意。当然，粗俗也仅仅是适可而止的粗俗，它属于调情的一部分。在交谈中，敖姬故意拖长每个字的尾音，以表明她的厌倦与冷淡，而对方显然是在柔声柔气地讨好她。谈妥了价钱，敖姬就挂掉了手机。她突然问我，你知道对方是谁？我摇了摇头，自顾吃粥，懒得打听。

敖姬指了指天花板说，是楼上那个死老头。田贵生，我说出这个名字时，松花蛋粥差点要从嘴里喷出来。

敖姬背着亮光坐在梳妆台前，又开始给自己涂脂抹粉了。我问敖姬为什么要在闹市区里开设店面，她颇为自得地解释说，闹市区里大伙各忙各的，没时间去琢磨别人的营生；而冷僻的街区就不同了，那些碎嘴子女人喜欢搬一条凳子懒洋洋地坐在门口，东张张，西望望，尤其喜欢对我们那些进进出出的客人说三道四。

她用褐色唇膏涂满下唇，盖住了嘴上那些由于过敏而呈现的黑褐色条纹，接着用银灰色唇膏涂在下唇的分界线上，最后，她涂了一笔重重的唇彩。她说，男人都喜欢性感的嘴唇。

我说，你都这副模样了，还要出去？敖姬放下画笔，没好声气地问我，你是嫌我老了？她这样说时，我才注意到她的脸，这是一张对生活充满厌倦的脸，上面已经出现了皱纹。日复一日，这份职业带来的劳损是多么可怕地呈现在她的脸上。就像一个原本漂亮的花瓶经过几次震荡后并没有立即出现裂纹，但天长日久，一条条不规则的裂纹就毕露无遗了。敖姬每每见到脸上多添一条皱纹，就会产生近乎神经质的恐惧，以致看到墙壁、浴缸、洗脸池上的裂纹，都会引发同病相怜之感。那时我想，一个漂亮的女人对于衰老的恐惧要远远大于相貌平平的女人。

男人们总是这样，敖姬说，一看见你脸上出现了几条皱纹，就死也不肯往你身上添钱了。

田贵生

敖姬替我脱下袜子时,从我发黄的脚跟上发现了一圈皱裂的表皮。她跟我说,这是衰老的标志,报纸上是这么说的。我知道,我已渐入老境(衰老是无法阻止的),而我身上的力量也像黄昏的光线一样,正一点点变得微弱。在我精力最旺盛的那段年龄,我总是渴望把自己的身体打垮,可现在不同了,我必须小心翼翼地把力量贮存起来,绝不会像年轻时那样胡乱挥霍。年轻时,我对"力量"这个词是熟视无睹的。

你不在乎我的年龄?我问敖姬。

她轻描淡写地回答,年龄不是问题。

你这是违心话,我说,事实上,你也已经有了年龄上的危机感,你这样安慰我就等于安慰你自己。当你看到那些小白脸搂抱着那些比你年轻的女人,你心里一定也是酸溜溜的,是不?

敖姬听了我这番话突然发火了,脸拉得老长。我想女人真是水做的,火一烧就变成了一壶热开水,滚烫的。敖姬昂起头说,假如老娘还只有二十出头,她们就别指望得到小白脸的欢心。

这是真的,我看过敖姬年轻时的照片,那时她长得真好看。

敖姬也问了我一个问题:你为什么要跟老伴分居?我很坦白地告诉她,我的女人早已经不能受用了,更何况,她自从动了乳房切除手术,整个跟宫廷里的阉人毫无二致,看了会让人做噩梦。敖姬不怀好意地笑了起来,她指着我说,你现在难道不像个阉人?我低下头,发现自己的身体依然像面条一样柔软。一个人最大的痛苦莫过于此:对于伸手可及的东西他却无力触及。眼前这个看起来有失体面的物体,并没有从我的身体中挣脱出来,它缺乏向上的力量,它更缺乏深入的力量。我所能期待的,就是在平静、缓慢的抚摸中获得一点想象性的快乐。老年人总是一再被人告知:要把快乐从某个固定的点上转移到整个身体上。这也是我目前所能接受的一个悲哀的事实。我现在热衷于打桥牌,就是最大可能地实现力量自下而上的转移。

我向敖姬承认:对于男人来说,女人就像一座山,年轻时候可以接连翻过好几座,到了老年,就只剩下登山的欲望,却没有登山的力量了。敖姬笑了,这是一种表示理解的微笑,而我仍觉羞惭。

敖姬在我脚底抹了一层油。她指着几个足穴,充内行地告诉我这是什么穴,那是什么穴。我让她重复一遍,她马上就说混了,甚至把脚前的穴位名称说成是头顶的。她接着拿出一根长约十五公分的木杵,在我脚板上往返挤压,然后问我,有感觉?我没吭声,敖姬忽然使出了更大的手劲,我痛得嗷嗷叫起来。痛,就表明你的经脉不够畅通,敖姬又指着我的某个足穴说,这儿,对,这儿直通你的肾。你的肾坏掉了。敖姬这样说时,我的身体居然有点发硬了。我想是我的肾上腺已经受到刺激了。我把敖姬的脑袋按了下去。

敖姬吐出了舌头。她的舌头真长,几乎可以舔到自己的鼻尖。

时间到了。外面有人提醒道。我突然意识到,在这儿每一个人的快乐都必须接受钟表的管辖。让我忽然想起桥牌的规矩:每轮打两副牌,限时 15 分钟,打三副牌限时 20 分钟。

能不能再延长一点时间?

那么你就得付更多一点的钱。

郑亮

我带着一份生日礼物来到刘丽亚的住处。她给我开门时,只穿一件单薄的睡衣。她的乳罩是透明的,隐约露出饱实的乳房,就像是透过橱窗可以直接看到里面的奶油蛋糕。生日快乐,我递上礼物说。

他妈的,刘丽亚兴奋地说,我居然忘了今天是我的生日。

我不知道自己为什么会喜欢眼前这个女人,也许是她说粗话的模样迷住了我。

她向我表现出来的,不是我想象中的那种亲热,而是平常的热情。请坐。请喝茶。如此而已。然后她就斜靠在床头,抬高一只胳膊,用一枚小镊子小心翼翼地夹着腋窝里的毛根。我明白自己需要做点什么。我走到床前,搂住了刘丽亚,但她使劲推开了我，迅速转移到了床的另一头。我在若有所失的感觉中晃荡了一下。刘丽亚见我满脸尴尬，就带着歉意说，今天不行，我“二姨妈”来了。每次到关键时刻，她总会找借口拒绝我。但我是可以容忍的。通常情况下我还是可以容忍的。

现在她坐在梳妆台前，一边照着一面小镜子，一边继续用小镊子夹着鼻子上几颗细微的黑头。仿佛她从事的是一项瓷器活，极力要把每一个细微之处打磨得光滑，不容一点杂质出现。每天她都要花大量时间挑剔身上一些她认为必须挑剔的东西。除此之外，她似乎也没有什么癖好折磨自己。夹完黑头，她又开始用小剪刀把头发上分叉的部分剪去，有条不紊地堆放在一张散发着油墨香的报纸上。报纸上是一张笑得十分灿烂的明星脸，几乎占了整个版面的三分之一。不久之后，那张笑脸就被一堆柔软的发丝覆盖了。我斜靠在床头，懒洋洋地看着，随手打开床头柜上一盒巧克力豆，捡了一颗抛进嘴里。她对着镜中的我说，别吞下，这是眼影膏。但我还是把它吞进了肚子。她应该明白，这是一个被她长时间忽视的人所做出的小小的过激行为。她应该有所表示了。但是没有。

她继续对着镜子，从纸包里掏出一张粉红色纯棉纸，蘸了一点水，轻轻地拍打着双颊。我第一次发觉她的脸有点不太对称（也许是睡眠过多导致双颊浮肿的缘故）。我忽然想到了早上一对男女在吃早餐时的谈话。

刘丽亚

郑亮冷不防问我一个问题:你是否认为对称的脸比非对称的脸更具吸引力?我说是的。其实我也可以说不是。郑亮接着告诉我:通常情况下,面部对称的人失去贞操的时间要早一些,而他们身边的性伙伴也会多一些。我觉着郑亮的话无聊而又有趣。我问他,你是从哪儿听来的?郑亮说,吃早餐时就有一对男女在我旁边讨论这个问题。我说真无聊,无聊透顶。其实我也可以说真有趣。

经郑亮那么一说,我也下意识地瞥了一眼墙上的明星写真(我无聊时,就喜欢在想象中挑剔我所喜欢的那几个男明星的长相),汤姆·克鲁斯的左脸和右脸显然是不对称的,因此他拍照时常常会举起左手,在脸上投下一道阴影,以掩饰脸型的缺陷。我一度被他举枪的手势迷住,现在却觉着有些厌恶。

我又想到那个举枪的男人了。一条丧家之犬,至今去向不明,我也懒得去打探他的消息。那座城市里的人都管他叫王革命,而他悄悄告诉我他的原名其实叫王格。我说你叫王革命更合适。这个名字,充满了火药味,跟他本人一样。一个人时常带着手枪,几乎什么事都有可能发生。子弹是没长脑子的,我说它总有一天会冲他而来。他就是听不进我的劝告。干其他事有什么不好?邮递员、司机或者油漆匠,都是一份蛮不错的职业。可是他却不愿意这么平平淡淡地过日子,非要拿着枪去寻死觅活。他曾对我说,完成了这桩事,我就带你远离这座城市。我问他究竟是指哪桩事,他却笑而不答。他总是这样说,快了,快了,我们就要过上幸福的生活了。这种听起来悦耳的话他已经向我说过很多遍了,后来就让我觉着厌烦。有好几次我把他的枪藏起来,但每次他都能凭着嗅觉找到它。事情坏就坏在他手中这个家伙。有一天,人们告诉我,他在一家地下赌场用一把六四手枪击倒了一名赌徒中的老大。正如报上那个杀人犯所说:他必须用枪口表达自己的愤怒。后果是不堪设想的,在那座城里至少有十几名赌徒发誓要杀掉王革命。但也有人夸他的枪法准,他们会对那些玩枪的小毛头们说:王革命在这儿你就不敢出风头了。那个胆敢效仿他的小毛头后来竟死在别人的枪下。我说这是自讨苦吃。

当你口中的一颗蛀牙彻底烂掉,只剩下牙龈时,你仍然会认为它完好无损地存在。只有当你牙龈隐隐作痛时,你才真切地感到它已经彻底地烂掉了。你一次次想拔掉它,却始终没有勇气。

有好几回,我以为自己已经彻底忘掉他了,但没过多久,他就会在我梦中杀了回来,他让我的梦境乱了,让我的心乱了,最糟糕的是,他让我的整个生活都乱了。

我想我注定要爱上这个卑鄙无耻的男人了。

王革命

她打开房门乍见我时，没能及时控制住脸部的慌乱神色，就像不速之客进她的卧室时，她一时间无法收拾好床上的凌乱衣物。定了定神之后，她的第一个反应就是伸手去关门，我用手把门挡住，没等她开口，我就进了房间。里面站着一个小个子男人，蓄飞机头，我一眼就把他认了出来。我同时还注意到了床上的一片压痕，范围不那么大，可能是他们刚刚坐过，或是其中一个斜躺过；床单的其余部分是平整的，没有那种翻滚过后的印痕。我们三个人：我、刘丽亚、飞机头，站在三个互为对角的位置。刘丽亚还没有完全从一种慌乱的感觉中脱离出来，眼神迷乱，表情费解，她似乎正在琢磨着应该如何应对这种局面。事实上，真正处于对峙状态的，是我和飞机头。碰到一些拔刀子不能解决的事，我会冷静下来思考。我会在不失风度的情况下让对手安静地离开。飞机头的嘴角掠过诡秘的微笑，我也以微笑回敬他。我的目光落在他肘边桌子上的礼品盒，包装精致，分量似乎不轻。我猜想那是他送给她的生日礼物。我把它掂在手中，问刘丽亚，这是他送给你的？刘丽亚的脸部肌肉紧绷着，双唇也是紧紧闭拢，只让两个鼻孔小声出气，一副少气懒言的样子。我转而对飞机头说，我今早在车上发现你的手不太干净，因此你的礼物肯定也是不干净的，你拿回去吧。飞机头被我这句话激怒了，但他心里应该有数，凭他这副体格，并不适合用男子汉的方式解决问题。他把脸侧向一边，似乎不想让我和刘丽亚看到他此刻的窘迫。刘丽亚从我手中夺过礼品盒，抱在怀里说，即使不干不净，我也喜欢。这话让我一下子怔住了。我想，了解一个身边熟悉的女人有时会比了解一个远在千里之外的陌生女人更困难。我的惊愕很快就转变成了愤怒，一句粗话冲口而出。

我好像是这样对她说的，你他妈的真像一只鸡。

刘丽亚竟摆开了斗鸡的架势说，我是鸡又怎样?！我是鸡又怎样?！

这么说，我一直都是在跟一只鸡生活，而当初我还以为是在跟一只天鹅比翼双飞呢。

我好像是在这种有失风度的情况下扇了她一巴掌。飞机头随手抄起一张小方凳，要向我劈头砸来，但他举到半空时，双手突然凝滞不动了。这种吓唬人的小把戏对我来说早已过时了。我相信他不会跟我相持太久。刘丽亚没有及时出面喝止，让他反而有些为难(立即放下凳子，他也许会觉着脸上有些挂不住)。但他还是放下了。他继而转身去搬那张体积较大的沙发，他举了几次，都没能举得起来。我等得不耐烦了，拔出手枪顶住了他的脑门。我一直对自己右手的控制力缺乏信心，我害怕这一颗子弹会背离我的意图蹿出来。结果是刘丽亚上来拽住了我的手臂。她对我大声嚷道，你疯了，你真的疯了。

其实我一点也没疯。我之所以没有扣动扳机，仅仅是希望这一晚能睡得踏实一些。飞机头趁我犹豫之际，夺门而出。他逃得飞快，似乎是训练有素的。我没有追出去，只是在门口冲他的背影吼道，如果是在以前，老子非一枪毙了你不可。

郑亮

我从刘丽亚的房间退出来，浑身疲倦，有一种刚从女人身体中被迫退出的感觉。

刘丽亚

他希望我这段时间的情感生活是空白的，没有任何男人插上一手；可是，他似乎又希望从我的谈话中进一步确认，我的生活中是否还存在过一个可能的男人。他就带着这种矛盾的心理盘问我，使用的是一半带审讯，一半带闲聊的语气。他的提问有些咄咄逼人，那时我想回避都是不可能的。每一个词都像是一个心怀叵测的人在我身后穷追不舍，直到抓住了我，让我完全放弃了抵抗。他一边听我毫无保留地讲述，一边察看我的脸色、眼神，揣度我的语气变化。而我的回答显然是让他满意的，他的语气转向柔和就说明了这一点。接着，他就使用抚慰的语气跟我交谈，就像一个人把掐住喉咙逼问的动作变成了轻柔的抚摸动作。

没有经过我的同意，他擅自打开了郑亮送给我的生日礼物。里面除了一只名牌手表，还附有一张生日贺卡，上面写了几行歪歪扭扭的字。中学时代的老师曾告诉我们：这就是诗。那个年代，诗歌还勉强可以哄骗那些没脑子的女孩子上床。这是诗，我用很识货的口吻对王革命说，但我内心没有升腾起一种圣洁的感觉。他居然会写诗，他居然掌握了不少形容词，他居然还懂得使用比喻，这就有点不一般了。王革命把我手中的生日贺卡夺过去，瞥了一眼，说了一句带有挖苦性质的脏话，然后当着我的面大声朗诵。

刘丽亚，我想请你看黄昏七点钟的月光。这他妈的是一句货真价实的下流话。王革命说完之后，突然大笑起来。我也笑了。我的笑声好像并不是发自内心，而是他的喉咙。我只不过是把他的笑声延长了几秒钟，没有别的意思。我对眼前这个男人再了解不过：无疑，他是那种血性很旺的男人，跟别的硬汉子一样，发起狠来，愤怒也是一步到位。可是，他也有另外一面。我知道怎么哄他，让他开心。

王革命突然抱住我说，我也送你一份生日礼物。说着他就借助整个身体的重力顶住我。他弯腰时我听到了骨节错动的声音，好像他的身体一直紧紧地绷着，现在终于可以松弛下来了。

我终于可以松弛一下了。他是这么说的。

我对他说，你弄疼我了。他却装作没听见，仍然在炫耀他的力气。我用膝盖顶住他的腰部说，我要是跟你一辈子非要死在你的手里不可。他没有停不来，反而露出了得意的微笑。其实我要的仅仅是一双坚定的手，而他给我的却是整个笨重的身体。

一股甜蜜的仇恨在我血液里蔓延。我拧住他的耳朵说，你听见了吗？你弄疼我了。一枚硬币忽然从他耳朵里掉了出来，落在枕边。我不知道他为什么会喜欢把硬币搁在耳朵里，也许只是一个微不足道的癖好（他的耳朵有一小块烟蒂似的赘肉，恰好可以挡住一枚小小的硬币）。我把这枚硬币夹在拇指与中指的指肚间捏来捏去。他问，你发现这枚硬币有什么特异之处？我拧着他的耳朵说，你的耳朵倒是有些特别。我一定是把他的耳朵弄疼了，否则他不会龇牙咧嘴，像要吞掉我。那一刻，我感到肚皮下有什么东西突然需要尖叫了。我用手中这枚硬币堵住了他的耳朵。

郑亮

我握着一把水果刀又悄无声息地杀了回来。但我还没有到刘丽亚的房门口，就已经听见了房间里传出嬉笑打闹的声音。我一下子怔住了。刘丽亚对那个男人说，我只想过一种平平淡淡的生活，我要的就是一点点——我知道她下面要说的是“自由”，但她的声音突然被迫中断了，好像有一只手压住了下面的“自由”，或者是整个身体。让我无法容忍的，并不是那个男人的粗暴，而是刘丽亚那种不知羞耻的尖叫。对于女人，我以为是弄明白了，其实是自以为弄明白了。那一瞬间，好像有什么东西突然要给我后脑勺来那么一下子。但这算不了什么，我只要一转身，就能忘掉。

我照样可以哼着口哨，走上街头。我甚至希望那名毛手毛脚的年轻警察此时能够突然出现，跟我再玩一场追逐的游戏，否则我的快乐就会稍欠完整。大街上是日常的纷乱，这符合我的口味。有几个女人在当街兜拦生意，我没有兴致过去，但我很得体地向她们表示歉意。后来我走进了一个街头厕所，躲在某个隐蔽的角落，干完了那桩对我来说早已习以为常的事。一直以来，我都以为那桩事是近乎美妙的。但今天有点不一样，我本能地意识到，那瞬间的快乐是模糊的，也许根本称不上快乐。

我懒洋洋地从厕所出来。一个外地贩子正在厕所对面的一株大榕树下兜售几种仿真手枪。他向围观的本地人介绍说，这种仿真手枪的最远射程是 50 米，能打穿 4 毫米厚的玻璃。几个掂量过仿真手枪的本地人簇拥着他，七嘴八舌地跟他砍价。外地贩子表示，只要他们出得起价钱，他愿意免费在这把枪上镌刻主人的名字。这年头，只要手头有点儿钱，什么东西都是可以拿来把玩的，花 28 元就可以把自己的头像印在邮票上，花 100 多元就可以拥有一枚专为个人设计的 14K 刻名金首饰。那个络腮胡子只花了 58 元就买下了这把仿真六四手枪。他模仿美国西部牛仔的模样，举起手枪，瞄准厕所门口，一名刚刚整好裙摆的妇女从里面出来时，吓得尖叫一声。她的眼睛睁得圆鼓鼓的，仿佛眼前是一头凶猛的庞然大物。正是这种惊悚的眼神，使我决意购买一把仿真手枪。

我记得刘丽亚身边那个男人曾威胁我说：如果是在以前，我非一枪毙了你不可。

我不知道他从前是干什么的。

王革命

我不知道该如何描述我们这伙人的标准形象。我所说的“我们”，指的是跟我一样替老板卖命的六个人。我们的名字通常是连在一起的。六个名字，就像六发子弹，响亮、有威力。那座城市的硬汉，从来不敢跟我们较量。后来，老板唯恐我们的势力日益壮大，硬是把我们拆散，分派到三个不同区域的地下赌场，我们的任务就是维护秩序，把那些违规的人，按照行规清理出人群。我在地下赌场混了个把月，很快就具备了一条恶棍的全部特征：嗓门大、会说黑话、会动粗，有时表情冷漠，有时则目露凶光。那些在我们面前耸着肩膀、紧握双拳的人，与我对视五秒钟之后，就会胆怯地离开。我认为，我之所以能恫吓他们，还多亏额际那条清晰可见的刀疤。

我要说的是那一天傍晚，大约六点钟，我吃晚饭时不慎打翻了手中的饭碗。以后回想起来，觉得那件事似乎与随后发生的一起意外事件有着必然的联系。按照南方人的迷信说法，打碎饭碗会是一个坏兆头。

也就在我捡拾饭碗残片的那个当儿，一名客房服务生过来告诉我，他发现304客房有人正在鬼鬼祟祟地摆弄电视机。我带着两名助手冲进了那间客房。里边那个人吓得从椅子上弹跳起来，面前一台电视机的屏幕上显现的正是四个人围桌打牌的场景，他们打的是桥牌，北家是一个小胡子男人，他触摸着自己的纸牌，不露声色，他关注的似乎只是赌局本身，而不是对方的叫牌情况。我看到电视机旁边的信号放大器和解密器，就知道是怎么回事了。我很快就找到了屏幕上显示的那个包厢，那时北家正在按顺时针依次从左到右发牌，我对桌上的纸牌进行了检查，结果发现这些纸牌都是经过特殊处理的。小胡子男人竭力跟我狡辩，但不敢过于外露。为了证明这是一个不争的事实，我站到桌子上，拧开吸顶灯的灯盘，里头是一个烟感报警器，被一层又一层的硅胶粘着。那名小胡子男人见事败露，就想开溜，但被其他几名赌客一把抓住，摁倒在地。我取下报警器，打开，里头露出了一个微型摄像头。我用手铐把那名作弊的赌徒铐在一起，让他们在众人面前做个检讨。这是铁定的行规。那时围观的人越来越多，其中几个女赌客据说曾被他们骗个精光，最后不得不用身体作为赌资押上，结果自然是照输不误。她们愤愤不平地说，这两个人精耍了我们。她们上来就是兜头吐一口唾沫，然后狠狠地踢了他们裤裆一脚。为了平息众怒，我让两名赌徒各自留下一根手指。

事情就这样接踵而来。几天后，一个绰号叫西门勇的街头痞子来到我们这儿闹场。他是为那两名剁掉手指的赌徒打抱不平而来的。西门勇对我说，你剁掉他们的手指，这无可厚非，但你让几个娘儿们当众羞辱他们，就不可原谅了。为了这一点尊严，西门勇要为他的弟兄向我讨个说法。就这件事而言，我认为自己打理得明白无误，因此我也摆开了架势，毫不示弱。在这个城市混日子，学会几个架势是非常重要的。就像在那个关键时刻，你隔着一张桌子与对手面对面谈话，身体必须向前倾，让双拳抵住桌板，而双臂必须离身侧更开一些，肘部微微弓起，让前臂的青筋暴露出来，这是一种随时要掀翻桌子干一场的架势，它的威慑力量不言而喻。西门勇嘴里嚼着口香糖，用蔑视的目光看着我。就在这一触即发的时刻，我的老板出现了。假如不是他出面打圆场，我们早已大打出手了。西门勇大摇大摆地离开时，我对着他的背影说，明晚六点三十分，假如谁还敢过来闹场子，我一定会准时取他的一只眼睛。次日傍晚，身高一米八五的西门勇和一把三十公分长的马刀同时出现了。随他同来的还有几个装束怪异的小毛头。在场的工作人员和赌客全都避开了，只剩我孤身一人。几个小毛头围了过来。我对西门勇说，我没有别的要求，仅仅是希望他们能给我让出一条道来。西门勇做了一个摩拳擦掌的动作，准备给我迎头痛击。我被身后几个小毛头扳倒时，西门勇已冲上来，我迅速掏出手枪，顶住了他的裤裆。我对西门勇说，想试一试它的威力？黑洞洞的枪口，深藏着一道可以想象的威力，谁蔑视它，就等于蔑视死亡。西门勇不敢怎样，他双膝一软，就跪倒在地。我以为事情就此了结了，却没料到西门勇会在伪装怯懦使我放弃警惕之际，突然从小腿部位抽出一柄匕首，向我握枪的手臂刺去。我本来只想吓唬一下他，但子弹比杀人的念头更快地冒了出来。我听到砰的一声巨响，所有的人都一哄而散，因此，我估计自己已经打中了西门勇。我说过，我愤怒的时候，他们必须给我让出一条道来。

我离开那座城市之后才得知，西门勇的命硬，居然死不了。子弹进入他的眼眶，被眼眶骨挡了一下，继而滑落，击碎第一颈椎骨，医生必须切开喉咙五厘米才能取出其中的子弹。但手术不太成功，西门勇从此半截瘫痪。他常常坐在轮椅上无缘无故地咆哮，发誓要在有生之年看见我死在他的跟前。他碰到每一个认识我的人都会发狠地说，你去转告王革命，他非死不可。他要让我知道：我即便摆脱了他，也不可能摆脱他的威胁。可我眼下好像还是完好无损的。

郑亮

我不知道自己为什么会进来。我的手在门把上转动几下时，双腿有些迟滞。但我还是进来了。落地窗帘被风吹得微微鼓荡起来，这说明窗户是敞开的（也许是为了驱散房间久积不散的气味）。窗帘只拉开一半，一缕阳光斜射进来，光柱间飘荡着纤尘，看起来仿佛一个风尘仆仆的外乡人，要进来驻足片刻，带着一种陌生的热情，却没有搅扰屋子里的宁静。整个房间分割成半明半暗的两块空间。阳光照亮的木质物件反射出金属的光泽，但此时显得有些淡漠而幽寂。也就是说，光线已趋于微弱，房间里的黑暗很快就会到来，与另外半边暗影重合。那缕日光指引我的目光移向窗外。太阳已经偏西，对面的楼影差不多要盖住半边街道，因此行人大都喜欢在街道那边的阴影中行走，这边的行人十分稀少。刘丽亚与她的男人就坐在街道对面的小餐馆里。他们靠近临街的落地玻璃窗，相对而坐（那个男人身上还挎着一个包，好像随时都有可能拔腿跑掉）；中间的餐桌上只有两碟冷菜，主菜还没上来，他们安详地等待着。刘丽亚摆弄着手腕上的一串琥珀色的陶珠（她没有戴上我送给她的那块手表），陶珠似乎比手腕周径要大一些，因此她把它摘下来，打开结扣，再度抽紧松紧绳。坐在对面的男人做了一个提示动作之后，她就把露在外面的绳子收头处转到腕底，显然是为了美观。她反复端详着陶珠，间或向那个男人露出甜蜜的微笑。

刘丽亚喜欢吃的南瓜饼已上来了，还有两份牛排也上来了。我在心里盘算着他们吃一顿饭大约需要多少时间。我转身的一瞬间，脑子突然变得空荡荡的，不知道自己进来要干些什么。我的目光很散漫，在凌乱的衣物之间游移：床上、椅子上，胡乱堆放着 T 恤衫、平脚内裤、牛仔裤，里面还混合着女人的透明镂空内衣、长筒丝袜、胸罩；一只高跟无后帮拖鞋搁在床头柜上，另一只却甩到了梳妆台上。我能想象得出他们在此之前所经历的那一种狂欢。现在,刘丽亚应该已经吃完了第一块南瓜饼。然后是第二块,第三块。

我打开梳妆台的抽屉,里面除了一些小件的日常用品,没有别的。我又继续打开折叠式衣橱,我送给她的那条褶裥裙竟然连商标都没有剪掉,那个男人随身携带的衣物还没渗透到这些更深一层的地方(他是那种看上去随时要动身远行的人,不会把太多的东西保存在这儿)。我发现床底下露出了褐色的皮箱的一角,我把它拖出,打开,里面的衣物竟然充满了灰尘与樟脑丸混合的呛鼻气味,看来全都是那个男人的。皮箱盖反面的一个小布袋里是一大堆车票,有硬座客票、软座客票、软卧客票、简易车客票、市郊单程客票、普通加快票、特别加快客票,这些车票上的红色专用章标明的地址不尽相同,但日期较为相近。因此我推测那个男人在近段时期一直过着居无定所的生活。我又接着翻开底层的衣物,手指忽然触摸到一个硬邦邦的东西,凭直觉,我认为这是一把手枪。我把它掏出来,发现这是一把六四手枪,真家伙,外形跟我口袋里的那把仿真手枪一模一样。六发子弹都已上膛,箱子底下还有十几发备用子弹。这时,门外的楼梯上响起脚步声,缓慢滞重,间隔均匀,脚步声从一楼一级一级地往上升,应和着我的心跳,仿佛是踩着我的肋骨上来的。那人在平台上站立了一会儿,继而掏出一串钥匙。我迅速闪避到门角,等着那串钥匙插进锁孔。我觉着手中的冷汗正一点点地凝固起来，手掌发硬，几乎握不住那把手枪。但那人只是停顿了几秒钟，就继续以原先的均匀速度向楼上走去。

就差几分钟，落日就会沉没。有一点灰暗的东西在我的内心一点点弥漫开来。

我能感觉得到，阳光离开身体后的那种深邃的孤寂。我站在窗口，突然想朝街上的行人开一枪。那一刻，我被自己这个一闪而过的念头吓了一跳。

我没有开枪。我从刘丽亚的房间里跑了出来。穿过僻静的巷角时，我忍不住向地上一只水表的铅封开了一枪。我觉着这一枪击中了某个潜在敌人的头颅。我在想象中解决了他。

邹杰

苜蓿街治保小组副组长田贵生给我打了一个电话，说街区水管员又惹麻烦了。

我接管这个街区时，所长就曾告诉过我：这个街区的问题大得很。我来了之后才晓得问题究竟有多大。苜蓿街的几宗重案永远轮不到我插手去管，而我每日处理的，通常是一些琐碎之至的民事纠纷。所长说，冒烟是着火的先兆，苜蓿街出来的大问题，往往起因于小问题，所以你不可以对那些小事掉以轻心。单凭“那些小事”，就足够让人头疼了。而苜蓿街总会出现一些叫人头疼的家伙。

我把车停在街角。巷子里头挤满了看热闹的人，几个揎拳捋袖的小毛头显然是要为水管员撑腰。见我来了，就退到一边。我沉下脸对那几个小毛头说，我已经警告过你们三次，但现在我还要第四次警告你们——说诸如此类的话时，我很注重自己的发音窍门。我知道在什么场合用什么口吻说话。

小毛头们一下子就被我镇住了。那个水管员的火气也降了不少，他开始表现出“让大家评评理看”的态度。而抄度员原先慑于对方人多势众，不敢把架势摆得太大，见我来了，他的一肚子窝囊气就激发出来了，随着嗓门越来越大，手势的幅度也越来越大。我从他口中了解到事情的原委：原来是有人打碎了这里一只大总表的铅封，以至于他现在无法统计出确切的用水量。按照抄度员的推测，大总表是在几天前被打碎的，而水管员却知情不报，因此不排除嫌疑的成分。我眼前这个水管员，他有着把水费挪用的坏名声。他遭到质疑，并不值得我惊讶。但水管员陈述理由时认为，他是在这之前才听到大总表被砸碎的消息，他怕人家对他起疑心，当即去查看，发现九枚度数指针已被人拔掉了六枚，分别是标明大度数的十万吨、一万吨、一千吨不等的黑色指针。随后抄度员刚好也闻讯赶到，反而咬定他是在贼喊捉贼。双方陈述的理由都十分充分，他们用信任的目光看着我，好像这条街上的事都是由我说了算。

水管员拽着我的手，非要我去检查大总表，帮他澄清事实。我说，浊者自浊，清者自清。人家不会平白无故地诬蔑你。水管员指着砸碎的大总表满脸委屈地说,你瞧瞧,我再愚蠢也不会做出这种胆大妄为的事来,我可是学过法的。事实上,水管员是在看守所里被迫学过一点民法知识。他把“我可是学过法的”这句话反复说了几遍,以表明自己现在有着极强的法制观念。抄度员索性挑明了说,倒拨几十吨的事以前并非没有发生过,我特地加了三层铅封。可现在反而变本加厉,有人居然用枪打碎了这只大总表。我问抄度员,你有证据?抄度员掏出了一枚子弹,交到我手中。我脑中立即闪现出最近发生的一桩枪杀案:一名二十多岁的矮个子,用一把六四手枪杀死了他的情敌。原因很简单:那个人太高大了,总是要挡住他的视线。凶手至今下落不明,局里的刑侦警察忙乎了一阵,现在也不见下文。假如他们能放下架子向我请教,我或许还能为他们提供有关的线索。可是,他们有他们的傲慢。

我捏着手中这枚子弹,用所长的口吻对大伙说,看来这条街区的问题大得很。

田贵生

我跟老伴仅仅是为了几滴水而引发争吵。类似的争吵已不止一次。她是那种抓住一点饶头就不会轻易放手的女人,这种性格把她训练成一名偷水老手。我说她这辈子偷得的自来水简直可以填满十个游泳池,这话丝毫没有夸张的成分。近些日子我得了失眠症，彻夜不断的滴水声总是纠缠着我，我几度动手要去修理那个坏掉的水龙头，都被老伴及时阻止。她的理由是：水龙头漏水时，水表的指针纹丝不动，这水不偷白不偷，你又何必去修理它？那天傍晚，我趁她不注意，偷偷旋开龙头把手下的六角螺母，再把轴上缠绕了几圈塑料带。水龙头不再滴水了。我出去转了一圈回来，发现老伴已经抽掉了把轴上的塑料带，但她拧紧螺母时，水龙头却冒出了大量的水。我赶紧跑到楼下去关总阀门。就是在那个时候，我看见巷角有个挺眼熟的年轻人掏出一把手枪，朝地上那只大总表开了一枪，枪口还飘荡着几缕蓝烟。那人朝枪口吹了一口气，握枪的右手停留在空中，双眼露出几乎是兴奋的光芒。他似乎被自己的这一举动陶醉了。那一刻，我只是做出本能的反应：软腭上提，喉头下沉，轻轻地喊出了一声“啊”。那人回过头来，他看了一眼我，走开了。我赶紧跑到墙角，撒了一泡尿。回头去察看那个大总表时，发现它已被砸出一个大窟窿。我四下里张望一眼，偷偷拔掉了其中四枚（也许是六枚）指针。

今天上午，警察小邹找到了我，问我前些日子有没有听到一声枪响。我承认听到了砰的一声，但我告诉他不能确定那是枪声。而且，我说，我还不能确定，这事发生在前天，还是大前天。小邹继续盘问时，我岔开了话题，扯一些别的事。我没有说那些多谈无益的话题，后来，我感到舌头干燥，就说了一个让自己满嘴生津的笑话。

田贵生的女人

你知道吗？我这辈子最幸运的事就是嫁了一个毫不在乎我相貌的男人，我这辈子最不幸的事也莫过嫁给这样一个毫不在乎我相貌的男人。这事说来话长，你叫我怎么说呢？你是警察，也该管一管我家这个天杀的。他在暗地里干了些什么丢脸的事，我都一清二楚，他还以为我一直蒙在鼓里呢。他打牌赢了钱，还不是全撒到了女人身上？我没有把家丑扬出去，是因为我始终相信，老天有眼，他那根不肯安生的东西迟早会把他的身体拖垮掉。什么？你对我谈论的这些不感兴趣？实话告诉你，上午你跟我家老头子谈话时，我对你们的话题也不太感兴趣。我听了一刻半会，就转到里屋看电视去了。电视里每天都是热热闹闹的，有看头。看什么？你问得也真够详细。我看到了两个光着膀子、戴着皮手套的年轻人在台上打架。另外还有一个秃顶的中年男人在劝架，说了几句不痛不痒的话。两个年轻人被拉开之后，又扭打成一团。听到当的一声，他们又分开了。然后上来一个穿得很少的女人，举着牌子，扭着屁股，在台上走了一圈就下去了。我不敢说，那两个年轻人是为了争夺这个女人打起架来。他们打了一会儿，又分开了，气喘吁吁地坐下来，摘下假牙，漱一漱口，好像他们不是来斗拳，而是来斗嘴的。他们分开好几回，后来又缠在一起打了好几回。处于劣势的那一个拳头竟像打蔫的喇叭花那样垂挂下来，只有挨打的份。台下那么多人竟没有一个上去劝架，反而吹着口哨瞎起哄。这种人我可见得多了。昨天傍晚，我正要下楼时，看见五个壮汉正把一名蓄着飞机头的小个子男人从二楼房间拖出来，一直拖到楼下的天井里。如果我不是担心那几盆花被他们弄坏掉，我才不会下去看热闹。五个壮汉把那个小个子逼到一个死角，个个都摆出一副很有两下子的模样。我也不记得他们的模样了，但我记得他们是并排站着的，像五根竖着的手指，踢得最凶的那个，又矮又胖，就像五根手指里的大拇指。我说你们别打啦，可是没有人理会我。说真的，我不希望有人在我家楼下吵吵嚷嚷。我那些邻居都在一旁观看，没有一个人站出来劝架。这算什么世道？后来我听到有一个声音从人群中猛地蹿出来：你们都站到一边去。我被前面一群围观的人挡住了视线，没法子看清那人的面目，但我猜想那人一定是长得人高马大，要不就是在那群人中有着非同寻常的地位。出于好奇，我想挤上去瞧个真切，却总是被围观的人挤到一边去。什么？有没有枪声？没有。我只听到两记声响。第一声是清脆的，可能是那人给对方一记耳光；而第二声就显得沉闷了，可能是一脚或一拳击中对方的心窝。没过多久，前面的人群自动退到两边，让出一条通道来。我看见那个小个子男人从人堆里爬出来，满脸是血。你问我认不认得他？我当然认得，有好几次他来找那个租我二楼的女人，每回都跟我碰个正着。我那小孙女也认得他。我小孙女说，有一次他闯进了我的房间，刚好被我小孙女撞见，我小孙女吓得哭起来，他却告诉她说，他不是坏蛋，而是不小心落到这间房子的外星人，我小孙女信以为真，把他送到门口，还掰给他半块巧克力。他为啥会挨打？这个我也不晓得。我只听到那几个凶巴巴的人说，他们要找他们老板的女儿刘丽亚。

王革命

桥牌室。发牌者依次轮流发牌，每家十三张。我是第二家，发牌者的下家。我的搭档是发牌者的上家，我们相识没多久。我的牌风很好，因此他们逐渐放弃了对我这个外乡人的戒备，谈话也由严肃而变得风趣。这样，我就可以旁敲侧击地打听一些与本城假币制造案有关的事。打第二轮时，我发现，我的上家正在用手指跟自己的同伴打暗号：他的手在牌背后露出三个手指头，这一回不是分开的，而是紧紧并拢。如果是在以前，我想我会按照“王革命的方式”剁掉他的手指，但是现在，我完全可以将计就计，或者索性睁只眼闭只眼。我的计算才能使我获得了良好的牌感。我估计了一下自己的得分比率，那可是一个“魔机数”，因此我可以采用稳妥的叫牌和打法。

我旁边那张牌桌上坐的全是老人。他们把澡堂、厕所里的聊天话题都搬到了牌桌上。打完这一轮，我要去敖姬那儿放松一下了，坐北家位置的老人打出一张牌问，你们要跟？东家说，我跟。南家和西家也说要跟。然后他们一边打牌，一边拿敖姬这个名字开一些低级玩笑。

敖姬

那些发生在床上的体力活，很快就会过去，我也很快就会忘记那一切。我身上最大的优点就是健忘。缺点也是。尽管他们给我留下了各自的名字和电话号码，但对我来说，记得这些会是一件很累人的事。何况，他们的名字和面相总是易于混淆。那些随随便便进入我身体的，只有一个名字：男人。最初的，也是最后的。

刘丽亚说我是厌世的、玩世不恭的。可我还是要坚持说这样的话：男人，没有一个好东西。女人天生就是完整的，但也是容易破碎的，男人只会加速她的破碎。我说女人并不是因为破碎之后才重获完整的。

就在昨天，那个离开我长达十八年的男人突然出现在我面前，说真的，我真想狠狠地咬他一口。他希望我冷静下来，要我“考虑考虑”。我做了个免谈的手势。他甩出了一捆钱，脸上露出暴发户的狂妄神气。我毫不犹豫地把钱推开。他又接着甩出一捆钱，问我，这够吗？我把两捆钱全部推到桌子底下。对待钱，我从来没有这么傲慢过。那个姓刘的男人离开时，干笑了一声，对我说，他迟早会找到我的女儿。

我在刘丽亚这个年龄的时候，就有很多男人在疯狂地追我。那个姓刘的男人就是其中的一个，也是脸皮最厚的一个。夏日的夜晚，他时常会陪我坐在板凳上看星星，死也不肯离开。后来，他居然说自己对星星已经有了感觉。我不搭理他，我坐得端端正正的，但我知道自己的内心已经失去了平衡。他没完没了地向我献殷勤，给我说一些坏蛋的故事。我允许他替我捶小腿，是因为我吃不准他要干什么。慢慢地，我的身体似乎从自身的控制力下滑溜出来，任凭他的摆布。他在这方面有一手，而我缺乏开始的经验。我一辈子都不会忘掉那个夜晚。他的手引导着我的手，完成了简单而复杂的程序。他懂得怎样将一个正经的姑娘调教成一个荡妇。以后我看见他，总觉着他像一个阴险而狡诈的教唆犯。我就这样稀里糊涂地怀上了孩子。而他就在那个时候神不知鬼不觉地离开了我们的小镇，有人说他跑到沿海城市做走私生意，也有人说他被关进大牢。但是没有一个人给我一个确凿无疑的消息说他死了。那时我还是个小姑娘，想到那些摆动小尾巴的“蝌蚪”有朝一日会变成一个活生生的孩子，我吓得大哭一场。肚子里的孩子也是我的一块心病。我的罪过大了。我经受不起神经的刺痛，于是我选择了一个好天气，约齐了几个好朋友到我家中，我就这样开始表演我的荒唐的绝活了：我活动了一下筋骨，爬上了阳台的栏杆，吸气，展臂，纵身一跃，落向了一楼的平地。所有的人都惊呆了。但她们都错误地领会了我的决然之举，以为我想轻生。其实我的真实意图是想打掉肚子里的孩子。遗憾的是我干得并不漂亮:我没能顺利地流产，却折断了腿骨。命运再一次嘲弄了我。

我的事终于露馅了。我没法子再待在那个被闲言碎语包围的小地方了。那时，我遇到了一名专门帮人偷渡国外的蛇头。他对我说，只要我付给他两万块钱就可以给我弄到美国，他说他还可以帮我申请“计划生育政治避难”，在当地获得合法身份，他还说资本主义社会的尿布和奶粉是可以免费领取的。我动心了，给了他两万块钱，准备豁出去了。可事情并不像我想象的那样简单。出国的日子一拖再拖，每次我问那个蛇头:我啥时候可以出国?蛇头总是这样回答:你急什么来着，办这事不像站在红绿灯路口，等一两分钟就可以通行。我催得紧了，人家反而说我是土包子，不懂事。后来我才知道自己上了那个人精的当。

我最终还是老老实实地待在乡下把孩子生下来。那些本来可以分摊给我的男人的惩罚，居然全都落在了我的肩膀上。那是一段多么难熬的日子啊:孩子的屎尿、半夜的啼哭、上个月拖欠的房租、非婚生罚款单、来自邻居的窃议、杂七碎八的药费，这些好像都约好了在那段日子里一起夹攻我，我只差跪下来祈求上苍不要再拿什么东西来折磨我了。

在我眼里，我的女儿就仿佛是远道而来的客人，我对她的冷漠日甚一日。有一次我竟莫名其妙地用一枚针刺她的小胳膊，她只哭了一会儿，我却哭了三天三夜。随着时间的流逝，我的女儿终于变得让我可以忍受了。不能说我没有从她身上获得快乐，看着她一天天长大，我也感到了几分欣慰。从她成长的过程我似乎看到了各种各样的小动物：从游动的小蝌蚪，到爬行的小蛇，到直立的猴子，到蹦跳的小猫，到奔跑的小马驹。想到有一天，她还会长出翅膀，远走高飞，我的情绪就坏掉了。

我的女儿把我分成了两半：她带走了我身体中纯净的一部分，却把污秽留给了我，让她的妈妈在污秽中生活。她站在我面前就像过去的我，让我无比羞愧。多少年来，我尽量避免跟她同时在大众场合抛头露面，甚至不敢在她面前大声地宣称：我就是她的亲生母亲。很多年前，我女儿问我，她的妈妈去了哪里？我指了指天上的星星，我说她飞了，飞得很高很高，再也不会掉下来了。打那以后，她常常倚在窗口仰望星空。在她的想象中，她的妈妈应该是神圣的、完美的。而她在骨子里是鄙视我的。刘丽亚在骨子里是鄙视我的。

今天中午，无风，闷热。刘丽亚找到了我。她说要走。要跟那个来路不明的男人？我问。我不也是来路不明的？她说，我跟他能走到一起，也算是同一路人了。为了感谢我这么多年来对她的养育之恩，她在告别时，向我深深地鞠了一躬，表现得就仿佛向遗体告别一样难过。整整一天，我的情绪坏极了。我好像接连打碎好几个茶杯。姐妹们说我简直疯了。我想正是这个坏天气助长了我的坏脾气。

但是，我还得留下少许的笑意给我的客人。我的目光越过玻璃门上一个斗大的“发”字，落在那条把美容厅与电影院隔开的大街上。有人在门外探头探脑，好像在挑肥拣瘦。田贵生就是在那个时候出现的。

田贵生进来之后，附在我耳边轻声说，这个月的房租费又要交了。他乜斜着眼，目光中流露的，是那种生活空虚的老男人常常会有的贪婪。我说我已经让刘丽亚把钱直接交给你老伴了。田贵生说，那么下个月的房租费呢？我说，刘丽亚要搬走了，下个月我来住的话，自然会再交。田贵生捏了我一把说，不如现在就交吧。我把他推开说，别烦我，找你家的黄脸婆去吧。田贵生没动气，觍着脸，牙齿龇在嘴唇外边，用哀求的口气说，我很渴。他说自己很渴，并不是说自己需要蓄水池那么多的水。他知道自己需要点什么，并且知道我会给的。

我们来到阴暗的地下室。田贵生让我屈身，我却没有这么做。并不是我不屑于屈身，而是没有屈身的力气。真的，那一刻我累极了。

田贵生又把我的头按下去，我看到他身上那块多汁的、丑陋的肉，突然感到十分厌恶。

邹杰

那天下午，一桩发生在苜蓿街的丑闻，在短短的几分钟内就传开了：苜蓿街治保小组副组长田贵生的鸡巴被鸡叼走啦。我来了之后才知道，所谓“被鸡叼走”是一种形象而又饶有风趣的说法。经我调查，田贵生的鸡巴是被一个名叫敖姬的外地女人咬掉的。谁都不知道田贵生的鸡巴是怎样被咬掉的，但他们可以在真相之外发现真相。内容真实与否并不重要，街上的人仅仅满足于口舌之乐。有人提着水果去医院看望田贵生，其实只是为了打听一些如何被咬的细节。细节，他们需要的是那些让人羞于启齿的细节。田贵生有什么理由不满足他们的需求呢？

我来到敖姬的美容厅，里面的人早已逃光。附近的人围上来，他们告诉我，这个女人的精神可能出了毛病，近段时间接连出现了两起异常行为：一次是，她在按摩过程中让客人张开嘴，突然朝他嘴里吐了一口唾沫；还有一次，有个外地男人没付钱就开溜，后来她在门口一边给那人烧纸钱，一边诅咒，烧过钱后她又操起了皮肉生意。因此他们认定敖姬咬掉田贵生的鸡巴并非偶发性的事件。与我同行的晚报记者从腺体水力学的角度分析了这种现象：他认为那个女人当时体内流动着两种腺素：一种是使她亢奋起来的性腺；另一种是肾上腺素。当后者分泌过多时就压住了性腺，把原本用于下体来发泄的愤恨转移到了嘴里。

根据一名按摩女提供的线索，我找到了一个据传是敖姬女儿的女人。她的名字叫刘丽亚，田贵生的女人曾跟我提起过她。那会儿她正在收拾行李，仿佛要远行。我在纸篓中翻捡出一条凝结着血块的毛巾。我把它拎起来问，这是什么？刘丽亚的脸上突然泛起了一片红潮，她低声咕哝了一句，我的大姨妈来了。

她身边的男人见我仍然要盘根究底，就皱起眉头，没好声气地对我说，你听见了吗？她说她大姨妈来了。

郑亮

王革命在临窗的位置坐下。四周的位置都空着。下午，酒吧的生意十分清淡。收银员伏在柜台后面打瞌睡，她身后是一个大酒橱，陈列着芝华士、马丁尼、人头马、XO、摩根船长之类的洋酒，这些只是作为点缀品，与门口的迎宾小姐一样，显得彬彬有礼。王革命拿着一份酒单，向侍应生指指点点。那本酒单精致、考究，倒像一本美食杂志，还有一缕缨穗垂挂着，随风飘动。侍应生走后，他放下窗边的落地窗帘，有一个窗帘的滑轮掉了下来，但他没在意。他侧身坐着，半张脸是忧郁的。另外的半张脸也是忧郁的。过了片刻，他的手机突然响了起来。他注视着显示屏，半边脸上刚浮现的喜悦忽然消失了，另外半边脸上的喜悦也是这样消失的。他接听时，另外一只手指拢住一只耳朵，也许是为了避免室内音乐的干扰，或者是因为信号不太好。他把头俯在与桌子齐平的地方，脊椎骨弯曲成弓形。随着说话频率的加快，脖子一抽一抽的，忽然间又有一股反弹力使他的头猛地抬起来，动作有点失控，差点打翻桌子上的玻璃杯，他朝着手机使劲地拍打，然后又咔嗒一声关上。他把手机扔到桌子上，一只手支撑着下巴。他有一个棱角分明、坚毅的下巴，胡子刚刚刮过，在灯光下泛着淡青色。

这时从外面进来了一个头发半秃、略显富态的中年人，他来自另外一座城市，人们都称他“刘老板”。他环顾四周，就朝王革命的座位走去。双方互相问候了几句，但显得有几分冷漠。侍应生上来，分别为二人斟了一小杯红酒。他们正要开腔时，门外又进来了一对男女。他们审慎地看了一眼，接着就压低声音说话。

那对男女的年龄不太相称，男的大约有五十多岁，而女的最多不会超过三十岁，中年人用生硬的普通话跟这个女人谈话。他总是每隔半分钟提一个问题，因此可以判断出他们之间是刚认识的。而这个女人回答问题时总是牵涉到另一座他所熟悉的城市，因此又可以判断出她并非本地人。女人用虚弱的声音表明她孤身一人在外面是多么无助，而男人沉着有力的声音表明他会是一个非常可靠的朋友。他们刚开始使用的人称是“你”或者“我”，后来变成了“我们”，显然，他们为某一件事已达成了某种默契。男的向侍应生打了声招呼，要求提早埋单，就这样，他们在这短短五分钟里就搂抱着离开了。

大厅里只剩下王革命和那个刘老板。话题的开头部分是在压抑的低声中进行的，而现在他们说话的音量开始提高了。从中间部分的几个关键词可以推测他们之间的争论朝哪个方向推进。他们的声音时而清晰，时而含混。当他们提到“刘丽亚”这个名字之后，一直围绕着几个有限的词汇进行解释、辩论，这个话题可能是无聊的，也可能是十分严肃的，他们之间谁也没有让谈话继续深入下去。这并非由于他们的词汇贫乏或故意限制使用别的词汇，而是双方都无法绕过那几个反复解释又解释不清的词。他们需要借助酒、音乐、整个酒吧的恬淡气氛，努力从各个角度、用各种方法与这几个词周旋、较劲，使彼此最终都能满意。但越是如此，这几个词越是滑向愿望的反面。王革命停顿了片刻（在这片刻似乎显得有些不耐烦），双方都希望用拖延时间来缓和紧张的气氛。

王革命只喝了半杯酒，脑门就开始变得又红又亮。让酒精参与他们之间的谈话是十分不利的。现在他们必须放下酒杯，继续听酒吧里的轻音乐，哪怕是装作听音乐也好。

刘老板从盒子里抽出一枚牙签，牙签的一头尖尖的，仿佛一枚微型的投枪，它刺中了牙缝间的一粒肉屑，把它剔了出来。

走吧。刘老板与王革命同时起身，向酒吧后面的一间杂货仓库走去。

王革命

仓库里站着我的五位弟兄，他们的脸色跟刘老板一样，十分难看。陈阿三举起我们惯用的那种手枪。直径 9 毫米的枪口对准我，像一只白痴的眼睛。那一刻我也许是笑了。我把陈阿三的手枪推开说，阿三，你别犯傻啦。陈阿三的嘴角泛起了略带嘲讽的微笑,他一字一顿地说,不错,我们是被你当傻瓜看待了。我说,阿三,你跟我说话怎么也卖起关子来了。陈阿三满脸严肃,吐出几个清晰的字句,王革命,你出卖了老板,也出卖了众弟兄。我骤然感到心跳加快,我说,阿三,有些话你可不能乱嚷嚷。站在我身边的王大饼像法官那样,竖起一根手指说,我们已掌握了足够的证据。

我没想到刘老板会是刘丽亚的生父,他站在一边,一直没吭声。假如他想移动半步,就绝不会移动一步。好像他十分珍惜自己的力气。

你还是自己承认吧,王大饼说,难道还要我们把你的底牌翻出来?

刘老板向王大饼招了招手,王大饼过去。刘老板用低沉的语气说,你去告诉他,出卖自己的弟兄是要付出代价的。王大饼点点头,转身对我说,老板让我告诉你,出卖自己的弟兄是要付出代价的。同样一句话经王大饼转述一遍之后,效果就不同一般了。老板,毕竟是老板,出来混日子,架子还是要的。有一段时间,老板拿大的方式就是,故意表现得像一个面无表情的聋子。

我深深地吸了一口气,紧握双拳,又缓缓地吐出一口气,松开双拳。我就这样反复做了几遍,然后对他们说,我没有出卖你们。

刘老板又对王大饼招了招手,但他只说了两个字:搜身。王大饼和彭小海立即上来对我进行搜索。结果他们只搜出一包劣质香烟、几张皱巴巴的钞票、一个打火机、几张车票。王大饼从我的暗兜里搜出一把手枪。刘老板说,把枪给他,让他自己做个了结。我知道这是行规。刘老板和弟兄们都等待着我以硬汉的方式解决这件事。也就是说,只要我用这把枪打在自己身体的任何一个部位,就可以捍卫一条硬汉的名声了。

我放下手枪,对刘老板说,我想知道,你们所说的证据究竟是指什么?刘老板拿出一份材料,对王大饼招了招手说,你念给他听。王大饼拿着那份材料面露窘色,说,我认不得几个字,还是让彭小海来念吧。彭小海清了清嗓子,十分吃力地念道:

> 王格,男,出生于1974年,汉族。早年父母双亡,中学期间,品学兼优,曾担任过团支书、篮球队队长。后通过努力,考取北京警校。毕业后即分配到T城公安局刑侦科工作。下乡挂职锻炼期间,该同志爱本职、敬百姓、尊舆论、重信用,在当地口碑甚好。曾因多次侦破重案,记二等功。2006年王格化名为王革命奉命赴钵篮县调查一起假币制造案。卧底期间,该同志与组织之间一直保持游离关系,且私自涉足灯红酒绿之地,与多名作风轻佻的女子有染,后因殴打一名赌徒致残,与组织失去联系。上级领导念其工作期间有立功表现,故不予究其刑事责任,但为以儆效尤,兹决定解除其公职。

这份简历不乏谬赞，也难免误解。听那语调，似乎出自一名老文书之手，有着语法正确、用词经济的特点。彭小海的朗读才能显然欠佳，在一定程度上损坏了那几个对偶句所造成的节奏感。我是这样发表了我的意见：文字本身无可挑剔，但我想知道，你们这份材料是从哪儿弄来的？这一次，刘老板亲自做了回答，自从我女儿刘丽亚跟上了你，说实话，我很不放心，我千方百计托人查清你的底细，谁知你竟然会是卧底的警察。现在你认了吧。他说这句话，就像扔给我一把刀，告诉我：这就是你非接受不可的结局。

我觉着这件事从头到尾就像一个扑朔迷离的牌局，越到最后，出牌就越困难，它已经脱离一个人的理性操作，被一些偶然的因素所左右，眼下，就只剩下几秒钟的时间供我拿定主意了。我举起手枪，对准自己的大腿，那时我感到全身的血液都凝固了，我狠狠地捏了一把，感到双腿上的血液开始缓缓流动。我的手指钩住扳机，只要轻轻一扳，大腿上的血液就会奔涌而出。我的五位弟兄似乎觉着我那一刻的表现有点不俗，他们都流露出同情的目光。在那一瞬间我差点要被自己的悲壮之举感动了。我不知道自己是以警察的名义惩罚一名恶棍，还是以一名恶棍的名义惩罚一名警察。

郑亮

王革命即将扣动扳机的一瞬间，陈阿三突然按住了他的手腕。王革命深深地吸了一口凉气，闭上眼睛，头向后仰了仰。陈阿三说，算了。老板仍然站在一边，没吭声。

这时，有人突然一脚踹开了大门。进来的是一名年轻的警察，在苜蓿街上大伙都管他叫小邹。他一上来，就举着手枪，对里面的人厉声喝道，举起手来，都不许动。这动作像模像样，以前似乎对着镜子练习过许多遍。要是他选择上一刻进来，效果会更佳。但也不能说他现在来得不是时候。假如他能上来厮杀一场，那样的壮举，明天是可以见报的。

快，蹲下，举起手来。小邹抬起手整了整帽子，说出了一句颇有分量的话。也许是小邹这身制服引起了那些人的反感，他们注视他时，目光里充满了挑衅的意味。某种程度上，这身制服也使他们再度引起了对王革命的反感，好像他就是穿着这样一身制服混在他们中间。刚刚收住气的陈阿三瞪着王革命说，没想到你这么快就把同伙招来了！但王革命竭力否认自己与警察小邹熟识，他解释说，我已不再是一名警察了。那个被大伙称为“刘老板”的中年人附在彭小海的耳边低语了几句。小邹用枪指着他说，你，给我闭嘴。现在决定发言权的是我的手枪，而不是你们。小邹对自己每一句话、每一个动作的威慑力量都显得十分自信。他高昂着下巴却没有注意到，有几个人已经把手伸向后腰，试图拔枪。现在，每一把枪似乎都有话要说。

在一触即发的时刻，王革命突然拔枪大喝一声，都不许动。他扣动扳机，朝天花板鸣枪示威。结果子弹只是轻轻地碰了一下天花板，接着就像一只苍蝇似的掉落。陈阿三俯身捡起这枚子弹骂了一句，妈拉个巴子，塑料的。他冷笑了一声，对王革命说，你小子原来是在耍我们。王革命一脸愕然，不知该怎么解释。警察小邹显然意识到，王革命已经对他没有多大的威胁了。他把手枪指向另外几个人，电影中那些堪称典范的动作都被他派上用场了。但一把手枪可以控制那些人的手，却无法控制那些人的手枪。

他们还没有开火，我就已经闻到了一股火药味。那时我躲在窗户后面的槐树丛中，对仓库中发生的情景一目了然。我不知道王革命为什么会突然向警察小邹扑去。他们扭打成一团，难分难解。刘老板转身用命令的口吻对手下的人说，别胡来，走人。他们刚一迈出门，仓库里突然响起了砰的一声。然后是一片奇异的平静。一条槐蚕落在我的手中，惊恐万状地蠕动着。

刘丽亚

10点：我听到了王革命被警察一枪打死的消息，我一点儿也不感到吃惊。我有什么可以值得抱怨的？说到底，每个人都是死在自己的手里。

14点：T城公安局局长带着一拨人来到事发现场。奇怪的是，他们全都脱帽向一个被人们视为恶棍的人致敬。

15点30分：T城公安局的宋秘书与几名警察来到我的住

所。他们轮流跟我握手,选用最妥帖的词安慰我,好像我对生活不会再抱有希望了。宋秘书从公文包里拿出一份讣告,递给我看,这是他用蝇头小楷写成的,墨气未消,其中有一段是这样介绍王革命的:

> 王格同志出生于1974年。早年父母双亡,中学期间,品学兼优,曾担任过团支书、篮球队队长。后通过努力,考取北京警校。毕业后即分配到T城公安局刑侦科工作。下乡挂职锻炼期间,该同志爱本职、敬百姓、尊舆论、重信用,在当地口碑甚好。曾因多次侦破重案,记二等功。2006年王格化名为王革命奉命赴钵篮县调查一起假币制造案。卧底期间,该同志意志力坚强,不辱使命——

那时我感到头晕,没有把讣告读完。宋科长问我,如何?我没有回答。站在一旁的几名警察竖起几根拇指说,宋科长的讣告写得真好,这一手毛笔字也写得足见功力。

郑亮

那些日子,刘丽亚几乎是作为英雄的遗孀接受了记者的采访。她跟记者交谈时视线经常会凝在远处的某一个点上,好像努力回忆一桩相隔遥远的事。记者想更深入地盘问下去,却发现她总是那么怅然若失，有时会不经意地回答一句：也许是这样的吧。而这样的回答等于是没回答。记者首先怀疑的是自己的话题是否过于沉重，或者是提问过于尖锐。为了吸引她的注意力，那名记者故意开了一个蹩脚的玩笑，继而没等对方笑起来，自己已抢先发出了怪异的笑声。我猜想刘丽亚是听到了笑声(而不是那个玩笑)之后才收回游移不定的目光。但她的目光有些慌乱，似乎一时间不知该怎样接过对方的话题，只好沉默着，等待下一句他究竟要说些什么。也许她已经意识到自己的失礼之处，因此略带歉意地朝记者微笑一下。记者释然一笑后，又继续向她提问。说着说着，她的语言就显得松垮、杂乱了，每句话之间的跳跃性非常大，让人捉摸不透。在一大堆不太连贯的谈话中，她又做了几个模棱两可的手势。搞不明白她是借助手势来补充自己的话，还是企图用语言说明这个手势的意义。出于尊重，她的目光没有离开记者那张长满疙瘩的脸。但倦意已经使她的脑袋低垂下来，她不得不用一只手撑住下巴。然后是双手。

田贵生

傍晚时分，我举着望远镜坐在阳台上看风景。直到我听到了一声咳嗽，才收回了目光。我以为是老伴，因此没有回头。这些日子她总是在我背后发出一阵阴冷的窃笑，与其说我是听到，不如说是感觉到：我仿佛看到了那张因窃笑而洞开的嘴。按照惯例我是不会回头的。但我背后随后又传来了一声重重的咳嗽，不，是两声，第一声表示提醒，第二声略微轻些，只是在惯性的作用下产生的，假如它也包含着某种意思，那就是表明对第一声的强调。我猛地回头，发现背后站着的是警察小邹。看看，我放下手中的望远镜向他解释说，看看而已。

小邹一副没精打采的样子，也许是没穿上那身制服的缘故。我们都知道：小邹已被革掉了职务，现在已不再是警察了。但他跟我打招呼时仍然习惯于做一个整整帽檐的动作。你知道租在你二楼的女孩子去哪儿了？他问道。我摇了摇头。他递上一根烟，自己也点燃了一根，默默地吸着，他的目光落在我胯下的部位。那儿，有断伤。我十分自觉地把双腿并拢，活像个矜持的小妇人。我看着手中那根烟慢慢萎缩，变成短短的一截。我们谈话有一搭没一搭的。他竭力想从我口中获得一点与王革命有关的那些人的线索。他的语气一如从前，好像他并没有被革掉职务，仅仅是从自己的制服中脱身而出。小邹用发誓的口吻说，他一定要把王革命的那把真枪找回来，完成他的临终嘱托。将那把真枪献在王革命的坟头，是他所能表达的敬意。

邹杰

一大早，苜蓿街治保小组副组长田贵生就敲开了我家的门。

他的双手捧着一把沾满血迹的手枪。这就是王革命的手枪，他十分严肃地对我说，我找到之后，顺便借它杀了一个女人。他眼中布满了血丝，仿佛那个血腥的场面仍然滞留在他的视网膜上。他伸出双手说，现在请你把我带到所里去吧。

田贵生杀人之后，一直显得像喝醉酒一样头重脚轻，以致回来后敲错了家门。邻居打开门后，见他摇晃不定的样子，就扶着他说，田贵生，你是不是喝醉了，田贵生愣在那儿，把几个词的次序排了许久才说出了一句完整的话。他是这么说的：我没有杀人。然后他就在沉重的飘忽中回到了自家的床上。那一夜他居然没有失眠。清晨起来洗脸时，田贵生恍惚听到背后传来一个女人的声音：死鬼，把毛巾给我递过来。田贵生回过头，却不见人影。那时田贵生立即放下手中的毛巾，决定去派出所投案自首。根据田贵生的陈述，他原本并没有杀人的动机。

是这把枪命令我杀掉了她。他用近乎无奈的口气对我说。

那天傍晚，田贵生在公厕门口看见郑亮从里面出来，双手插在裤兜里，吹着口哨，一副心怀鬼胎的模样。田贵生对他起了疑心，就跟在他后头，一路上紧紧地盯着。（田贵生说，如果没有看见郑亮，那桩事也就不会发生了；后来他之所以要跟踪郑亮，是因为那一天他刚好也无事可干）他随同郑亮折进了一条胡同。郑亮年轻，走得快，把他远远地抛在后面，然后，郑亮的身影就在一个与胡同呈直角的拐弯处消失了。田贵生尾随进去，里头是一片杂乱无序的平房。他不知道郑亮进了哪一扇门，但他根据脚步声找到了一扇红漆的铁门。田贵生透过院子的铁门往里窥探，看见郑亮跟随着一个女人的背影闪进了里屋。没过多久，郑亮就出来了，怀里不知藏掖着什么，可能是急着出去要办什么事。田贵生闪避到一边的旮旯里，直到郑亮的脚步声逐渐远去之后，才探出头。他推开虚掩的铁门，蹑手蹑脚地走进那座院子。房间里只有一个女人，正背对着他换裙子。两副薄纱窗帘被风吹得一开一合，仿佛变成了她身上一件撩人的衣裳。那个女人穿上裙子之后，就折进了另一个房间，在他的视线中消失了。这时，隔壁忽然响起了踩车床的声音，让人感觉连整个灵魂都受到了猛烈的震荡。田贵生捂住耳朵正准备离开时，忽然听到嘈杂的声音中传出狼嚎般的尖叫。尖锐的声音划破了夏日黄昏沉闷的空气。田贵生最初以为那个女人患有歇斯底里症。但他听着听着，就想到敖姬了。田贵生的几个牌友几乎都喜欢听她的叫声，他们还用叫牌术语给她不同的叫声命了名。（我怎么会转过身来了？田贵生说，如果我的耳朵再背一点，脑子再糊涂一点，也就不会转过身来了）

田贵生只是为了检验自己的判断是否准确而上去敲门的。外面噪音太大，她无法听见。田贵生又重重地敲了几下门。里面那个女人开门时没头没脑地说了一句，你把枪忘在我这儿了。开门的人果然是敖姬。

敖姬的面色由惊愕转为恐惧，她迅速退到床头，从床头柜的盒子里掏出一把手枪，指着田贵生说，你要是敢上来一步，老娘非一枪崩了你不可。田贵生露出一副苦瓜脸说，我都已经是一条腿跨进棺材的人了，难道还怕什么死？敖姬威胁说，你不妨试试。田贵生是见识过这把枪的威力的，他面带微笑说，别误会，我不是来找你麻烦的。你放下枪，咱们都是心地善良的人，这年头谁也吓唬不了谁，你说是不是？田贵生说着突然跪下来声泪俱下说，我这人贱，被你咬了一口，还对你念念不忘，我这人简直比狗还贱。

敖姬被他老泪纵横的样子弄得不知所措。田贵生趁她神思恍惚，猛地扑了过去，一把夺走她手中的枪。他把敖姬掀倒在地，左手掐着她的喉咙，右手用枪顶住她的胸口。敖姬挣扎了几下，但她的防卫本能所起的作用十分微弱。最后，她索性就一动不动了。“事情总该有个了断”的想法从田贵生的脑子里冒了出来。

田贵生把敖姬绑在椅子上，就像对付一个正在发作的精神病患者。敖姬无法动弹，处于被动的平静。她对着他的裤裆盯了一阵子，嘴里发出了冷笑。田贵生发现，自己从厕所里出来之后，裤裆的拉链一直没有拉上（这是上了年纪的男人通常会犯的毛病）。田贵生拉好拉链之后，敖姬的目光仍然没有离开他的裤裆。田贵生这时才真正意识到自己身上缺了点什么。力量的匮乏，使他更迫不及待地渴望另一种力量的出现。不许笑！田贵生用命令的口气喝道。敖姬仍然咧着嘴冷笑，白森森的牙齿中间夹杂着几颗丑陋的蛀牙。田贵生忽然像想起了什么，转身走向厨房，找出了一把锈迹斑斑的尖嘴钳。相对于枪，他认为自己更适合握这种笨拙一点的玩意儿。

踩车床的声音刺耳又单调，仿佛是从脑袋上空砸下来的。一声尖叫再次从敖姬嘴里放出来，田贵生捂住了她的嘴，把她当场击昏。（田贵生说，妇人的毒，全在那几颗蛀牙上。他是出于对它们的厌恶才会想到要"干掉她的牙齿"）

不久之后，敖姬的双颊和双唇就凹陷进去了，好像在那一瞬间老去了二十年。她的头低垂着，似乎没剩一口活气了。田贵生向她泼了一瓢冷水之后，她才缓缓苏醒过来，血肉模糊的嘴里发出极其低微的、痛苦的呻吟。踩车床的声音持续不断地传来，犹如节奏强烈的摇滚乐，他有点喜欢上了。他收起了工具，用拌了盐的胡萝卜汁洗掉身上的血迹，好像什么事都没发生过。他对敖姬说，我已免费替你拔光了蛀牙。但很遗憾，旁边那几颗好牙齿也不能幸免于难。敖姬的嘴角抽动了一下，田贵生知道，这是神经自发性的抽搐，而不再是带着嘲弄意味的冷笑。她的脸色一片青紫，仿佛痛苦所呈现的就是这种颜色。田贵生把一根手指伸进她嘴里说，现在你再咬咬看。敖姬的眼睛里忽然迸出一道白光，一口积蓄已久的血痰，噗地一下喷在田贵生的脸上。

田贵生说自己不知为什么竟会朝她嘴里开了三枪。田贵生后来认真地琢磨了一阵子，才算想通了。

第一枪，是为了雪洗胯下的耻辱。

第二枪，是全然借助手指的惯性力量，有着解恨之后的快意。

第三枪，田贵生说，是向这把枪的主人王革命致敬。

写于2002年6月—8月